HEYNE <

Das Buch

Luke schüttelt den Kopf und zieht mich noch dichter zu sich, sodass ich die Hitze seines Atems auf meinem Gesicht spüre und beinahe seine Lippen schmecke. »Ich sagte, dass ich nicht ohne dich gehe.« Dann küsst er mich, ganz federleicht, doch es reicht, um mich aus der Realität zu katapultieren. »Kannst du jetzt bitte aufhören, so zu nerven, und mit mir nach Hause kommen?«

Ich will schon nachgeben, da sehe ich seinen Blick. Er sieht mich an, als wäre ich sein Ein und Alles, und ich will weglaufen. Weg von ihm. Aus dieser Wohnung.

Fliehen.

Fliehen.

Fliehen.

Denn ich weiß, sobald ich zu Hause bin und die Stille einsetzt, kommt alles wieder zurück.

Die Autorin

Die Bestsellerautorin Jessica Sorensen hat bereits zahlreiche Romane verfasst. Sie lebt mit ihrem Mann und ihren drei Kindern in den Bergen von Wyoming. Wenn sie nicht schreibt, liest sie oder verbringt Zeit mit ihrer Familie.

Lieferbare Titel

Das Geheimnis von Ella und Micha
Für immer Ella und Micha
Die Sache mit Callie und Kayden
Die Liebe von Callie und Kayden
Verführt. Lila und Ethan
Füreinander bestimmt. Violet und Luke
Nova & Quinton. True Love
Nova & Quinton. Second Chance
Nova & Quinton. No Regrets

JESSICA SORENSEN

FÜR IMMER VERBUNDEN
VIOLET & LUKE

Roman

Aus dem Amerikanischen
von Sabine Schilasky

WILHELM HEYNE VERLAG
MÜNCHEN

Die Originalausgabe erschien unter dem Titel
THE CERTAINTY OF VIOLET AND LUKE

MIX
Papier aus verantwortungsvollen Quellen
FSC® C014496

Verlagsgruppe Random House FSC® N001967

2. Auflage
Vollständige deutsche Erstausgabe 01/2016

Umschlaggestaltung: t.mutzenbach design, München
Umschlagabbildung: © Stephen Carroll/arcangel images
Redaktion: Anita Hirtreiter
Printed in Germany

Satz: KompetenzCenter, Mönchengladbach
Druck und Bindung: GGP Media GmbH, Pößneck
ISBN: 978-3-453-41938-4

www.heyne.de

1

VIOLET

Fallen.

Fallen.

Fallen.

Ich falle ins Leere und weiß nicht, wo, wann und ob ich jemals lande, denn dieser Abgrund könnte ebenso gut gar keinen Boden haben. Was mir im Moment allerdings egal ist. Denn nun gerade verliere ich komplett den Verstand. Manche würden sagen, das hätte ich schon längst, damals, als ich zum ersten Mal beschloss, vor einen Wagen zu rennen, damit ich mich beruhigen und auf andere Gefühle konzentrieren kann als auf die, die mit dem Tod meiner Eltern zusammenhängen. Vielleicht stimmt es, dass ich schon vor langer Zeit durchgedreht bin und jetzt einfach nur endgültig abstürze, immer tiefer falle und nicht mehr zurück kann. Was ich irgendwie auch gar nicht will. Im Moment fühle ich mich ziemlich gut, was nicht oft vorkommt, wenn überhaupt. Und in letzter Zeit … Na ja, in letzter Zeit brach alles um mich herum zusammen.

Nehmen wir das College zum Beispiel. Da war ich mal so gut, aber das ist vorbei. Vor einigen Tagen bestellte mich der Studienberater ein und wollte mit mir über meine Anwesenheit reden, besser gesagt über meine Abwesenheit. Ich hatte geahnt, dass es kommen würde, trotzdem war es wie ein Tritt in den Magen. »Violet Hayes, wir machen uns Sorgen um Sie und Ihr häufiges Fehlen.« Der Berater hatte mich mit diesem Blick angesehen, den alle immer haben, wenn sie von meiner scheußlichen Vergangenheit erfahren und mich bemitleiden. Früher sah ich den selten, weil ich nie jemandem meine Geschichte erzählte; aber seit der Fall wieder aufgerollt wurde, steht es überall in den Zeitungen und kommt sogar ab und zu in den Fernsehnachrichten.

Dann die Anrufe von Detective Stephner, der immer nur schlechte Neuigkeiten zum Mordfall meiner Eltern und meinem Stalker hat. Sie lauten jedes Mal gleich. »Wir haben Mira Price noch nicht gefunden.« Sie ist die Mutter von meinem Freund, Luke Price, und die Frau, die vermutlich in jener Nacht bei mir zu Hause war und diesen abgefuckten Song gejault hat. »Und es gibt noch keine Spur zu Danny Huntersonly«, fügt der Detective jeweils hinzu. Danny ist der Mann, den ich als Preston kenne, meinen ehemaligen Pflegevater, von dem ich glaubte, er käme einem Ersatzvater von allen Pflegevätern, die ich schon gehabt hatte, am nächsten. Andererseits musste ich im Austausch gegen

Essen und ein Dach über dem Kopf Drogen für ihn verkaufen, und er verlangte auch sexuelle Gefälligkeiten von mir. Anfangs fand ich, dass ich ihm wirklich was schuldig sei, aber inzwischen sehe ich die Dinge klarer. Was es nicht besser macht. Im Gegenteil. Was ich getan habe, macht mich nur noch krank.

Krank.

Krank.

Krank.

Preston könnte auch mit dem Mord an meinen Eltern zu tun haben, doch das steht noch nicht fest. »Die Wahrscheinlichkeit ist fünfzig zu fünfzig.« Entweder ist Preston ein Mörder oder ein kranker, besessener Freak, der zufällig meine Mutter gekannt hatte, als sie noch auf Drogen war, und seitdem die Fotos von mir als Kleinkind aufbewahrte. Was auch immer am Ende herauskommt, es ist ekelhaft, und ich hasse mich für das, was ich mit ihm getan habe, all die Sachen, die ich nicht auslöschen kann, ganz gleich, wie sehr sie mir wehtun.

Nichts im Leben lässt sich auslöschen. Alles ist für immer da, angefangen bei unseren Atemzügen bis hin zu den Entscheidungen, die wir treffen. Und ich traf einige ziemlich beschissene.

»Willst du wirklich bleiben?«, fragt Luke mich zum zigsten Mal und unterbricht meine verstörenden, deprimierenden Gedanken und meine betrunkenen Tanzbewegungen. Musik plärrt um mich herum, von den Bässen vibriert der Boden, und ich habe einen Becher mit irgendeinem Alkohol in der Hand. Meine Sicht ist verschwommen, und ich bin innerlich dumpf.

Ich muss blinzeln, um Lukes Gesicht zu sehen, obwohl er direkt vor mir steht. Wahrscheinlich ist Luke die einzige Entscheidung in meinem Leben, die sich nicht als total gescheitert erweist, aber das nur aus meiner Sicht, nicht aus seiner. Er ist es, der sich die letzten Wochen um mich gekümmert hat. Und jetzt sieht er besorgt aus. Trotz seines permanenten Stirnrunzelns ist er unglaublich sexy. Er hat kurzes braunes Haar, in das ich meine Finger tauchen kann, und ein leicht stoppeliges Kinn. Durch das graue T-Shirt zeichnen sich seine Muskeln ab, und seine ausgeblichene Jeans hängt tief genug auf seinen Hüften, dass ich sein Shirt unten nur ein bisschen hochziehen müsste, um seine nackte Haut zu sehen. Ja, vielleicht tue ich das später, wenn er mich lässt. Nein, das kann ich streichen. Ich weiß, dass er mich lässt. Seit die Sache mit Preston herausgekommen ist, hat Luke mir nichts abgeschlagen, was ich gleichzeitig gut und schlecht finde. Klar ist es super, einen Typen zu haben, der einem alles gibt, was man will, aber ich vermisse auch die Streitereien zwischen uns und die verrückten Provokationen, die mich überhaupt erst zu ihm hingezogen haben. Die machen das Leben spannend und sorgen für Ablenkung von dem, was wirklich bei mir los ist und was ich erst noch zu akzeptieren lernen muss. Aber anscheinend können wir das nicht wiederhaben, nicht an jenen Punkt zurückkehren.

Gott, könnte ich doch die Zeit zurückdrehen!

»Violet, hörst du mir zu?«, fragt Luke und wirkt noch besorgter, als er sich nach unten beugt und mir ins Gesicht sieht. Auf mein Kopfschütteln hin seufzt er. »Bist du sicher, dass du noch hierbleiben willst?«

»Ja, absolut.« Ich stürze den Rest von meinem Getränk aus dem orangefarbenen Plastikbecher mit Kürbissen drauf hinunter. In wenigen Wochen ist Halloween, und schon jetzt ist alles mit Kürbissen dekoriert, richtig gruselig. Ich weiß nicht, wie viele von diesen Bechern ich getrunken habe. »Ich will noch nicht nach Hause.« Ich sehe mich in dem Wohnzimmer des Kerls um, der die Party gibt, auf der Suche nach weiß Gott was – irgendwas, das mich in Schwierigkeiten bringt, vermutlich. Überall fliegen Bierflaschen und Müll herum, die Luft steht vor Zigarettenqualm, Musik wummert aus den Lautsprechern, und die Leute tanzen, flirten und knutschen in den Zimmerecken. Vor ein paar Monaten wäre ich wohl zum Dealen für Preston hier gewesen.

Verfluchter Preston.

Verdammt, warum komme ich nicht drüber weg und vergesse ihn? Warum lasse ich nicht einfach mal etwas los?

»Ich meine nur, dass wir morgen Kurse haben«, erinnert Luke mich und lenkt meine Aufmerksamkeit zurück auf sich. Seine braunen Augen sind so voller Sorge, als fürchte er, dass ich direkt hier vor ihm zusammenbreche. Was ich nicht werde. Nach dem Vorfall in seinem Truck, wo ich einen Zusammenbruch hatte, und dann bei seinem Vater zu Hause habe ich mir geschworen, dass es nie wieder vorkommt. »Und wir versuchen beide noch, die zwei Wochen aufzuholen, die wir verpasst haben.«

Wir sind seit fast zwei Wochen wieder in Laramie, nachdem wir erst in Las Vegas und dann bei Lukes Vater gewesen waren. Und was uns hier an nachzuholender Arbeit erwartet, ist überwältigend. Deshalb sollte ich in der Wohnung sein und für die Chemieprüfung am Freitag büffeln. Vor allem sollte ich zu der Prüfung erscheinen, denn schließlich wurde ich schon wegen meiner Fehlzeiten verwarnt. Aber im Moment kann ich nicht lernen, weil ich zu unruhig bin. Mein Verstand läuft auf Hochtouren und kreist immer wieder um dieselben Dinge.

Preston.

Meine Eltern.

Lukes Mom.

Preston.

Wer bin ich jetzt?

Dieses gebrochene Mädchen?

Verwirrt.

Verloren.

Auf der Suche nach etwas, das ich wahrscheinlich nie finden werde.

»Wie wär's, wenn du nach Hause gehst?«, frage ich Luke, zerdrücke den Plastikbecher und werfe ihn auf den Couchtisch in der Nähe. »Und ich komme mit Seth nach.«

»Ja, das klingt nach einer sicheren Katastrophe.«

Ich tue, als sei ich beleidigt. »Hey, wir verstehen uns besser«, sage ich und tanze weiter, weil stillsitzen immer noch ausgeschlossen ist. Es stimmt aber, was ich gesagt habe. Seit wir zurück sind, ist Seth netter zu mir. Er ist einer meiner Mitbewohner, und früher kam ich nicht gut mit ihm klar – wohl weil er mich für eine Nutte hielt. Jetzt dürfte es vor allem Mitleid sein, das ihn freundlicher macht. Mitleid, weil meine Eltern ermordet wurden. Mitleid, weil Lukes Mutter in den Mord verwickelt ist. Mitleid, weil die einzige richtige Vaterfigur, die ich je hatte, sich als unheimlicher Stalker entpuppt hat, der mich schon seit meiner Kindheit verfolgt. Anscheinend tue ich jedem leid, und auf ihre Weise versuchen alle, mir zu helfen. Aber ich kann mir nur selbst helfen, im Stillen; zumindest rede ich mir das ein. In seltenen Momenten jedoch, wenn ich mir die Wahrheit eingestehe, weiß ich, dass ich bloß dichtmache und alles vermeide. Aber ich scheine nicht anders zu können, weil ich sonst das Gefühl habe zu zerbrechen, und wenn ich mich so fühle, treibe ich mich gefährlich nah an die Kante und teste Gefahren aus.

Allerdings ist es schwierig, irgendwas zu tun, wenn ich dauernd beobachtet werde. Nachts steht ein Polizeiwagen vor meiner Wohnung, dank Detective Stephner. Tagsüber und die restlichen Stunden soll ich immer mit jemandem zusammen sein. Und offenbar hat Luke es übernommen, dieser Jemand zu sein. Seit wir bei seinem Vater waren, weicht er mir nicht von der Seite. Deshalb fühle ich mich mies. Ich meine, er hatte ein Leben, bevor er mich kennenlernte, und es ist, als hätte ich es ihm genommen. Solche Geschichten gehen immer traurig aus. Ich weiß, dass ihn dieser ganze Mist irgendwann fertigmachen wird, und dann jagt er mich zum Teufel, genau wie alle anderen in meinem Leben. Was früher okay für mich war. Da konnte ich den anderen den Stinkefinger zeigen und mit weit ausgebreiteten Flügeln davonfliegen. Aber jetzt bin ich wie ein Vogel mit einem gebrochenen Flügel, der in den Tod stürzen würde. Irgendwie hasse ich mich dafür, dass ich so verwundbar und schwach bin. Mir fehlt es, die starke, heftige Violet zu sein, nur weiß ich nicht, wie ich sie zurückhole.

Luke legt die Hände an meine Hüften, sodass ich mich nicht mehr bewegen kann. Mir wird bewusst, dass ich weiter in die Menge gedriftet bin, umgeben von verschwitzten Leuten, die sich aneinander reiben und wiegen, als würden sie Trockenübungen im Takt der Musik machen. Luke und ich haben das mal getan, aber auch das war früher.

»Ob ihr euch besser versteht oder nicht«, Luke lässt mich los und kratzt sich im Nacken, während er das Chaos im Zimmer betrachtet, »ich lasse dich nicht allein hier.«

»Aber ich bin nicht allein«, widerspreche ich und zucke ein bisschen zurück, als er mich ansieht. Sein Blick kann eine ziemlich beängstigende Intensität haben, sogar für mich. »Seth ist hier.«

»Seth braucht genauso dringend einen Babysitter wie du«, sagt er streng. »Das ist also kein Argument.«

Ich ziehe einen Schmollmund und stolpere über meine Füße, als ich mich zu dem Tisch mit den Getränken umdrehen will. »Du bist eine Spaßbremse.«

»Und du bist betrunken.« Seufzend legt er eine Hand an meinen Arm, um mich zu halten. »Können wir bitte gehen?«

»Ist es wegen des Alkohols?«, frage ich und lehne mich an ihn. »Willst du deshalb so dringend weg?«

Er schüttelt den Kopf. »Ich will nur nach Hause«, antwortet er und ergänzt strenger: »Mit dir.«

Luke, der König der Säufer, ist seit etwas über einem Monat trocken, und das ist komisch, auch wenn es guttut zu sehen, wie er sich selbst heilt. Nach einer sehr harten Entgiftungswoche hat er schlicht aufgehört zu trinken. Ich weiß, dass es hart für ihn ist, auch wenn er nicht mit mir darüber reden will. Er ist ernster und verantwortungsbewusster als früher, und er sieht um Klassen gesünder aus. Inzwischen hat er sogar einen Job in dem Diner, in dem Greyson und ich arbeiten. Und so läuft jeder Tag bei ihm ab: Arbeiten, Kurse, nach Hause kommen und mit mir abhängen – na ja, auf mich aufpassen eher. Er wirkt völlig zufrieden damit, und mich verblüfft das, denn eigentlich sollen sich Leute mit mir nicht wohlfühlen, vor allem nicht, wenn sie so viel über mich wissen.

Luke sieht für einen Moment hin und her gerissen aus, dann streckt er mir eine Hand entgegen. »Baby, bitte komm mit mir nach Hause.«

Die Worte »Baby« und »nach Hause« blinken wie ein Leuchtfeuer in meinem Kopf und verursachen ein Erschauern, das gleichzeitig gut und schlecht ist. Gefühle kämpfen sich in mir nach oben. Ich mag Luke. Er gibt mir Trost. Sicherheit. Und er könnte mir beides leicht wieder nehmen. Das ist noch so eine Schwäche, die ich neuerdings entwickle. Abhängigkeit.

Ich würde ausflippen, doch der Alkohol macht es mir schwerer, das zu fühlen, was in mir ist, und vielleicht bin ich deshalb hier: um mich zu betäuben.

»So nennst du mich oft«, sage ich in meiner betrunkenen Blödheit. Nüchtern hätte ich es wohl ignoriert.

Ich bemerke ein winziges Zucken seiner Mundwinkel: das erste Anzeichen von Humor seit Längerem. »Wie nenne ich dich?« Sein Ton bekommt etwas Leichtes, als er den Ahnungslosen spielt.

»Du weißt schon.« Ich will meine Hände an seine Hüften legen, aber das Zimmer fängt an, sich um mich zu drehen, und ich klammere mich an Lukes Schultern.

Er neigt sich zu mir, bis seine Lippen an meinem Ohr sind, und seine Hände halten mich in der Taille, sodass ich seine Finger durch den Stoff meines Kleids fühle. »Baby«, flüstert er, wobei sein Atem über meinen Hals weht.

Erschauernd nicke ich. »Ja, das … Was ist damit … Wieso – nennst du mich immer so?«

Seine Augen funkeln amüsiert, als er den Kopf wieder hebt. »Stört es dich?«

Ich zögere und zucke mit der Schulter. »Weiß ich nicht.«

»Soll ich damit aufhören?«

»Ich … Ach, ich weiß nicht … Ich verstehe nur nicht, was es bedeutet.«

Wieder mal bin ich viel zu ehrlich. Verdammter Alkohol. Der ist wie ein Wahrheitsserum oder so was.

Jetzt lächelt er. »Tja, das Wort selbst hat einige Bedeutungen, aber in meinem Fall ist es einfach nur ein Kosename.«

»Ich weiß, was das Wort bedeutet.« Ich zeige zwischen uns beiden hin und her, allerdings so ungeschickt, dass ich mir versehentlich ins Gesicht schlage. »Aber ich weiß nicht, was es für uns bedeutet.« Ich reibe die Stelle in meinem Gesicht, und Luke lacht über meinen Mangel an Koordinationsvermögen.

Plötzlich aber, als ihm klar wird, was ich gesagt habe, nimmt sein Gesicht einen panischen, verwirrten Ausdruck an, und ich bekomme Angst.

Luke muss es merken, denn er lenkt sofort vom Thema ab. »Weißt du was?« Er zieht mich näher zu sich, sodass wir dicht zusammenstehen und seine Brust so nahe ist, dass ich schwören könnte, sein Herz wie verrückt schlagen zu hören – aber vielleicht ist es auch meines. Er riecht nach Eau de Cologne und Zigaretten – eben total wie Luke. »Komm mit mir nach Hause, und dort können wir alles machen, was du willst.«

»Ich dachte, du willst noch was fürs College tun?«

»Mir ist wichtiger, dich heil nach Hause zu bekommen … und ohne irgendwas Unvernünftiges zu tun.« Er streicht mir eine rotschwarze Strähne hinters Ohr.

Ich bin nicht sicher, ob er es so meint, wie ich denke. Luke kennt mein schmutziges kleines Geheimnis. Er weiß, dass ich die Grenzen des Lebens ausreize, weil ich den Adrenalinrausch dem Fühlen vorziehe, die Furcht dem Schmerz.

»Alles okay, Luke, versprochen.« Ich versuche, ihn vom Haken zu lassen. Er soll mal eine Pause vom Babysitten für mich haben, will sie aber anscheinend nicht.

Er schüttelt den Kopf und zieht mich noch dichter zu sich, sodass ich die Hitze seines Atems auf meinem Gesicht spüre und beinahe seine Lippen schmecke. »Ich sagte, dass ich nicht ohne dich gehe.« Dann küsst er mich, ganz federleicht, doch es reicht, um mich aus der Realität zu katapultieren. »Kannst du jetzt bitte aufhören, so zu nerven, und mit mir nach Hause kommen?«

Ich will schon nachgeben, da sehe ich seinen Blick. Er sieht mich an, als wäre ich sein Ein und Alles, und ich will weglaufen. Weg von ihm. Aus dieser Wohnung.

Fliehen.

Fliehen.

Fliehen.

Denn ich weiß, sobald ich zu Hause bin und die Stille einsetzt, kommt alles wieder zurück.

Und ich hasse mich dafür, aber am Ende tue ich *alles*, um nichts zu fühlen.

2

LUKE

Es ist richtig verflucht spät, und ich will nur noch nach Hause. Ich dachte, ich hätte Violet mit dieser Babysitter-Bemerkung, aber dann versetzt sie irgendwas, das ich gesagt habe, in Panik, und auf einmal holt sie sich mehr zu trinken. Es bringt mich um, ihr zuzusehen, wie sie ihren Schmerz in Alkohol ertränkt, weil ich viel zu gut verstehe, warum man das muss. Aber sie das durchmachen zu sehen macht es leichter, nüchtern zu bleiben, weil ich für sie einen klaren Kopf behalten muss. Eine beknackte Kaffeefahrt ist es trotzdem nicht. Mein Denken driftet nach wie vor zu dem herrlichen Geschmack von Alkohol ab, sowie ich in die Nähe von welchem komme. Es hilft mir und hält mich davon ab, etwas zu trinken, wenn ich mich erinnere, dass ich Violet sehr mag und ihr alles schulde für das, was meine Mutter ihr genommen hat.

Die meiste Zeit auf der Party habe ich auf sie aufgepasst. Das ist über die letzten paar Wochen irgendwie zur Routine geworden. Sie betrinkt sich, und ich kümmere mich um sie. Aber heute Abend vermassle ich es, weil ich mich von einer Unterhaltung mit Drey Filtphermen über die diesjährige Saison ablenken lasse und wie wir »es denen zeigen«.

Ich nicke und höre halb zu, während ich in der Menge nach Violet suche. »Ja, wir müssten uns ganz gut schlagen.« Das Letzte, woran ich in diesem Moment denke, ist Football.

Drey nickt und kippt einen Kurzen. »Was ist? Trinkst du heute Abend nichts?«

Ich schüttle den Kopf. »Nein, ich bin der Fahrer.« *Wow! Ich hätte nie gedacht, dass mir der Satz mal über die Lippen kommt!*

Drey sieht mich an, als hätte ich ihm gerade gesagt, dass die Schwerkraft nicht existiert. »Echt?«

Ich zucke mit den Schultern. Natürlich kann ich ihm nicht verdenken, dass er verblüfft ist. Ich bin berüchtigt dafür, mich volllaufen zu lassen und Prügeleien anzufangen. Aber das war mal, und ich wünschte, die Leute würden aufhören, mich als den heftigen, wütenden, herumhurenden Säufer zu sehen. »Ich muss jemanden suchen«, sage ich und achte nicht weiter auf das, was Drey mir nachruft. Ich drängle mich zwischen Leuten hindurch, die nach Tequila, Schweiß und Geilheit riechen, und finde schließlich Seth mit Greyson in einer Zimmerecke.

»Hey, habt ihr Violet gesehen?«, unterbreche ich die beiden, was nichts macht, denn ich kenne sie gut genug. Seth und Greyson sind Violets und meine Mitbewohner; ich würde sie sogar als Freunde bezeichnen. Sie wissen ausreichend von dem, was gerade bei Violet los ist, um zu begreifen, dass es nicht so gut ist, wenn ich sie nicht finden kann.

Seth zeigt zum Flur. »Zuletzt habe ich sie gesehen, wie sie zum Badezimmer ging.«

Als ich schon losgehe, ruft Greyson: »Alles okay?«

Ich sehe mich zu ihm um und nicke, fühle mich jedoch wie der größte Lügner aller Zeiten. »Ja, ich will nur wissen, wo sie ist, sonst nichts.«

»Wenn du Hilfe brauchst, sag Bescheid.« Er trinkt einen Schluck aus seiner Wasserflasche.

Ich nicke wieder und laufe den Flur hinunter zum Bad. Vor der Tür ist schon eine Schlange, und die Leute fluchen, als ich an ihnen vorbeigehe und anklopfe. »Violet, bist du da drinnen?«

Zunächst herrscht Stille, dann höre ich ein ersticktes »Ja«.

Ich bin wahnsinnig erleichtert. Erst jetzt wird mir bewusst, wie nervös es mich gemacht hatte, sie aus den Augen verloren zu haben. Ich drehe den Türknauf, aber es ist abgeschlossen, also klopfe ich wieder und rufe. Diesmal reagiert sie nicht. Zum Glück ist es ein simples Schloss, das ich mit einem Quarter-Dollar aufschließen kann. Irgendein Typ brüllt mich an, als ich ins Bad gehe, doch als ich ihm meinen *Fick dich*-Blick zuwerfe, weicht er zurück, und ich knalle die Tür hinter mir zu.

»Violet«, ich gehe an dem Waschbecken vorbei zur Badewanne, »wo bist du?«

»Hier drinnen.« Ihre Stimme klingt dünn aus dem Duschwannenbereich.

Ich ziehe den Vorhang zurück. Da hockt sie, in der Badewanne, die Knie an ihre Brust gezogen und so fest mit ihren Armen umschlungen, als wolle sie sich komplett in sich zusammenrollen. Ich hocke mich neben die Wanne und hebe ihr Kinn, damit ich sehen kann, wie betrunken sie ist. Ihre geweiteten Pupillen und die Unfähigkeit, irgendwas zu fixieren, sagen mir, dass ich sie hier wegbringen muss.

»Ich würde jetzt gehen.« Sie lallt, und Tränen rinnen ihr aus den Augen. Das ist schon oft passiert, also weiß ich, was ich zu tun habe. Ich hebe sie hoch, trage sie aus der Wohnung und bringe sie nach Hause.

Es ist zwei Uhr morgens, als ich vor unserer Wohnanlage vorfahre. Sie liegt in einer guten Gegend der Stadt, und wenn es warm genug ist, kann man von hier zu Fuß zum Campus gehen. Violet ist auf der Rückfahrt eingeschlafen, nachdem sie ins Gebüsch gekotzt hatte, also muss ich sie nach oben tragen, was mir nichts ausmacht. Sie hat noch nie viel vertragen, und das zeigt sich jedes Mal, wenn sie versucht, sich zu betrinken. Ich hasse es, denn ich will *meine* Violet zurück.

Meine Violet? Hallo? Gehört sie mir etwa? Nein,

tut sie nicht. Obwohl so, wie sie in meinen Armen liegt, die grünen Augen geschlossen, die vollen Lippen leicht geöffnet und das schwarz und rot gefärbte Haar über meinen Arm hängend, voll und ganz darauf vertrauend, dass ich sie nach drinnen trage, fühlt es sich an, als wäre sie mein.

»Wenn sie hören könnte, was du denkst, würde sie dich kastrieren«, murmle ich vor mich hin. Violet ist nicht der Typ Frau, der jemandem gehören will. Sie ist sehr willensstark und unabhängig, was mit ein Grund ist, weshalb ich mich in sie verliebt habe. Diese Bedürftige-Frau-Nummer habe ich längst hinter mir, und sie nervt mich höllisch. Ich hatte mich schon mit Frauen eingelassen, die alles gesagt bekommen und sich an mich klammern wollten. Zu der Zeit allerdings habe ich mich nicht beschwert. Ich mochte es, die Kontrolle zu haben – immerhin wurde ich während meiner Kindheit fast vollständig von meiner psychotischen Mutter kontrolliert. Aber sobald ich Violet Hayes kennenlernte und eine andere Seite sah, die Herausforderung spürte, die Verbundenheit und das Verlangen, jemanden wirklich, leidenschaftlich zu wollen, wusste ich, dass es kein Zurück mehr gibt. Und ich will mein Leben vor Violet auch gar nicht zurück. Ich wünschte nur, wir hätten eine stabilere Basis. Ich wünschte, meine Mutter wäre im Gefängnis, sodass Violet versuchen kann, sich selbst wieder zu heilen. Könnte ich ihr doch helfen, dieses Wilde, Unabhängige, Starke in sich wieder hervorzubringen! Allerdings kann ich ihr nicht vorwerfen, dass sie wütend ist, Schwierigkeiten hat und verwirrt ist. Dazu hat sie jedes Recht, und so kann ich ihr nur beistehen, bis sie bereit ist, nach vorn zu sehen.

Von der Treppe oben winke ich zu dem schwarzen Wagen mit den getönten Scheiben. Es ist die Polizei. Sie stehen jede Nacht hier, parken am Straßenrand und beobachten das Haus – dank Preston und seinem Drang, Violet mit seinen SMS-Botschaften und Drohungen zu quälen. Seit Preston auch noch als Verdächtiger im Mordfall von Violets Eltern gilt, ist die Polizei in höchster Alarmbereitschaft.

Als ich an unserer Wohnungstür bin, habe ich einige Mühe, den Schlüssel aus der Tasche zu angeln, ohne Violet abzusetzen. Dann bemerke ich ein Päckchen vor der Tür. Zuerst denke ich, es gehört zur normalen Post, aber kaum bücke ich mich näher, sehe ich, dass es an Violet Hayes adressiert ist und weder Porto noch ein Absender drauf ist. Nicht mal unsere Adresse. Mir wird schlagartig mulmig. Ich blicke mich zu den anderen Türen und dem Parkplatz unten um, dann schließe ich rasch auf und gehe nach drinnen. Nachdem ich Violet auf dem Sofa abgelegt habe, kehre ich zu dem Päckchen zurück und überlege, was ich tun soll. Es aufheben und öffnen? Ehrlich gesagt will ich es am liebsten wegwerfen, ohne hineinzusehen, weil ich weiß, dass es übel sein muss. Was da auch drin ist, es wird den ganzen Mist, der gerade läuft, nur noch schlimmer machen. Aber nicht zu wissen, was es ist, könnte auch übel sein. Zögernd gehe ich nach draußen und bücke mich, um vorsichtig das Klebeband zu lösen. Dabei fällt mir auf, dass das Päckchen ganz leicht ist. Als ich es öffne, sehe ich auch, warum. Es ist nur ein einzelnes Foto drin, von Violet. Mein Kiefer verkrampft sich, und ich möchte meine Faust in die Wand rammen. Auf dem Bild hat Violet nur einen BH und einen Slip an. Sie hält das schwarze Kleid in den Händen, das sie jetzt trägt, um es anzuziehen, was bedeutet, dass das Foto aufgenommen wurde, bevor wir zur Party fuhren. Dem Winkel nach muss es von irgendwo gegenüber gemacht worden sein, entweder von dem Balkon des Restaurants schräg gegenüber oder von dem zweigeschossigen Haus auf der anderen Straßenseite, das seit letztem Monat zum Verkauf steht. Es gibt keinen Hinweis, wer das Foto aufgenommen hat, aber das weiß ich sowieso schon. Derselbe Typ, der ein ganzes Zimmer voller Bilder von Violet hatte und ihr Drohnachrichten schickt: Preston.

Ich drehe das Foto um und lese den Satz auf der Rückseite. »Sieh mal, wie leicht man an denen vorbeikommt.«

Vor Wut beginnen meine Hände zu zittern. Mit »denen« sind zweifellos die Polizisten gemeint, die unten aufpassen.

»Scheiße!« Es ist neu für ihn, direkt bis vor die

Tür zu kommen. Am liebsten möchte ich das Schwein zusammenschlagen, was schwierig ist, weil er sich versteckt. Ich überlege, über die Straße zu gehen und das Haus und das Restaurant abzusuchen, aber sicher ist er nicht mehr da. Die Polizisten unten können mich wahrscheinlich schon sehen und fragen sich, was ich hier mache, was okay wäre, wüssten sie nicht, wer meine Mutter ist. Sie trauen mir nicht und glauben, dass ich wissen könne, wo meine Mutter ist, es aber nicht verrate, um sie zu schützen. So viel haben sie mir schon deutlich zu verstehen gegeben.

Ich schließe die Tür ab und laufe nach unten, über den Parkplatz zum Polizeiwagen, der vor dem leeren Haus parkt, gegenüber von unserer Wohnung. Als ich ans Seitenfenster klopfe, lässt der Fahrer genervt das Fenster herunter.

»Kann ich Ihnen helfen?« Er muss Ende dreißig sein und trägt Zivilkleidung. Wie das Zivilfahrzeug soll es unauffällig aussehen, doch der Aufschrift auf der Bildrückseite nach wirkt die Tarnung nicht besonders.

»Ich bin Luke – Violets Freund …« Ich räuspere mich, weil mir bewusst wird, dass wir bisher noch nie darüber geredet haben, was wir sind. Dennoch fühlt es sich für mich richtig an, das zu sagen. »Dies hier lag auf der Fußmatte vor unserer Wohnung.« Ich gebe ihm das Foto und die Schachtel.

Der Polizist sieht das Foto an und blickt zu seiner

Partnerin, einer Frau in den Vierzigern in Jeans und Bluse.

»Wann ist das angekommen?«, fragt er mich, was tierisch nervt. Wenn er das Haus tatsächlich im Blick behalten hat, sollte er es wissen, denn sie waren ja schon hier, als wir zur Party fuhren. Und das Päckchen muss irgendwann in der Zwischenzeit abgelegt worden sein.

»Sagen Sie es mir«, antworte ich gereizt, stopfe meine Hände in die Taschen und sehe mich um, ob mir irgendwas ungewöhnlich vorkommt. »Sie sind diejenigen, die das Haus beobachten sollten.«

Er sieht mich streng an, während er zu seinem Kaffee auf der Mittelkonsole greift. »Erzählen Sie mir nicht, wie ich meinen Job machen soll, Junge.«

»Das müsste ich nicht, würden Sie ihn machen.« Mein Blick wandert zu dem Haus hinter dem Wagen. »Wie es aussieht, könnte es von da aufgenommen worden sein.« Dann zeige ich zu dem geschlossenen Restaurant. »Oder von da, also ganz in der Nähe.« Ich sehe den Polizisten wieder an. »Was heißt, *er* war ganz in der Nähe.«

Der Cop starrt mich verärgert an. »Es steht nicht fest, wer das abgelegt hat.«

»Das ist ja wohl offensichtlich, denn sie hat nur einen Stalker.«

Er wirft die Schachtel seiner Partnerin zu. »Danke für den Hinweis«, sagt er. »Aber überlassen Sie die Polizeiarbeit lieber den Profis.«

Als er das Fenster schon wieder hochfährt, murmle ich »dämlicher Arsch«, bevor ich weggehe. Ich hätte bis morgen früh warten und das Päckchen zu Detective Stephner bringen sollen. Er ist tatsächlich ein Profi, und ihm liegt mehr daran, diesen Fall aufzuklären. Vor allem ist ihm wichtiger, dass Violet nichts passiert.

Ich gehe zurück in die Wohnung und schließe hinter mir ab. Violet schläft noch auf dem Sofa, wo sie ausgestreckt auf dem Rücken liegt, einen Arm über ihrem Kopf angewinkelt und leise atmend. Es ist der friedlichste Ausdruck, den ich seit Langem bei ihr gesehen habe, was traurig ist, weil es einzig am Alkohol liegt.

Anstatt mich zu ihr aufs Sofa zu quetschen, bringe ich sie lieber in unser Zimmer, also hebe ich sie hoch und trage sie zum Bett. Dort lege ich sie hin, ziehe ihr die Schuhe aus und streife mir die Jeans und das Shirt ab, bevor ich mich zu ihr lege und uns zudecke. Sofort rutscht sie näher zu mir, bis ihr Gesicht an meiner Brust ist. Ich beuge einen Arm über sie und küsse sie auf die Stirn, als wäre alles okay. Als würden wir morgen früh wie ein normales Paar aufwachen, während die Sonne ins Zimmer scheint und alles ruhig ist. Aber ich weiß ja, dass ich wohl lange vor Sonnenaufgang aufwachen werde. Und in der Wohnung wird es alles andere als ruhig sein. Sie wird von Violets Schreien erfüllt sein.

3

VIOLET

Ich fühle mich so klein, wie ich mich im Dunkeln im Keller verstecke und auf die Stimmen lausche, die ganz sicher Monstern gehören. Ich weiß, wenn ich hinzusehen wage, werde ich keine Gesichter und Körper sehen, sondern seltsame Gestalten mit Hörnern oder Stacheln oder irgendwas anderem, was Monster haben sollen. Ich würde spitze Reißzähne anstelle von richtigen Zähnen sehen, Krallen anstelle von Fingern und tote Augen, in denen sich mein entsetztes Gesicht spiegelt.

Deshalb versuche ich, in meinem Versteck hinter den Kartons und den Spielsachen zu bleiben. Ich strenge mich an, so still wie möglich zu sein, und halte die Luft an. Ich sage mir, dass sie irgendwann verschwinden, und wenn alles vorbei ist, gehe ich nach oben und krieche zu meiner Mom und meinem Dad ins Bett, und sie werden sagen, dass es nur ein Albtraum war. Weil sie das immer tun. Sie sind nette Eltern, die mich trösten, wenn die Welt grau und voller Schatten ist und wenn es die Sonne nicht mehr zu geben scheint und alles Böse nach draußen kommt.

Ich versuche, mir zu sagen, dass die Monster ihnen nichts getan haben.

Eine Frau singt wie verrückt. Ich glaube, sie ist wirklich verrückt. Und der Mann spricht so leise und ruhig, gar nicht wie ein Monster. Vielleicht irre ich mich. Vielleicht war er kein Monster. Vielleicht denke ich mir nur Sachen aus.

Dann hört die Frau zu singen auf, und ich sage mir, dass es okay ist, jetzt hinzusehen, nur ganz vorsichtig. Ich drehe mich um und linse an den Kartons vorbei. Licht fällt durch die Fenster herein, sodass ich ein bisschen sehen kann. Zuerst scheint das Zimmer leer, aber dann erkenne ich sie. Zwei Gestalten, vollkommen still. Überhaupt scheint die ganze Welt in diesem Moment still.

Aber auf einmal fängt sie wieder an, sich zu bewegen, immer schneller, als der Mann aus dem Schatten kommt und sich mir zeigt. Er ist groß, hat braune Haare, ein vertrautes Gesicht, und er trägt eine karierte Jacke und eine löchrige Jeans.

»I-ich kenne dich«, stammle ich, als ich in meinem Versteck aufstehe und barfuß aus der Ecke komme.

Er macht einen Schritt auf mich zu, und ich erstarre, denn die Gestalt vor mir verwandelt sich in ein Monster, genau wie ich gedacht hatte.

»Preston«, hauche ich.

Seine Lippen biegen sich zu einem zufriedenen Lächeln, und ich öffne den Mund und schreie.

Beim Aufwachen ringe ich nach Luft und schreie in das Nächste hinein, das ich zu packen bekomme. Früher nahm ich ein Kissen oder drehte mich zur Matratze, um meine Schreie zu dämpfen, aber jetzt endet es normalerweise damit, dass ich mein Gesicht an Lukes Brust vergrabe. Ich wünschte, ich könnte die Albträume stoppen und dieses Gefühl der Hilflosigkeit loswerden. Es ist nicht immer derselbe Albtraum, der mir das antut. Manchmal handeln sie von Preston, der in jener Nacht im Keller auftaucht, weil mein Gehirn ihn unbedingt an die Stelle des Mannes setzen will, der in der Nacht da war, obwohl ich ihn nicht gesehen hatte. Manchmal sind es schmerzliche Erinnerungen an meine Eltern, von denen ich glaubte, sie längst vergessen zu haben. Und manchmal handeln die Albträume von Luke, der mich verlässt. Eigentlich habe ich mich nie groß gesorgt, dass Leute mich verlassen, weil sie das ja immer schon getan haben. Und deshalb hüte ich mich gewöhnlich davor, mich gefühlsmäßig auf jemanden einzulassen, denn ich verliere ja doch jeden. Aber bei Luke habe ich versagt. Ich bin ihm viel, viel zu nahe gekommen, und jetzt habe ich sowohl Angst davor, ihn gehen zu lassen, als auch davor, nie loslassen zu können.

Wie jede Nacht, wenn ich panisch und hyperventilierend aufwache, liegt Luke still da, reibt meinen Rücken und flüstert mir zu, dass alles gut wird. Nachdem ich mich beruhigt habe, rücke ich weg von ihm, wische mir den Schweiß von der Stirn und rolle mich auf den Rücken. Ich starre hinauf an die Decke und versuche, den Albtraum zu vergessen und mich zu erinnern, was zum Teufel gestern Abend auf der Party passiert ist. Es ist noch früh und die Sonne bisher nicht aufgegangen. Ich sehe zur Uhr auf dem Nachttisch. 5:12. Scheiße. Es ist zu früh, um wach zu sein.

Nach ein oder zwei Minuten fragt Luke behutsam: »Wovon handelte er diesmal?«

»Von einer Klippe stürzen«, lüge ich. Ich hasse es, dass ich lüge, bin aber auch nicht fähig, ihm die Wahrheit zu sagen. Es ist, als wäre ich wieder fünf Jahre alt und zu verängstigt, die Wahrheit zu sagen, weil ich sie dann akzeptieren muss. Akzeptieren, dass meine Eltern tot sind. Damals habe ich ewig gebraucht, bis ich es laut sagen konnte, wurde es damit doch unerträglich real.

»Den Traum scheinst du oft zu haben.« Er glaubt nicht, dass das mein Traum war, weiß, dass ich lüge, spricht es jedoch nicht aus.

»Ich schätze, mein Gehirn ist supergut im Wiederholen.« Meine Augen sind auf die Decke fixiert, obwohl ich spüre, dass er mich beobachtet und zu erkennen versucht, was in meinem Kopf vorgeht. Wüsste er es, würde er wahrscheinlich weglaufen, so wie ich es gern täte.

»Du weißt, dass ich hier bin.« Er dreht sich auf die Seite und stützt einen Ellbogen auf. »Falls du reden willst.«

Luke hat sich zu so einem großartigen Menschen entwickelt. Wie das geschehen konnte, wo er doch mit mir zusammen ist, dem fauligen Gift, das sein Leben verschmutzt, ist mir schleierhaft. Und er will mir helfen. Ich wünsche mir ehrlich, er könnte, dass es einen Knopf in mir gäbe, den er finden kann, um all die wahnsinnige Verkorkstheit in mir abzustellen. Aber falls es den gibt, haben weder er noch ich ihn bisher entdeckt.

»Versuch, noch ein bisschen zu schlafen«, flüstert er. Sein fester Arm gleitet über meinen Bauch zu meiner Seite, und er will mich näher zu sich ziehen. »Es ist noch richtig früh.«

»Nach einem Albtraum ist es schwer, wieder einzuschlafen«, gestehe ich in der Dunkelheit unseres Zimmers. »Ich …« Ich beiße mir auf die Lippen, denn über meine Gefühle kann ich auch nicht reden.

»Ich bleibe wach, bis du eingeschlafen bist. Dir passiert nichts, versprochen.« Sein Gesicht rückt näher an meine Wange, und seine weichen Lippen streichen über meine Haut. »Ich bin immer für dich da.«

»Immer ist ein starkes Wort«, flüstere ich, kneife die Augen zu und kämpfe gegen den Wunsch, ihm nachzugeben. »Dinge können sich ändern, weißt du. Eines Tages – willst du dich vielleicht nicht mehr um mich kümmern müssen … Oder es passiert etwas, weshalb du dich lieber von mir fernhalten willst.«

»Dazu wird es nie kommen«, verspricht er. »Es gibt nichts, das mich jemals dazu bringen könnte, dir fernbleiben zu wollen.«

Es fühlt sich an, als sollte ich auf dieses gigantische Versprechen etwas erwidern, doch in der Finsternis in meinem Kopf kann ich die Worte nicht finden. Ich öffne die Augen und begegne seinem intensiven Blick. »Was ist mit deiner Mom?«, frage ich.

Sein ganzer Körper verkrampft sich, als ihn wellenartige Panik ergreift. »Was soll mit ihr sein?«

Ich möchte die Augen schließen, zwinge mich aber, sie offen zu lassen. »Was passiert, wenn sie … falls sie verhaftet wird? Ich meine, das ist schon ein ziemlicher Hammer, und es wäre meine Schuld, dass sie im Gefängnis sitzt.«

»Das ist ihre eigene verfluchte Schuld!« Sein Tonfall ist schroff, wütend, und seine Augen funkeln vor Zorn.

»Vielleicht müsste ich gegen sie aussagen.« Darüber haben der Detective und ich bereits gesprochen, für den Fall, dass sie je gefunden wird. Ob ich mich erinnere, wie sie aussieht, sie aus jener Nacht wiedererkenne, könnte eine Rolle für das Urteil spielen.

Luke atmet mehrfach laut ein und aus. Sein Gesicht ist angstverzerrt. »Können wir bitte aufhören, darüber zu reden? Wir beide werden so lange zusammen sein, wie du es willst … Für immer, wenn …« Er verstummt. Entweder will er die Worte zurücknehmen oder fürchtet sich vor ihnen, und ich merke, wie mein Herz hämmert. Es sind so viele Emotionen in diesen Worten, so viel Bedeutung und eine Menge Beziehungskram, über den wir bisher nie gesprochen haben. Luke und ich haben mit so vielem zu kämpfen, dass wir dazu noch nicht gekommen sind. Wie zum Beispiel, was passiert, wenn die Polizei endlich seine Mutter schnappt? Was ist, wenn ich gegen sie aussagen muss? Was ist, wenn sie herausfinden, dass sie diejenige war, die meine Eltern umbrachte? Wird es meine Gefühle beeinflussen? Seine Gefühle? Wird es uns kaputt machen?

So viele Fragen, die ich laut aussprechen sollte, damit wir endlich reden. Aber ich bin noch nicht bereit, Luke loszulassen, mein Sicherheitsnetz, mein …

Mir schwirren unzählige Worte durch den Kopf, die ich kaum verarbeiten kann, deshalb lenke ich mich lieber ab. Mit meiner Lieblingsablenkung.

»Küss mich bitte.« Es hört sich fast wie ein Flehen an, aber das kann ich nicht zurücknehmen, also versuche ich es gar nicht erst.

Er kann es in meinen Augen sehen, diese Vermeidung, meinen Versuch, nicht über den emotionalen Ballast zu sprechen, den ich in mir verschließe. Er öffnet den Mund, um wer weiß was zu sagen; wahrscheinlich etwas, das mich noch mehr für ihn empfinden lässt und mich folglich noch panischer macht. Doch ich bringe ihn zum Schweigen, indem ich meine Lippen so aggressiv auf seine presse, dass unsere Zähne zusammenknallen. Es ist alles andere als sexy oder heiß, aber das war mir immer schon egal, und es ist zwecklos, jetzt auf einmal auf solchen Kram zu achten.

Ich küsse ihn beinahe verzweifelt und ziehe an seinem Haar, schwinge mein Bein über seine Seite und dränge ihn auf den Rücken, damit ich mich rittlings auf ihn setzen kann. Ohne den Kuss zu unterbrechen, streiche ich mit beiden Händen über seine tätowierte Brust und weiter die straffen Muskeln hinunter bis zum Bund seiner Boxershorts.

»Violet«, sagt er stöhnend, als meine Hand unter den Bund gleitet, »vielleicht sollten – wir nicht …« Sein Kopf sackt nach hinten, und ich lasse ein wenig Platz zwischen unseren Lippen, während ich beobachte, wie er die Kontrolle verliert.

»Du weißt, dass ich gekränkt wäre, wenn du nicht willst, aber …« Ich schiebe die Hand weiter in seine Boxershorts und reibe seinen Ständer. »Es ist ziemlich offensichtlich, dass deine Worte nicht zu dem passen, was du wirklich willst.«

Er packt meine Hüften, als wolle er mich festhalten, entweder um mich ganz nahe bei sich zu haben oder um wieder genug Kontrolle über die Situation zu bekommen, dass er aussteigen kann, wann immer er will. »Es ist ja nicht so, dass ich nicht will …

Ich finde nur – wir sollten nicht …« Er sieht mir in die Augen, als suche er dort nach etwas, was er nicht zu entdecken scheint, denn er wirkt enttäuscht. »Nicht, wenn du traurig bist.«

»Bin ich nicht«, entgegne ich stirnrunzelnd. »Wieso denkst du das jedes Mal, wenn ich Sex haben will?«

Er kneift die Lippen zusammen und behält für sich, was ihm durch den Kopf geht. Ich nutze die Gelegenheit, um mich aufzusetzen, mein Kleid auszuziehen und es zur Seite zu werfen, sodass ich nur noch BH und Slip trage.

»Ich schwöre, es hat nichts mit irgendwas anderem zu tun, außer dass ich flachgelegt werden will.« Lügnerin. Lügnerin. Lügnerin. Und eine schlechte obendrein. Ich weiß es – er weiß es. Aber er wird nachgeben; das tut er immer. Und ein Teil von mir könnte ihn dafür lieben. Ein anderer Teil von mir hasst mich, weil ich ihm das antue. Ich benutze Sex als vorübergehenden Ersatz für meine Adrenalinsucht.

Einen Moment später zieht er mich zu sich, und unsere Lippen vereinen sich in einem grellen Hitzeschwall. Für den Bruchteil einer Sekunde empfinde ich inneren Frieden. Vielleicht ist es ja doch dies hier, was ich eigentlich will, und ich versuche nicht bloß, meine Gefühle zu verdrängen, indem ich verschwitzten Sex habe. Allerdings verschwindet es sofort wieder, als ich zu dem Schluss komme, dass es möglicherweise mehr als nur Sex ist. Leugnen. Ich lebe es und sterbe daran. Aber ich fürchte, die Wahrheit würde mich nicht befreien, sondern eher umbringen. Also konzentriere ich mich lieber darauf, Luke zu küssen und ganz in dem Fühlen seiner Hände aufzugehen, die jeden Zentimeter meines Körpers abwandern und eine heiße Spur auf meine Haut malen. Auf die Art, wie er meinen Namen murmelt, wenn ich seine Haut berühre. Ihn zu beißen versetzt mich in einen Zustand der Euphorie. Wir hetzen uns nicht, lassen uns Zeit, aber am Ende fühlt es sich an, als würde ich platzen vor Verlangen. Ich ziehe meine restlichen Sachen aus, und Luke streift seine Boxershorts ab.

Plötzlich erstarrt er. »Warte … Brauchen wir nicht …«

Ich halte ihm mit einer Hand den Mund zu. »Ich nehme seit Wochen die Pille, also ist alles gut.«

Er ringt nach Luft, und Sekunden später dreht er mich auf den Rücken und taucht tief in mich ein. Er zieht mein eines Bein über seine Hüfte, während er aus mir heraus und wieder in mich hineingleitet. Immer wieder, bis ich einen leisen Schrei ausstoße und meine Fingernägel in seine Schulterblätter bohre. Für einen Augenblick bin ich weg, und mir ist, als könne alles gut werden. Einen Moment lang verfalle ich der herrlichen Illusion, frei von allem zu sein und Luke bei mir zu haben. Aber genauso schnell stürze ich wieder zurück in die Realität.

Luke hat aufgehört, sich in mir zu bewegen. Sein Gesicht ist an meinem Hals, seine verschwitzte Brust an meine gepresst. Ich kann seinen Herzschlag und jeden seiner Atemzüge spüren. Und ich zähle sie mit und versuche, mein Atmen seinem Takt anzupassen. Zufrieden. Ich bin zufrieden, und ich möchte ihn bitten, sich nie wieder zu bewegen.

Bleib einfach so. Für immer. Bitte.

Diese unumkehrbaren Worte auszusprechen würde jedoch nur wieder zeigen, dass ich versuche, in einem Märchen zu leben. Und ich habe schon zu viel erlebt, um an Märchen zu glauben. Deshalb halte ich den Mund, und schließlich zieht Luke sich aus mir zurück, gibt mir noch einen letzten intensiven Kuss und rollt sich auf den Rücken. Er winkelt einen Arm über seinem Kopf an und blickt hinauf zur Zimmerdecke. Stumm liegt er da, versunken in einer Art innerem Schmerz, von dem ich vermute, dass ich ihn verursacht habe, und sofort bekomme ich ein schlechtes Gewissen. Ich möchte etwas sagen, ihm diesen besorgten Gesichtsausdruck nehmen, ihm sagen, dass mir leidtut, wie kaputt ich bin, und ich versuche, mich wieder hinzukriegen. Aber ich kann die richtigen Worte nicht finden, weiß nicht mal, ob es sie gibt. Und so wähle ich den feigen Ausweg, sage »Gute Nacht« und schließe die Augen, um in meine Albträume abzutauchen.

4

VIOLET

Ich stehe inmitten von verdorrten Bäumen und Gras, verwelkten Rosensträuchern und Reihen zerbrochener Grabsteine. Der Himmel ist fast schwarz, und Asche rieselt herab wie Schnee.

Mir ist klar, warum ich hier bin, wonach ich suche, auch wenn ich es nicht finden will. Ein bestimmter Grabstein gehört zu jemandem, den ich mag und zu verlieren fürchte. Ziellos wandere ich über den Friedhof, kämpfe gegen den Drang an, auf einen einzelnen Stein zuzugehen, dem hinten in der Ecke unter dem einzigen grünen Baum. Trotzdem lande ich letztlich dort, wo ich nach unten sehen und die Worte lesen muss, die in den aschebedeckten Stein eingraviert sind.

»Luke Price« lese ich seinen Namen laut vor, als ich auf den Boden sinke. Asche regnet auf mich. Tränen laufen mir über die Wangen, doch sie sind schwarz wie Tinte und beflecken mein Kleid. »Nein … Nein … Ich darf ihn nicht verlieren. Ich kann das nicht noch mal. Ich kann nicht wieder jemanden verlieren.« Mein Kopf sackt nach vorn,

und ich schluchze. »Bitte, lass mich nicht wieder allein sein.« Aber der hohle Nachhall meiner Worte um mich herum ist alles, was ich an Antwort bekomme.

Wieder schrecke ich aus einem Albtraum auf, ringe nach Luft und setze mich im Bett auf. Ich werde fast ohnmächtig vor Sauerstoffmangel und strenge mich an, den Albtraum aus meinem Kopf zu drängen, doch er verschlingt meine Gedanken.

Die Angst vor dem Alleinsein, Luke zu verlieren, wieder von jemandem verlassen zu werden, der mir viel bedeutet, erdrückt mich. Allein davon zu träumen bringt mich um. Was wäre erst, würde er mich wirklich verlassen? Schlimmer noch, wenn ihm etwas Furchtbares passiert?

Für eine Weile bleibe ich still im Bett liegen, um Luke nicht zu wecken. Normalerweise wird er immer von meinem Keuchritual wach, aber er muss heute Morgen wahnsinnig müde sein. Ich starre an die Decke und sage mir, dass es nur wieder ein verfluchter Traum war und ich drüber wegkommen soll. Luke ist nicht tot und begraben. Er ist direkt neben mir, atmet ziemlich laut, und ich sehe seine Brust, die wie eine Leinwand bemalt ist. Nein, ich werde ihn nicht verlieren! Das Problem ist nur, dass meine Eltern begraben sind, und der Traum hat die Erinnerung wieder sehr lebendig gemacht, wie es sich unmittelbar nach ihrem Tod anfühlte, als ich mir noch erlaubte, den Schmerz zu spüren, den ihr Verlust zurückließ. Ich erinnere mich, welche Angst ich hatte, ganz allein auf der Welt zurückzubleiben, und wie schmerzlich es war, als mir klar wurde, dass genau das geschah – dass ich allein war. Aber dann gewöhnte ich mich daran, passte mich an, so gut ich konnte. Doch was würde geschehen, sollte ich plötzlich Luke verlieren? Könnte ich das verkraften?

Meine Angst hält mich eine Stunde wach, bis es Tag wird und heller Sonnenschein in unser Zimmer fällt. Luke wird wach, dreht sich um und reibt sich die Augen, bevor er sich aufsetzt. Sein Kinn ist stoppelig, und dunkle Schatten liegen unter seinen braunen Augen. »Wie geht es dir heute Morgen?«, fragt er mich gähnend. Er muss etwas in meinen Augen sehen, das ihm nicht gefällt, denn er wirkt gleich wieder besorgt. Verdammte Augen! Die verraten mich in letzter Zeit entschieden zu oft.

Ich sehe weg. »Gut, abgesehen von den mörderischen Kopfschmerzen.« Natürlich meinte er nicht meinen Kater, doch über etwas anderes will ich nicht reden. Nicht über gestern Abend. Nicht über meine Albträume. Nicht darüber, dass ich Sex als Ablenkung benutze.

Zunächst bleibt er stumm. »Denkst du, dass du heute mit in die Kurse kommst?«

Meine Stimmung rauscht noch weiter in Verzweiflung ab bei der Vorstellung, mich der Welt draußen zu stellen, all den Blicken und den Fragen, die mir schon bei dem bloßen Gedanken zu viel sind. »Nein, heute nicht.«

»Bist du sicher?« Seine Hand legt sich auf meinen Rücken und streichelt mich zwischen den Schulterblättern. »Ich könnte dir etwas zu essen machen … vielleicht hilft das.«

Ich erschauere unter seiner Berührung – wie immer –, weigere mich jedoch, mich zu rühren. »Ja, ich bin sicher … Ich will einfach nur zu Hause bleiben und mich ausruhen.«

»Aber – mir gefällt es nicht, dich allein hierzulassen.«

»Seth ist hier, also bin ich nicht allein.«

»Schon, aber er könnte später auch Kurse haben.«

Ich sehe über die Schulter zu Luke. »Ich bin ziemlich sicher, dass er keine hat.«

»Trotzdem. Ich mag es nicht, wenn du hier bist und keiner auf dich aufpasst. Und Seth … So gerne ich ihn mag, er ist nicht gerade der verantwortungsvollste Mensch. Mir wäre es lieber, wenn ich dich im Auge behalte. Ich würde es besser machen.« Er bekommt diesen komischen Gesichtsausdruck, als würde ihn irgendwas verblüffen.

Ich drehe mich zu ihm und lege eine Hand an seine Wange. »Luke, es ist schon okay. Ich werde das Haus nicht verlassen oder so, ohne jemandem Bescheid zu sagen.« Dann verschränke ich die Hände hinter meinem Kopf und beiße mir auf die Unterlippe, bis sie blutet, weil es den anderen Schmerz für kurze Zeit verschwinden lässt. »Du kannst nicht ewig auf mich aufpassen, und es ist auch nicht deine Aufgabe.«

»Von wegen«, murmelt er leise, als ich mich auf die Seite drehe, weg von ihm. Zwischen uns wird es still. Er will mehr sagen – und ich auch. Dennoch tun wir es beide nicht. Wir können nicht.

Schließlich streifen seine Lippen meinen Nacken, genau über den beiden Sternen-Tattoos, die für die zwei Menschen in meinem Leben stehen, die ich verloren habe – meine Mutter und meinen Vater. »Mir wäre viel wohler, wenn ich hier bei dir wäre.«

»Und ich würde mich noch viel mieser fühlen, wenn du wieder einen Kurs meinetwegen verpasst«, entgegne ich und klammere mich an die Dunkelheit, während er jeden Stern sanft küsst.

Er reibt seine Nasenspitze an meinem Nacken und seufzt. Anscheinend gibt er es auf. »Na gut, aber ruf mich an, falls du irgendwas brauchst. Und achte darauf, dass die Wohnungstür immer abgeschlossen ist. Ich sage Seth, dass er ein Auge auf dich haben soll, und versprich mir, dass du dich zwischendurch bei ihm meldest.«

»Ich bin doch nur zu Hause«, widerspreche ich. »Ich habe gar nicht vor …«

»Ich weiß, dass du nirgends hingehst«, sagt er, während er mir den Mund zuhält. »Aber versprich bitte trotzdem, dass du dich zwischendurch bei Seth sehen lässt, damit ich mir keine Gedanken machen muss.«

Das Flehen in seiner Stimme macht es schwer, nicht zuzustimmen, deshalb nicke ich. Dann steigt er widerwillig aus dem Bett, und als die Matratze sich ein Stück hebt, fühlt es sich sofort leer und kalt an. Ich höre seine Schritte in dem kleinen Zimmer. Er geht zur Kommode und bleibt vor ihr stehen.

»Da ist noch etwas, das ich dir erzählen muss«, sagt er, während er in der Kommode nach frischen Sachen wühlt.

Seine Stimme klingt so angespannt, dass ich zögere. »Okay …«

»Es ist wegen letzter Nacht … Als wir nach Hause kamen.« Er schiebt die Kommodenschublade zu, bleibt aber stehen. Ich kann ihn nur aus den Augenwinkeln sehen, was jedoch reicht, damit mir unwohl wird. Habe ich letzte Nacht irgendwas Seltsames getan? Sprich: seltsamer, als normal für mich ist? Habe ich im Schlaf über den Traum geredet oder so? »Als wir von der Party nach Hause kamen, lag ein Päckchen vor der Tür.«

Meine Nackenhaare stellen sich auf, und ich bekomme eine Gänsehaut auf den Armen. »Und von wem war das?«, frage ich, dabei weiß ich es im Grunde schon – von dem Monster, das mich in meinen Träumen verfolgt. Ich hoffe nur – wünsche mir –, dass Luke mir sagt, ich würde mich irren.

Er setzt sich auf die Bettkante. Die Matratze sinkt

wieder ein, und die Leere, die ich eben noch empfand, schwindet ein bisschen. »Es stand nicht drauf, von wem – aber drinnen war ein Foto …« Er legt seine Hand auf meine, und ich fühle, dass er zittert. »Bitte, komm mit mir zum Kurs.«

Ich drehe mich zu ihm um. Die Angst in seinen Augen sagt mir, dass ich Angst haben sollte. Ich sollte mich vor dem fürchten, was immer in dem Päckchen war. Aber ich erlaube mir nicht, Angst zu fühlen. »Was war in dem Päckchen, Luke?«

Er sieht mich an. »Habe ich doch schon gesagt, ein Foto – von dir.«

Ich halte seinen Blick. »Und was habe ich auf dem Foto gemacht?«

Er schaut mich prüfend an, und ich frage mich, was genau er sieht. Jemand Verlorenen und Verängstigten, oder die Fassade, um die ich mich bemühe, seit ich fünf bin? »Ich will dich nur beschützen.« Seine Finger spreizen sich auf meiner Wange und wärmen mich. »Vor all dem Bösen und Hässlichen auf der Welt.«

»Ich kenne das Böse und Hässliche schon zu gut, um noch davor beschützt zu werden. Und es ist besser, Bescheid zu wissen, als im Dunkeln zu tappen«, sage ich, obwohl ich nicht sicher bin, dass ich mir selbst glaube. Es gab so viele Momente in meiner Vergangenheit, in denen ich mich fragte, ob es besser wäre, nichts zu wissen, angefangen mit jenem, als ich fünf Jahre alt war und im Keller hockte, während meine Eltern oben ermordet wurden. Wäre ich dort unten geblieben, bis jemand ins Haus kam, hätte ich meine toten Eltern nie gesehen. Die Erinnerung an das viele Blut und die letzten Worte meines Vaters hätten sich nicht in mein Gedächtnis eingebrannt wie ein Brandeisen in versengendes Fleisch. Und vielleicht hätten sich die Pflegefamilien dann nicht so sehr vor mir gefürchtet. Eventuell wäre ich dann bei einer Familie aufgewachsen und heute nicht hier. Aber genau das ist das Problem. Denn mein Herz will ja hier bei Luke sein, was bedeutet, dass alles geschehen musste. Schicksal, oder? Na ja, das Schicksal bringt mich in letzter Zeit oft in einen Zwiespalt, weil es mich hierher zu Luke geführt hat, mir aber so vieles nahm, damit ich so weit komme. Die Zeit zurückzudrehen würde heißen, Luke zu verlieren; und zuzugeben, dass ich sie nicht zurückdrehen will, kommt mir wie ein riesiger Verrat an meinen Eltern vor. Wenn ich endlich akzeptieren würde, wie sehr ich Luke mag, würde ich auch akzeptieren, dass etwas passieren könnte – das Schicksal mal wieder zuschlägt –, was ihn aus meinem Leben reißt, und ich ihn für immer verliere. Und ich weiß nicht, ob ich damit umgehen könnte, mit noch mehr Schicksal. Was ich eigentlich will ist … na ja, Gewissheit, schätze ich.

»Du warst in diesem Zimmer – auf dem Foto«, verrät Luke endlich, und seine Hände zittern. »Ich glaube, dass es von der anderen Straßenseite aus gemacht wurde.«

Furcht peitscht durch mich hindurch wie ein Lauffeuer, doch ich lösche es rasch wieder. *Begrab sie, verdammt!* »Und du denkst, dass es Preston war, der das Foto gemacht und das Päckchen abgelegt hat«, sage ich vollkommen ungerührt, weil ich mich weigere, im Zusammenhang mit Preston irgendwas zu fühlen, sei es Hass oder Angst. *So nahe lasse ich ihn nicht an mich heran. Ich denke nicht mal an ihn!* Aber schon der Versuch, nicht an ihn zu denken, bewirkt, dass ich innerlich koche. Meine Finger krümmen sich, bis mir die Fingernägel in die Haut schneiden, um den Schmerz umzuleiten. »Das ist neu und gewagt für seine Verhältnisse. Es törnt ihn wohl mehr an, als mir SMS zu schicken.«

»Ich kann nicht mit Sicherheit sagen, dass er es war, aber ...« Er verstummt und sieht frustriert aus.

»Aber ich habe nur einen Stalker«, beende ich den Satz für ihn. Meine Stimme klingt leer. *Genauso leer wie ich bin. Ich hasse es, hasse mich für alles, was ich getan habe. Warum kann ich nicht schlicht loslassen und mich ändern?*

Luke will etwas sagen, doch ich komme ihm zuvor. »Du musst jetzt los, sonst kommst du zu spät zum Kurs.« Dann rolle ich mich wieder auf die Seite, das Gesicht zur Wand.

»Violet, ich finde wirklich nicht, dass du hierbleiben solltest«, sagt er, während seine Finger von meinem Gesicht gleiten.

»Das hatten wir schon. Ich gehe nirgendshin, und Seth ist hier. Mir passiert schon nichts.« Bewusst ringe ich mir einen frostigen Ton ab, damit er mich in Ruhe lässt. Ich hasse es, dass ich das tun muss, aber wenn ich es nicht tue, wird er sich einreden, dass er hier bei mir bleiben und auf mich aufpassen muss, und das will ich um seinetwillen nicht.

Danach sagt er nicht mehr viel, und ich liege still da, gebe vor, wieder eingenickt zu sein, während er sich anzieht. Bevor er aus dem Zimmer geht, küsst er mich sanft auf den Hinterkopf. »Ich komme gleich nach dem Kurs zurück.«

»Musst du heute Abend nicht arbeiten?«, frage ich. Vor ein paar Wochen hat er mit Greysons Hilfe den Job im Diner bekommen, wo er an der Bar aushilft. Zuerst hatte ich Bedenken, ob sich das mit seinem Entzug vereinbaren ließe, doch er versichert mir, dass es okay für ihn ist, auch wenn er sich möglichst einen anderen Job suchen will.

»Nein, erst wieder am Wochenende.« Er nimmt sein Diabetiker-Set und stopft es zu seinen Büchern in den Rucksack.

»Okay, dann bis später.«

Er flüstert noch etwas, dass ich auf mich aufpassen soll, und wartet kurz. Entweder will er selbst mehr sagen oder dass ich etwas sage. Das wird bei uns allmählich schon zu einer zermürbenden, fast schmerzlichen Angewohnheit. Und wie immer wird nichts gesagt. Luke geht.

Ich bewege mich erst wieder, als ich gehört habe, wie die Wohnungstür abgeschlossen wird, und genug Zeit verstrichen ist, dass ich sicher sein kann, er kommt nicht gleich wieder. Hoffentlich habe ich mich bis zu seiner Rückkehr so weit gefasst, dass ich wenigstens tun kann, als wäre alles okay. Dann sollte ich lächeln, herumhüpfen und die Wohnung putzen. Angetrunken albern sein wohl, denn so schaffe ich es derzeit nur noch.

Nach ungefähr einer Stunde stehe ich auf, dusche kurz und ziehe mir eine löchrige Jeans und ein ausgeblichenes *Silverstein*-T-Shirt an. Mein Haar stecke ich zu einem unordentlichen Knoten auf, bevor ich wieder in unser Zimmer gehe, wobei ich an Seths Tür vorbeikomme. Sie steht einen Spalt offen, daher sehe ich, dass er im Bett liegt und schläft. Greyson ist nicht da. Wahrscheinlich ist er bei der Arbeit.

Ich gehe wieder in unser Zimmer, schließe die Tür hinter mir und tippe »People Live Here« von *Rise Against* auf meiner Playlist auf. Als die ersten Takte erklingen, gehe ich hinüber zum Bett, lege mich davor auf den Fußboden und krieche halb hinunter, um nach der Schachtel zu greifen, die ich suche. Ich ertaste sie und robbe mit ihr wieder unter dem Bett hervor.

Wie immer, seit ich die Schachtel habe, starre ich

sie mindestens eine halbe Stunde lang an, bevor ich den Mut aufbringe, sie zu öffnen. Dann brauche ich noch einmal so lange, um hineinzugreifen und den Inhalt herauszunehmen: ein kleiner Stapel Fotos, ein silbernes Armband und ein Spiralheft mit Notizen meiner Mutter. Diese Sachen von meinen Eltern durfte Detective Stephner mir geben. Sie spielten keine Rolle bei den Ermittlungen, wurden bereits vergeblich auf Blut und DNA getestet, und deshalb gab er sie mir vor ein paar Wochen – so ziemlich gleich nach unserer Rückkehr aus Kalifornien. Er dachte, dass ich sie haben wolle. Ich bin mir nicht sicher, ob ich das will, denn ich verbringe viel zu viel Zeit damit, sie nur in den Händen zu halten und anzustarren. Und in dem Notizbuch habe ich es bisher nicht mal weiter als zur ersten Seite geschafft. Außer Detective Stephner und mir weiß niemand, dass ich die Schachtel habe.

Ich bin noch nicht sicher, was ich mit den Sachen anfange. Nach Möglichkeit vermeide ich es, an meine Eltern zu denken, weshalb ich die Adrenalinsucht entwickelt habe. Ich versuche, nicht an sie zu denken oder mich an sie zu erinnern, und ich war noch nie bei ihren Gräbern. Es kommt mir schlicht zu schlimm vor, mich dem zu stellen, was passiert war, was ich verloren habe und was nie sein wird. Loslassen, nach vorn blicken, anstatt irgendwo zwischen Vergangenheit und Zukunft festhängen, wie ich es die meiste Zeit im Leben getan habe. An die

Zukunft denken? Gott, ich kann mir nicht mal vorstellen, wie das wäre.

Ich drehe das Armband in meiner Hand, hole tief Luft und schiebe es über meine Finger bis zum Handgelenk. Es ist nichts Besonderes, nur ein silbernes Armband mit einer Plakette, auf der *sempre* steht. Nach einigem Herumsuchen in Online-Übersetzungsprogrammen entdecke ich, dass es Italienisch ist und *für immer* heißt. Warum das da auf Italienisch steht, weiß ich nicht, weil ich überhaupt nicht viel über meine Eltern weiß, und das macht mich traurig.

Dieser ganze Kram macht mich traurig.

Was ich jedoch niemals zugeben würde.

Das kann ich nicht.

Gott, ich wünschte, ich könnte mich von meinen Gedanken und der Vergangenheit befreien! Doch das wird nie geschehen, weil mich die Vergangenheit in ihren Ketten hält, die mich herunterziehen und immerzu zurückhalten. Ich weiß, dass ich meinen Schmerz und die Dunkelheit erst dann loslassen kann, wenn meinen Eltern Gerechtigkeit widerfahren ist.

Am Ende werfe ich alles zurück in die Schachtel, als würde es mich verbrennen, lege den Deckel auf und schiebe sie dahin zurück, wo sie hingehört. Ich sollte aufhören, die Sachen anzusehen, denn das wird schon zu einem Zwang. Doch allein die Tatsache, dass die Schachtel im Zimmer ist, bringt mich dazu, sie herausholen und über Dinge nachgrübeln zu wollen, die ich nicht ändern kann.

»Ich muss aus diesem verdammten Zimmer«, murmle ich vor mich hin, laufe zum Wandschrank und hole meine Lederjacke und die Stiefel heraus. Nachdem ich beides angezogen habe, greife ich nach meinen Schlüsseln und meinem Portemonnaie auf dem Küchentresen und gehe raus. Für einen Moment zögere ich, bevor ich rausgehe, weil ich eigentlich Seth sagen sollte, wo ich hinwill, so wie ich es Luke versprochen habe. Aber ich will Seth nicht erklären müssen, wieso ich gerade ausflippe, also gehe ich einfach. Allerdings liegt mir das schlechte Gewissen wie eine Tonne Steine auf der Brust. Ich weiß, dass es nicht sonderlich sicher ist, alleine loszuziehen, und mir ist auch klar, dass Luke allen Grund hat, mich genau davor zu warnen. Detective Stephner würde ihm sofort zustimmen. Prestons Besessenheit von mir ist mehr als unheimlich – dieses Zimmer voller Fotos von mir, von denen einige auch noch aus der Zeit stammen, als ich richtig klein war. Das ist verstörend, und jeder würde sich deswegen Sorgen machen, ausgenommen ich. Noch dazu schickt Preston mir weiter Nachrichten, immer wieder von unterschiedlichen Nummern, nicht zu vergessen das Päckchen letzte Nacht. Ich frage mich, ob es noch mehr gibt, was mir nicht erzählt wird. Immerhin ist es schon erstaunlich, dass die Polizei jede Nacht das Haus observiert, auch wenn ich keinen Schimmer habe, was Detective Stephner mir nicht erzählen könnte.

»Ich sollte einfach wieder in die Wohnung gehen und die Tür von innen abschließen«, sage ich mir, was nicht wirkt, und so trotte ich die Treppe hinunter. *Weil ich verkorkst, gebrochen und chaotisch bin. Eine Million unterschiedliche Sachen auf einmal.* Die Stimme in meinem Kopf ist nicht meine eigene, sondern ein Chor der diversen Pflegeeltern, die ich über die Jahre hatte. *Das mache ich nun mal. Ich versaue alles. Ich mache alles falsch. Ich mache dicht, weil das einfach ist, und ich jemand bin, der sich alles leicht macht.*

Weil ich eine Ablenkung von den Stimmen brauche, hole ich mein Telefon hervor und schreibe an Greyson. Mit ihm kann ich es im Moment aushalten. Außerdem kann er Seth sagen, dass ich bei ihm bin, sodass ich mein Versprechen gegenüber Luke halte, ohne Seth erklären zu müssen, dass ich ausflippe und dringend aus der Wohnung muss.

`Ich: Wo bist Du gerade?`

Ich laufe die Treppe hinunter und warte auf seine Antwort. Es ist kalt, weil der Herbst kommt und den Rasen und das Laub knistern lässt. Der eisige Wyoming-Wind beißt mir in die Wangen, und ich kann Windspiele irgendwo in der Nähe klingeln hören. Es wirkt friedlich. Ich wünschte, ich könnte einfrieren, nie mehr einen Schritt vorwärts oder zurück gehen. Niemals. Aber das Telefon summt in meiner Tasche, und ich muss mich wieder bewegen. Ich hole tief Luft und wische mit dem Finger über das Display. Es ist eine neue SMS da und eine Nachricht auf der Mailbox. Ich habe keine Ahnung, wann ich einen Anruf verpasst haben soll, aber als Erstes öffne ich die SMS, weil sie von Greyson ist.

Greyson: Bei der Arbeit. Was gibt's? Alles okay?
Ich: Ja, mir ist nur langweilig. Bin heute nicht zum Kurs. Ist's okay, wenn ich in die Bar komme?
Greyson: Klar, aber Benny spannt Dich garantiert gleich ein. Wir sind knapp besetzt.
Ich: Besser als in der Wohnung rumzuhängen.
Greyson: Gut, komm her. Ich find's auch öde. Nachmittags ist nichts los an der Bar. Weiß nicht mal, ob Benny sie offen lässt. Beim Essen brummt der Laden.

Benny lässt die Bar für Leute offen, die gerne früh mit dem Trinken anfangen, und das werde ich tun, wenn ich dahin gehe.

Meine Hand zittert, als mir das klar wird. *Ist es so weit gekommen? Bin ich so übel? Interessiert mich das? Irgendwas?* Weiß ich nicht, wie ich überhaupt nichts mehr weiß. Eigentlich habe ich nie getrunken. Ja, ich habe gedealt, aber mich selbst nie auf irgendwelchen Stoff eingelassen, weil ich wusste, dass so ein Zeug komischen Kram mit meinem Kopf anrichtet, und mein Kopf ist sowieso schon verkorkst genug. Doch seit der Sache mit Preston lebe ich in einer Art Wolke, die ich mir selbst geschaffen habe, weil sie mir all die dreckigen Sachen zu vergessen hilft, die ich mit ihm getan habe …

»Wow, ich bin echt total im Eimer.« Diese Erkenntnis ist wie ein Schlag ins Gesicht, und ich bleibe für einen Moment wie versteinert auf den Stufen stehen.

Immerzu versteinert.

Nicht bewegen.

Nicht dass es mir neu wäre; trotzdem erwischt es mich jedes Mal eiskalt, wenn ich darüber nachdenke, wozu ich geworden bin. Und meine Finger zittern ein bisschen, als ich die Antwort eintippe.

`Ich: Wir sehen uns in 15.`

Ich rufe die Mailbox-Nachricht auf, während ich die restlichen Stufen hinunterlaufe und das Gewicht meines Lebens auf mich einkracht. Und es wird um nichts besser, als ich Detective Stephner höre. Zuerst denke ich, dass er mir nur den neuesten Stand mitteilen will, auch wenn ich ihn sonst immer anrufe, damit er mir erzählt, es gäbe noch keine Fortschritte. Aber als ich begreife, was er sagt … Nein, ich muss mich verhört haben. Ich muss die Nachricht zurückspulen und noch mal hören. Immer wieder.

»Nein … das kann nicht sein …« Seine Worte rammen mir in die Brust, krachen über mir ein wie riesige Wellen, sodass ich das Gefühl habe zu ertrinken. Und anstatt dagegen anzukämpfen, stehe ich einfach da und lasse mich von den Fluten wegreißen.

Mira Price wurde verhaftet.

Ich bin erschrocken, geschockt, völlig überrumpelt. Wie mir in diesem Moment bewusst wird, hatte ich nicht damit gerechnet, dass es jemals passiert. Und ich hatte definitiv nicht erwartet, dass ich so darauf reagiere. Oder ich leugne mal wieder. Vielleicht wusste ich im Grunde, dass alles irgendwann an die Oberfläche käme und ich mir dann vieles eingestehen müsste.

Dass Mira Price wegen des Mords an meinen Eltern verhaftet würde, und dass sie trotzdem nie mehr zurückkommen.

Nichts kann sie je wieder zurückbringen.

Bis ich unten an der Treppe bin, habe ich das Gefühl, im Erdboden zu versinken. Ich muss meine gesamte Kraft aufwenden, damit meine Knie nicht nachgeben, und dennoch sacke ich direkt auf dem Gehweg zusammen. Ich fühle den rauen Beton, der mir die Haut unter der Jeans aufschürft, aber der physische Schmerz ist nichts.

Nichts.

Physischer Schmerz ist meine Zuflucht.

Es ist der emotionale Schmerz, der mich umbringen wird.

Einatmen. Ausatmen. Ich bin stärker als das – oder nicht? Nein, ich brauche etwas, das die Gefühle abtötet, die in mir aufwallen … die Verwirrung … die Hilflosigkeit vor dem Unbekannten … Wie geht es jetzt weiter? Was ich brauche, ist ein Fenster, hoch oben. Etwas Gefährliches. Etwas. Etwas. Etwas, um die Emotionen abzustellen, die in mir reißen und stechen, spitz wie Nadeln, scharf wie Messer. Es tut weh. Schmerzt. Bringt mich um. Ich schwöre, dass ich innerlich blute … Zu viel Schmerz. Er wird schlimmer, als ich überlege, was vor mir liegt, welcher Zukunft ich mich stellen muss.

Schließlich schaffe ich es, den Schmerz gerade weit genug zurückzudrängen, dass ich aufstehen kann. Dann gehe ich ziellos den Gehweg hinunter, während sich in meinem Kopf eine Idee formt, die mir helfen könnte, durch den Tag zu kommen. Auch wenn ich es womöglich nicht überlebe. Ich will das höchste Gebäude suchen, mich an die Dachkante stellen, die Arme ausbreiten und mich nach vorn lehnen, bis alle Gefühle in mir durch Angst ersetzt sind. Die Vorstellung ist Furcht einflößend, und das macht sie umso reizvoller.

Es macht sie zu dem, was ich brauche.

Wonach ich lechze.

Meine Sucht befriedigen.

Ich frage mich nur, wie lange ich so weitermachen kann, bis ich es zu weit treibe.

5

LUKE

Ich fühle mich heute beschissen. Mir setzt nicht nur der Stress mit dem Päckchen und dem Foto zu, sondern ich mache mir auch Sorgen um Violet, mehr als sowieso schon. Sie wird immer distanzierter, und beim Sex letzte Nacht fühlte es sich an, als wäre sie ganz woanders, als würde sie weiter von mir wegtreiben. Ich habe Angst, dass ich sie eines Tages nicht mehr erreiche.

Es tat höllisch weh und erinnerte mich an mich selbst vor gar nicht allzu langer Zeit, als ich vögelte, weil es mir das Gefühl gab, die Dinge zu kontrollieren. Es ist schrecklich, dass wir nun an diesem Punkt sind, aber ich weiß nicht, was ich dagegen tun soll. Soll ich sie bitten, sich Hilfe zu holen? Vielleicht. Allerdings würde ich mir wie ein Heuchler vorkommen, weil ich kein Recht habe, irgendwas dazu zu sagen.

Der Kurs zieht sich hin, während ich alles in Grund und Boden analysiere und jede Minute auf die Uhr sehe, was die Zeit noch schleppender vergehen lässt. Ich schreibe Violet, und als sie nicht antwortet, rufe ich sie an. Das Gespräch geht direkt auf die Mailbox, was an sich schon besorgniserregend ist, und nachdem ich sie zuvor seit einer Stunde nicht erreichen konnte, flippe ich jetzt aus. Seth erreiche ich ebenfalls nicht. Mir gefällt das Gefühl nicht, aber ich scheine es nicht abstellen zu können, und schließlich, nachdem ich ungefähr zum fünfzigsten Mal auf die Uhr gesehen habe, verlasse ich den Kurs mitten in Professor Hapersons Vorlesung. Das passt überhaupt nicht zu mir, dem allzeit Strukturierten, und entsprechend ernte ich reichlich verwunderte Blicke – besonders von Kayden Owens, meinem besten Freund, seit ich ein Kind war. Wahrscheinlich denkt er an das letzte Mal, dass ich verschwunden bin und einfach die Kurse und das Footballtraining für ein paar Wochen schwänzte, ohne irgendwas zu erklären. Was genauso wenig zu mir passte. Ich habe es ihm immer noch nicht erklärt, weil die Hälfte der Geschichte Violets ist, und ich werde die nicht ohne ihre Erlaubnis erzählen.

Tatsächlich bin ich erst halb über den Campus-Innenhof, als ich eine SMS von Kayden bekomme.

Kayden: Was ist los? Wieso schwänzt Du?

Ich: Ich muss was überprüfen.

Kayden: Etwas oder jemanden? Mir scheint nämlich, dass Du in letzter Zeit oft die Kurse verpasst.

Wie bitte? Ich bin nicht sicher, ob er es vorwurfsvoll meint oder nicht, aber allmählich bekomme ich das Gefühl, dass er denken könnte, meine vielen Patzer hängen mit Violet zusammen, und das macht mich ein bisschen sauer. Ob sie mit ihr zu tun haben oder nicht, ist völlig unerheblich. Violets Eltern sind wegen meiner Mutter tot. Auch wenn sie die beiden nicht selbst umgebracht hat, war sie in jener Nacht da und ist deshalb mit ein Grund, warum Violet bei Pflegefamilien aufwachsen musste. Aber das weiß Kayden nicht, also sind seine Vorbehalte gegen Violet wohl irgendwie verständlich.

Ich: Hör mal, es gibt eine Menge, was Du nicht über Violet und mich weißt.
Kayden: Dachte ich mir, trotzdem mache ich mir Sorgen. Du wirkst etwas neben der Spur, was Dir echt nicht ähnlich sieht.
Ich: Weiß ich, und ich wäre es nicht, wär es nicht wichtig.

Er braucht einen Moment, und als ich seine Antwort bekomme, sitze ich schon in meinem Truck und habe den Motor gestartet.

Kayden: Tja, falls Du Hilfe bei irgendwas brauchst, sag Bescheid.

Könnte er mir doch nur helfen! Vielleicht würde es

sich dann nicht dauernd anfühlen, als würde ich von einer Klippe stürzen, ohne zu wissen, wo oder wann ich lande.

`Ich: Danke, Alter, aber ich komme schon klar.`

Das ist die fetteste Lüge, die ich je erzählt habe. Genau genommen komme ich überhaupt nicht klar. Kein bisschen. Violet scheint es immer schlimmer zu gehen, und es ist, als würde ich dastehen und zusehen, wie sie ihr Leben zerstört … Ich fühle mich so verdammt hilflos.

»Scheiße!« Laut fluchend fahre ich los, frustriert und stinksauer auf mich, weil ich nicht besser auf Violet aufpasse. In diesem Moment könnten so viele üble Sachen geschehen, angefangen bei Violet, die sich selbst verletzt, bis hin zu Preston. Mir jagen kalte Schauer über den Rücken, und mir wird schlecht. Ich darf sie nicht verlieren – nicht den einzigen Menschen, der mir etwas bedeutet. Der Gedanke ist gruselig, und ich ertappe mich dabei, dass ich mir wünsche – hoffe –, es könne eines Tages irgendwie nicht so sein. Besser. Normal.

Bitte, lass es einfach besser werden.

6

VIOLET

Dies ist mein letzter Versuch, den Schmerz loszuwerden. Der letzte Versuch, die Leere in meinem Herzen zu füllen. Ich hoffe nur, dass es funktioniert, denn alles andere hat es bisher nicht.

Ich stehe am Ufer des rauschenden Flusses und sehe zu, wie er über die Felsen strömt, um die Biegungen, unter der Brücke hindurch. Schönheit in Reinform. Ich wünschte, ich wäre eine Malerin, damit ich diesen Anblick festhalten kann. Oder Fotografin. Ich würde gerne vieles sein oder zumindest wissen, was ich sein möchte, dann wäre das hier vielleicht einfach – das Leben wäre einfacher. Hätte ich eine Richtung, ein anderes Ziel, als immer nur dahinzutreiben wie die Blätter im Wasser.

Ich blinzle das Gedankenspiel fort, den das Adrenalin zusammen mit ziemlich viel Alkohol in mir freisetzt. Dann zwinge ich mich, an die Kante zu treten, wo das Wasser ans sandige Ufer stößt. Ich schiebe nur auf, lenke mich von dem ab, weshalb ich hergekommen bin: einem weiteren Versuch nach mehreren gescheiterten. Ich weiß nicht wieso, doch heute fällt es mir schwer, mich zu beruhigen. Habe ich mehr Angst als sonst? Nein. Habe ich es mir anders überlegt? Definitiv nicht. Sobald ich beschließe, dass ich dies hier tun muss, kann ich nicht mehr zurück. Ich habe einen emotionalen Punkt erreicht, mit dem ich nicht umgehen kann – nicht einmal erahnen, wie ich es könnte –, und dies hier ist die einzige Lösung, die ich kenne. Ich mache es schon seit Jahren, und es ist längst keine Angewohnheit oder Flucht mehr, sondern Teil von mir, so fest in mein Sein eingeprägt wie die Tattoos in meiner Haut.

»Ich brauche das«, flüstere ich, hole tief Luft und wate in das reißende Wasser. Es tränkt meine Sachen und dringt sofort auf meine Haut durch, tausend eisige kleine Nadeln, die mich warnen zurückzubleiben. Aber ich gehe weiter, bis ich bis zur Hüfte … bis zur Brust … bis zum Hals im Wasser bin. Ich kann mich kaum noch auf den Beinen halten, denn das Wasser will mich nach unten ziehen, mich aufsaugen und forttragen. Ein Teil von mir will es lassen, die Füße anziehen und ins Unbekannte gespült werden. Ich habe keine Ahnung, ob ich überleben werde, und irgendwie ist das der Sinn der Sache. Der beängstigende, berauschende Sinn. Aber das bisschen Wille in mir, das mir zuflüstert, so wäre ich nicht mehr, fleht mich an zu kämpfen.

»Ich weiß nicht, ob ich noch will«, rufe ich über das Wasser. »Ich bin es so leid zu kämpfen, um meinen Kopf über Wasser zu halten.« Meine Stimme verliert sich im Wasserrauschen, als ich dort stehe und warte … Na ja, ich weiß nicht, worauf. Eine Antwort, was ich tun soll? Wie es von jetzt an weitergeht?

Doch es kommt keine Antwort, und mir bleibt nur, wieder ans Ufer zurückzuwaten. Vielleicht ist es aber auch nicht die einzige Wahl, die ich habe. Immerhin könnte ich jetzt gleich aufgeben, was ich jedoch nicht tue. Ich entscheide mich, in mein Leben zurückzukehren, zu meinem Zuhause und den Menschen dort. Was bedeutet das?

Unsicher beginne ich, mich wieder zum Ufer zu drehen, doch auf der halben Drehung reißt es mir die Füße weg. Im nächsten Moment knallt mein Kopf gegen einen Felsen, und ich gehe unter. Ich versuche, irgendwo Halt zu finden, strample verzweifelt mit den Füßen nach unten, aber ich habe keine Chance. Das Wasser ist zu stark, und mir ist schwindlig von dem Schlag gegen den Kopf. Ich kann kaum etwas sehen – Wasser … Felsen … Wasser – und ich wirble mittendrin.

O mein Gott, ich sterbe!

Das habe ich noch niemals gedacht. Ich habe nie wirklich geglaubt, dass ich bei irgendeiner dieser Aktionen sterben würde. Ja, ich habe mich bis an den Rand getrieben, doch ich wusste immer, welche

Linie ich nicht übertreten durfte, und habe es auch nicht getan.

Bis jetzt.

Und nun werde ich verdammt noch mal sterben.

Ich will schreien, weil ich hierfür nicht bereit bin. Weil ich noch nicht gehen will. Ich versuche, meinen Mund zu öffnen, damit ich um Hilfe schreien kann. Es waren Leute ein Stück weiter am Ufer. Doch jedes Mal, wenn ich den Mund aufmache, dringt ein Wasserschwall hinein, und ich würge. Also kämpfe ich stattdessen um mein Leben. Ich kämpfe wie jemand, der unbedingt, ganz dringend leben will. Mich erstaunt, wie sehr ich kämpfe, wie dringend ich es ans Ufer zurück schaffen will, wie viel mir an meinem Leben liegt. Und mich wundert, wie deutlich ich Dinge sehe, die ich möchte … Leute, die ich will. Auf einmal könnte ich schwören, dass ich die Stimme meines Vaters höre, der mir sagt, dass ich stark sein muss. Ich glaube sogar, ihn zu sehen, wie er auf mich zugeschwommen kommt, um mir ans Ufer zu helfen. Natürlich ist es nur eine Illusion, und beim Näherkommen verändert sich das Gesicht der Person.

Aber es kommt jemand.

Jemand, der mich vielleicht retten kann. Denn, bei Gott, ich möchte gerettet werden!

In der Ferne brüllen Leute, und ich sehe die Person, die sich mir nähert. Ich greife nach ihr, und sie nach mir, bis unsere Finger nur noch Zentimeter voneinander entfernt sind, als Wasser über meinen Kopf hinwegrauscht und mein Körper gegen Felsen schlägt. Plötzlich kracht eine Welle über uns hinweg, reißt die andere Person mit sich und mich weg von ihr.

7

LUKE

Es gelingt mir, mich auf der Fahrt zur Wohnung zusammenzureißen. Ich hoffe, sie ist dort und dass von all den üblen Sachen, die los sein könnten, ausnahmsweise mal nichts geschieht.

Bitte, lass alles okay sein!

Ich bin schon halb da, als ich eine SMS bekomme. Auf dem Display sehe ich, dass sie von Greyson ist.

Greyson: Hey, ich habe was von Dir.
Ich: Hä?
Greyson: Ein Mädchen mit schwarzen und roten Haaren, einer gepiercten Nase, Tattoos und Klugscheißer-Persönlichkeit. Nennt sich Violet.

Ich bin ungeheuer erleichtert. Sie ist bei Greyson. Gott sei Dank.

Ich: Bin ich froh, dass sie bei Dir ist. Ich habe schon versucht, sie zu erreichen.
Greyson: Ja, sie war beschäftigt. Womit, weiß

ich nicht, aber sie kam hier klatschnass an, mit einem blauen Auge, einer Schnittwunde am Handgelenk und sturzbesoffen… Es ist richtig schlimm, Luke. Ehrlich, etwas muss sie heute völlig fertiggemacht haben. Ich weiß aber nicht, was, weil ich sie nicht zum Reden bringe.

Schlagartig fühle ich mich so beschissen, dass ich rechts ranfahren und mich wieder einkriegen muss, ehe ich noch einen Unfall baue.

Ich: Wo seid Ihr jetzt?
Greyson: Im Diner. Zum Glück ist in der Bar nichts los, also kann ich auf sie aufpassen. Aber gegen drei wird es sicher voller. Kannst Du sie abholen? Ich würde sie selbst nach Hause bringen, doch wir sind schon unterbesetzt.
Ich: Bin unterwegs.

Wie eine gesengte Sau rase ich durch die Straßen von Laramie und verstoße gegen mehr Gesetze, als ich zählen kann. Aber ich bin irre vor Sorge, und nicht bloß, weil Violet betrunken ist, sondern weil sie in nassen Klamotten und verletzt im Diner aufgekreuzt ist. Ich kenne Violet gut genug, um zu wissen, dass sie sich die Verletzungen selbst zugefügt haben kann. Dabei dachte ich, dass sie es mit dem Adrenalinkick ruhiger angeht, doch das war offenbar ein Irrtum.

In der Hälfte der üblichen Zeit bin ich beim Diner und mittlerweile so aufgeputscht von meinem eigenen Adrenalin, dass sich die Gedanken in meinem Kopf überschlagen vor lauter Ideen, was Violet getan haben könnte, während ich im Kurs war. Ich hätte sie nie allein zu Hause lassen dürfen, hätte bei ihr bleiben müssen.

Ich springe aus dem Truck und laufe zum Hintereingang. Es ist bewölkt, der Himmel grau, der Wind kalt, und ich schwöre, dass ich in der Ferne Donnergrollen höre – wie ein verdammtes Omen. Als ich die Tür öffne und in den Diner gehe, fällt mir als Erstes auf, wie still es ist. Das ist unheimlich, und dieses Gefühl verstärkt sich nur, als das erste Geräusch, das ich wahrnehme, ein ersticktes Weinen ist. Ich biege um die Ecke und gehe in den Lagerbereich zwischen der Küche und der Bar. Dort hockt Violet zusammengekauert in der Ecke, die Beine an die Brust gezogen. Ihr Haar ist zerzaust; überall an ihrer Kleidung haftet Schmutz. Ihre blutunterlaufenen Augen starren ins Leere, und Tränen laufen ihr über die Wangen. So viel Traurigkeit strömt aus ihr heraus, und trotzdem sieht sie innerlich leer aus.

»Mein Gott!« Ich hatte gar nicht vor, es laut zu sagen. Es rutscht mir einfach heraus, denn ich bin ziemlich geschockt, sie so zu sehen. Bisher habe ich sie nur wenige Male weinen gesehen, und sie hasste es. Dass sie hier weint, wo jeder sie sehen kann …

Was auch geschehen sein mochte, es muss schlimm sein.

Vorsichtig, als würde ich mich einem verängstigten Kätzchen nähern, gehe ich auf sie zu. Es wäre nicht nötig gewesen, da Violet mich erst bemerkt, als ich praktisch vor ihr stehe. Dann blickt sie mit großen, verheulten Augen zu mir auf, vollkommen verloren und verwirrt.

Ich muss mich anstrengen, die Fassung zu wahren. »Was ist los?«, frage ich und hocke mich vor sie. Als sie nicht gleich antwortet, strecke ich eine Hand nach ihr aus, doch sie schüttelt den Kopf, zuckt zurück und dreht das Gesicht zur Seite. Ich sehe die Schwellung, die Greyson erwähnte. Sie färbt sich bereits bläulich-lila, was heißt, dass es sie heftig erwischt haben musste.

»Fass mich bitte nicht an«, flüstert sie. »Nicht jetzt.«

Ich fühle mich ungefähr so verloren, wie sie aussieht, als ich den Kratzer an ihrem Handgelenk sehe, von dem Greyson geschrieben hatte. Es handelt sich allerdings nicht um einen Kratzer, sondern um eine tiefe Risswunde, die immer noch ein wenig blutet. In mir macht etwas »Klick«, und ich verliere fast die Kontrolle, als ich ihren Arm packe.

»Was zur Hölle ist hier passiert?«, frage ich. Eigentlich will ich nicht so wütend klingen, kann es aber nicht verhindern. Ich hasse es, dass sie sich so etwas antut und sich derart verletzt. Sie verdient etwas viel Besseres, nur sieht sie das nicht.

Violet reißt ihren Arm zurück, und mir wird bewusst, wie grob ich sie gepackt habe, deshalb lockere ich meinen Griff ein bisschen. »Entschuldige, aber …« Kopfschüttelnd schlucke ich. »Es sieht aus, als hättest du das selbst gemacht … als hättest du dich geschnitten.«

»Habe ich«, antwortet sie matt. »Tut mir leid … Ich hatte versucht, es anders abzustellen, aber diesmal … diesmal war es zu viel, und ich kam damit nicht klar … Ich konnte nichts tun, um den Schmerz abzustellen, egal wie sehr ich es versucht habe. Deshalb bin ich weitergegangen – und habe Dinge gemacht, von denen ich nie dachte, dass ich sie tun würde.«

Ich beiße die Zähne zusammen, um nicht die Beherrschung zu verlieren. Die Vorstellung, dass sie sich selbst verletzt, macht mich krank und wütend. Nicht wütend auf sie, sondern auf jeden anderen, der über die Jahre mitgeholfen hatte, Violet zu zerstören. Auf all ihre Pflegeeltern, die sie im Stich ließen, auf Preston. Und auf meine Mutter.

»Was ist passiert?«, frage ich und setze mich vor ihr auf den Boden, immer noch ihren Arm haltend. Ich kann jemanden in der Küche mit Töpfen und Pfannen klappern hören, was Violet jedoch nicht wahrzunehmen scheint. »Und wo ist Greyson?«

»Er arbeitet an der Bar.« Sie starrt auf den Boden

vor ihren Füßen. »Er weiß nicht, dass ich so zusammengebrochen bin … Ich hatte gewartet, bis er zu viel zu tun hatte, um nach mir zu sehen.« Sie holt zittrig Luft, um ihre Tränen zu stoppen, doch die laufen weiter.

»Wie bist du …« Sanft streiche ich über die Wunde am Handgelenk. »Wie genau ist das passiert?«

Sie atmet ein und wieder aus, bevor sie mich endlich ansieht. Ihr Ausdruck ist leer und so distanziert, dass es mich fröstelt. »Ich habe mich geschnitten.« Sie zieht ihren Arm weg, zupft den Jackenärmel nach unten und hält den Unterarm an ihre Brust. »Ich habe alles versucht … auf einem Dach stehen, mich über die Kante beugen, die Füße hinunterbaumeln lassen. Als es nicht funktionierte, habe ich versucht, mich zu schneiden.« Sie zuckt mit den Schultern. »Aber es hat nicht geholfen.«

Ich versuche die Tatsache zu ignorieren, dass sie viel zu gleichgültig scheint, doch das ist verflucht schwer. Am liebsten möchte ich sie anbrüllen, ihr sagen, dass sie damit aufhören muss, weil sie zu wichtig und zu gut ist, um sich solchen Mist anzutun. »Woher ist der Bluterguss in deinem Gesicht?« Behutsam berühre ich die Stelle.

Sie wirkt verblüfft, als sie an ihre Wange greift, als hätte sie vergessen, dass dort etwas ist. »Ach, das … Ich bin gegen einen Felsen geknallt, als ich in den Fluss getaucht bin.« Erst jetzt bemerke ich das

Krankenhausarmband an ihrem Handgelenk. »Das hat ein bisschen wehgetan.«

Ich schiebe einen Finger unter das Armband. »Was zur Hölle ist das denn?«, frage ich, doch Violet schüttelt den Kopf und weigert sich, mir zu antworten.

Ich lege eine Hand an ihre Wange und bemühe mich, nicht so wütend zu sein, nur kann ich es nicht verhindern. Mich macht es rasend, dass sie sich selbst so egal ist. Weiß sie denn nicht, wie wichtig sie mir ist? Nein, wie sollte sie auch? Ich habe ihr ja nie gesagt – dass ich …

Dass ich sie liebe.

»Du bist eiskalt.« Meine Hände streichen über ihren Hals und ihre Arme bis zu ihren Fingern, die ebenfalls eisig sind. »Du erfrierst, Baby … Was ist mit dir passiert?«

»Draußen ist es kalt, und ich bin in den nassen Sachen vom Krankenhaus hierher gegangen.« Sie überlegt. »Aber ich glaube, der Alkohol macht es besser, denn so viel merke ich davon gar nicht.« Stirnrunzelnd neigt sie den Kopf zur Seite. »Komisch, ich erinnere mich nicht mal genau, wie ich hergegangen bin.«

Sie hatte eindeutig einen Blackout, entweder vom Adrenalinschub oder vom Alkohol, und irgendwann mittendrin ist sie im Krankenhaus gelandet. Mir rasen so viele Gedanken durch den Kopf, was geschah, während ich am College war.

Was mich aber noch irrer macht, ist die Tatsache, dass sie allein herumgelaufen ist, obwohl ein Stalker hinter ihr her ist. Und auch noch betrunken. Es ist gefährlich, und das viele Trinken ist an sich schon schlecht für sie. Das habe ich vor fast einem Monat am eigenen Leib erfahren, als ich beschloss, mit dem Trinken aufzuhören. Ich war bei einem Arzt, damit er mir etwas verschrieb, das mir durch die Entgiftung half. Er untersuchte mich und sagte, mit dem Diabetes könnte ich von Glück reden, dass ich trotz des Saufens noch am Leben bin. Vor einem Jahr hätte es mich einen Dreck interessiert, aber jetzt, mit Violet, die mich braucht, will ich mich unbedingt bessern.

Ich wünschte nur, ich könnte etwas tun, damit es ihr auch besser geht.

»Fahren wir nach Hause.« Ich lege die Arme um sie und hebe sie hoch. Sie wehrt sich nicht; vielmehr sinkt sie fast mit einem Seufzer in meine Arme, als hätte sie genau darauf gewartet.

»Das fühlt sich gut an«, murmelt sie, als ich sie zur Tür trage. Ihre Lider flattern. Anscheinend hat sie Mühe, die Augen offen zu halten. »Luke ... Bitte verlass mich nie.« Ihre Stimme bricht, und mich zerreißt es fast. »Ich habe niemanden mehr.«

»Doch, hast du. Du hast mich, und ich verspreche dir, dass ich nirgends hingehe. Nie.« Ich sage es, ohne auch nur einen Moment nachzudenken. Dann kicke ich die Tür hinter uns zu und gehe über den

Parkplatz zu meinem verbeulten Truck, der weit hinten parkt.

»Das sagst du jetzt – aber vielleicht überlegst du es dir anders, nachdem …« Gähnend vergräbt sie das Gesicht an meiner Brust.

»Nachdem was?«, frage ich, während ich die Beifahrertür zu öffnen versuche, ohne sie abzustellen.

»Nach dem, was kommen wird … So vieles vor – uns …«

Ich halte inne und verkrampfe mich. *Was zur Hölle ist heute passiert?* »Was wird kommen?«

Sie antwortet nicht, sondern schläft in meinen Armen ein, sodass ich keinen Schimmer habe, wovon sie redet. Wie kommt sie auf die Idee, dass ich sie verlassen würde? Und was kann sie heute derart fertiggemacht haben? Gibt es zwischen beidem einen Zusammenhang?

O Gott, was ist, wenn ich der Grund bin, weshalb sie durchgedreht ist?

8

VIOLET

Als ich die Augen wieder öffne, liege ich in meinem Bett, und Sonnenlicht fällt durchs Fenster hinein, was bedeutet, dass ich mindestens einen Tag verschlafen haben muss. Ich trage eines von Lukes T-Shirts, und sein Duft überwältigt meine Sinne auf die bestmögliche Art. Für einen kurzen Moment ist alles okay. Aber dann nehme ich den Rest von mir wahr. Mein knotiges Haar stinkt nach schmutzigem Wasser, und mein Körper fühlt sich an, als wäre ich mit einem Boxchampion im Ring gewesen. Zuerst erinnere ich mich nicht, wie ich hergekommen bin, aber dann tauchen nach und nach Bildfetzen auf. Der Anruf von Detective Stephner … Was geschehen war … Was ich für ihn tun muss … Wie ich auf alles reagierte …

Ich hebe meinen Arm und betrachte die Stelle am Handgelenk, wo ich mit einem schrottigen Taschenmesser hineingeschnitten habe, aber dann am Ende doch kniff. Dann berühre ich die Beule an meinem Kopf von dem Felsen im Fluss. Ich kann mich nicht mal erinnern, wie ich aus dem Wasser gekommen bin. Ich glaube, jemand kam zu mir geschwommen und holte mich raus … Dann waren mehrere Leute da, und ein Krankenwagen kam mit heulenden Sirenen, um mich ins Krankenhaus zu bringen. In der Ambulanz habe ich die Schwester belogen und erzählt, ich hätte mich versehentlich zu dicht ans Ufer gestellt, weil ich ein Bild von einer Brücke in der Nähe machen wollte, und wäre hineingestürzt. Da ich keine Versicherung oder so habe, war es leichter für sie, mich ohne allzu viele Fragen wieder gehen zu lassen, schätze ich. Außerdem kann ich sehr gut lügen, wenn ich muss.

Vom Krankenhaus aus bin ich gegangen. Und gegangen. Und gegangen. Ich war total verwirrt, was das Leben angeht und was ich mir davon erwarte, denn irgendwas wollte ich, sonst wäre ich einfach ertrunken und hätte mich zu meinen toten Eltern gesellt. Aber ich kam nicht dahinter und dachte nur immerzu an Luke. Später war ich beim Diner. Und Greyson … Und dann war Luke da und hat mich so gesehen …

»Scheiße. Luke.« Ich atme pustend aus, als mich all die Gefühle wieder einholen, die ich loszuwerden versucht hatte, zusammen mit allem anderen. Ich nehme mein Telefon vom Nachttisch und sehe auf das Datum. Tja, ich war einen ganzen Tag weg. »Mist.« Als ich mir übers Gesicht reibe, stöhne ich vor Schmerz. Im nächsten Augenblick erstarre ich, denn ich sehe das silberne Armband mit dem eingravierten *sempre.* »Ich schwöre, das hatte ich abgenommen«, murmle ich. »Wie kann das sein?« Ich will mich aufsetzen, aber es ist, als würde ich auf Crack in ein Karussell steigen. Das Zimmer dreht sich um mich, und beinahe kippe ich ohnmächtig auf den Fußboden. Um mich abzufangen, greife ich nach der Nachttischkante, wobei ich die Lampe umstoße. Sie geht zwar nicht zu Bruch, fällt aber laut scheppernd auf den Boden.

Während ich noch versuche, mich zum Sitzen aufzurichten, öffnet sich die Tür und Luke kommt herein. »Was machst du da?«, fragt er, sieht zur Lampe und dann zu mir, wie ich mich abkämpfe, auf die Beine zu kommen.

Ächzend sacke ich wieder aufs Bett. »Ich versuche aufzustehen«, antworte ich bemüht lässig. »Aber anscheinend haben meine Beine vergessen, wozu sie da sind.«

Er runzelt die Stirn. »Das ist nicht witzig, Violet.«

»Was? Dass ich nicht gehen kann?« Ich bin unsicher, wie ich auf seine Wut reagieren soll, weil sie so untypisch für ihn ist. »Irgendwie doch, findest du nicht?« Ich zeige einen kleinen Abstand mit Daumen und Zeigefinger. »Nur ein kleines bisschen.«

Er schüttelt den Kopf. Offensichtlich ist er noch sauer auf mich. »Hör auf, Witze zu reißen.« Dann setzt er sich auf die Bettkante, sodass ich ein Stück zu ihm kippe. »Ich weiß nicht mal … Ich kann nicht mal …« Als er mich ansieht, schrecke ich zurück und will mich unter der Decke verkriechen. Schon viele Leute haben mich ausgeschimpft, sehr oft, aber nie so, mit solcher Inbrunst, solcher Enttäuschung, solchem Entsetzen und solcher Sorge in den Augen. »Was hast du dir nur dabei gedacht? Die Wohnung zu verlassen … Ins Wasser zu gehen … Oh, verdammt!« Seine Hände ballen sich zu Fäusten, und er sieht aus, als wolle er etwas zerschmettern.

Sein schroffer Ton erschrickt mich, trotzdem setze ich mich gerade hin, auch wenn mein Rücken wehtut. »Ich habe daran gedacht, dass ich absolut nicht mehr denken will, weil es schmerzt und so schwer ist.«

»Du hattest mir versprochen, nicht die Wohnung zu verlassen und dich bei Seth zu melden.«

»Ich brauche keinen Babysitter, Luke. Das habe ich dir schon öfter gesagt.«

Er hebt meinen Arm hoch und tippt auf das Klinikarmband. »Offenbar doch. Ist dir klar, was für Sorgen ich mir gemacht habe, weil ich dich nicht erreichen konnte?« Er schüttelt den Kopf. Seine Züge sind verhärtet, und seine geballten Fäuste zittern. »Und dann finde ich dich betrunken, klatschnass und mit einem Krankenhausarmband am Handgelenk, was es noch viel schlimmer macht.«

Ich ziehe meine Hand weg. Ja, ich schäme mich für das, was ich getan habe. Luke kennt mein schmutziges kleines Geheimnis, weshalb ich ihm nicht einfach wie der Krankenschwester vorlügen kann, es wäre ein Unfall gewesen. Und ehrlich gesagt will ich es auch nicht. »Ich bin ausgetickt. Das tue ich nun mal, Luke. Bedaure, aber viel mehr kann ich dazu nicht sagen.«

Sein Blick bohrt sich in meine Augen, als er näher rückt, bis sich unsere Knie berühren. Dann lehnt er seine Stirn an meine, als müsse er mich dringend fühlen. »Warum bist du ausgetickt?«, fragt er deutlich sanfter.

Eine simple Frage. Leider ist sie aber mit so vielen Emotionen beladen, dass ich wieder das Gefühl habe zu ertrinken. Ich öffne den Mund, um ihm zu sagen, dass ich nicht darüber reden will. Im selben Moment wird mir bewusst, dass ich es muss, ob ich will oder nicht. Als ich beschloss, zu kämpfen anstatt unterzugehen, habe ich entschieden, dass ich hiermit klarkommen muss.

»Detective Stephner hat gestern angerufen«, sage ich leise. »In dem Fall hat sich etwas getan.«

Luke hat sichtlich Mühe, einen neutralen Gesichtsausdruck zu wahren, als ich mich von ihm weglehne. »Okay. Was?«, fragt er.

Alles, was ich beim Abhören der Mailboxnachricht empfunden hatte, rauscht erneut auf mich ein. Die Angst. Die Erleichterung. Die Sorge. Die Aufregung. Die bittere Erkenntnis, dass auch eine Aufklärung des Falls nichts daran ändert, dass meine Eltern tot sind. Nichts kann das ändern. Ich habe immer noch niemanden, keine Mutter, keinen Vater, keine Verwandten. Nichts. Und die Vergangenheit wird weiter existieren. Die Nachricht hat mich nicht befreit, und vielleicht werde ich nie frei sein. Letztlich aber war es die Angst, dass ich Luke darüber verlieren könnte, die mich ausflippen ließ und beinahe umbrachte.

Aber ich entschied mich zu leben. Ich entschied, nicht zu ertrinken. Das muss doch etwas bedeuten, oder? Dass ich nicht sterben will.

»Sie haben vor zwei Tagen deine Mutter verhaftet und hierher überstellt.« Meine Stimme kippelt, als ich fühle, wie sich mein Leben in etwas Neues, Unbekanntes und Beängstigendes wandelt. »Sie wollen, dass ich zu einer Gegenüberstellung hinkomme, um zu sehen, ob ich sie erkenne … Ich glaube nicht, dass ich es kann, doch ich muss das machen.« Ich zucke mit den Schultern, als würde ich nur beiläufig über das Wetter reden. »Wenn alles gut geht, gibt es einen Prozess. Sie geht ins Gefängnis … Falls alles gut geht, finden sie heraus, wer meine Eltern umgebracht hat.« Ich schlucke. »Nichts wird je wieder wie vorher sein … Ich weiß das … Es wird alles verändern – und ich weiß … Ich weiß, dass ich am Ende allein sein werde.« Ich fühle mich so verwundbar, weil ich die Wahrheit gestehe, beschämt, schwach und vieles mehr. »Ich will einfach nur stärker sein«, gebe ich zu. »Warum kann ich nicht stärker sein, so wie früher?« *Weil ich da sowieso nichts zu verlieren hatte.*

Seine Augen mustern jede noch so kleine Körperstelle von mir, was bewirkt, dass meine Haut überall kribbelt, dabei berührt er mich nicht mal. Und es scheint, als wolle er etwas sagen, kommt aber nicht drauf, was. Die Stille zwischen uns zieht sich in die Länge. Es fühlt sich wie das längste Schweigen aller Zeiten an, von der Sorte, bei der man fürchtet, es hört nie wieder auf. Und ich weiß, je länger es anhält, desto schrecklicher werden die Worte, die letztlich fallen.

Schließlich öffnet Luke den Mund und platzt heraus: »Ich liebe dich.«

Zuerst denke ich, ich habe ihn falsch verstanden, aber dann reißt er die Augen weit auf, während ich verarbeite, was er gerade gesagt hat.

»Hä?« Ich blinzle verdutzt. »W-was hast du gesagt?«

Wieder tritt Stille ein, nur wird sie diesmal von unserer beider unruhigem Atem gefüllt. Sie hat zur Folge, dass ich meine Worte von vorhin zurücknehmen will. Echt, dies hier ist das längste Schweigen, das ich je erlebt habe, und es ist wahnsinnig schräg. Luke sieht völlig verdutzt aus, zieht die Brauen zusammen und bekommt diese nachdenkliche Miene, als müsse er im Kopf noch einmal durchspielen, was er gerade gesagt hat. Derweil überschlagen sich meine Gedanken. *Hat er eben gesagt, dass er mich liebt?* Mich *liebt? Keiner hat das zu mir gesagt, seit ich fünf war und meine Eltern noch lebten.*

»O mein Gott.« Das ist das Erste, was mir über die Lippen kommt. Ich weiß nicht, woher die Worte kommen oder was ich mit ihnen meine. Alles, was ich weiß, ist, dass es sich anfühlt, als würde ich keine Luft mehr kriegen, als würde ich ersticken.

»Ich wollte das nicht sagen«, sagt Luke schließlich, scheint es allerdings auch nicht zu bereuen. Er ist viel zu ruhig. Entschieden zu ruhig, während ich ausflippe. »Ich meine, ich wollte es sagen, nur nicht ausgerechnet jetzt.« Er ringt sich ein halbes Lächeln ab und streicht mir eine Haarsträhne hinters Ohr. »Was für ein beschissenes Timing, was?«

Ich starre ihn an. Mein Mund steht so weit offen, dass mein Kinn praktisch bis zu den Knien hängt, und ich bin vollkommen sprachlos. Luke benimmt sich, als wäre es kein großes Ding, dabei ist es das. Ein riesiges, verkorkstes, verwirrendes Ding, das ich nicht begreife und mit dem ich nicht umgehen kann.

Ich schweige so lange, bis ich meinen Kopf gegen die Wand schlagen will, bloß um irgendein Geräusch zu machen. Dabei starre ich Luke an, denn ich bin unfähig, meine Augen von ihm abzuwenden. Ein Teil von mir, der mit der Seite meines Verstands verbunden ist, die immer noch an Feen, Einhörner und den ganzen Fantasiequatsch glauben will, sagt mir, dass ich nur noch hier bei ihm sitze, weil meine Beine zu sehr wehtun, als dass ich aufstehen und weggehen kann. Aber der andere, der mich auslacht, wenn ich mich selbst belüge, schreit, dass ich noch hier sitze, weil ich es will. Und das allein ist schon Furcht einflößend.

»Violet, bitte, sag irgendwas«, fleht Luke mich an – dieses peinliche Schweigen zu brechen? Soll ich es etwa erwidern? Weiß ich nicht. Ich weiß allerdings, dass ich es nicht kann. Ich weiß ja nicht mal, was Liebe ist.

»Ich muss zur Polizei.« Ich starre ihn noch ein, zwei Sekunden länger an, ehe ich den Blick von ihm löse. »Detective Stephner wundert sich sicher schon, wo ich stecke.« Wie ich es anstelle, kann ich nicht sagen, doch ich schaffe es, mich aufzurichten, ohne gleich wieder hinzufallen. Dann gehe ich langsam zur Kommode, um mir frische Sachen zu holen.

»Bist du sicher, dass du nicht bis morgen warten willst?«, fragt er. »Möchtest du dich nicht erst noch ein bisschen ausruhen?«

»Nein, ich will es einfach hinter mich bringen.« Ich suche mir ein rotes Shirt, eine Jeans und passende Unterwäsche aus. Einen Moment überlege ich, ihn zu bitten rauszugehen, solange ich mich umziehe. Aber ich befürchte, dass es die Situation noch unangenehmer macht. Und es ist ja nicht so, dass ich ihn sonst immer bitte rauszugehen. Vielmehr ziehe ich mich manchmal absichtlich vor ihm aus, um ihn zu ärgern. Also streife ich mein Shirt ab und werfe es auf den Boden. Dabei verhakt sich das Armband in dem Stoff. »Hey, du hast nicht zufällig ein Silberarmband gefunden, oder? Und es mir umgelegt?«, frage ich so lässig wie möglich, während ich das Armband aus dem Shirt zupfe.

»Nein ... Warum? Und was für ein Armband?«

»Ein Armband eben ...« Ich räuspere mich. Sicher wird er gekränkt sein, dass ich ihm nicht gleich von der Schachtel erzählt habe. Andererseits muss ich es jetzt, wenn ich erfahren will, wie das Armband an mein Handgelenk gekommen ist. Also sage ich es ihm, nicht nur das von der Schachtel, sondern ich schwöre auch, dass ich es nicht getragen habe, als ich gestern aus dem Haus ging.

Luke kratzt sich am Kopf, als ich das Armband ungeduldig aus dem T-Shirt ziehe, wobei der Stoff ein bisschen einreißt. »Bist du sicher, dass du es nicht getragen hast und vielleicht nur dachtest, du hättest es abgenommen?«

Ich lege das Armband auf die Kommode. »Kann sein – aber mir gefällt es nicht mal an mir, daher wäre es komisch, wenn ich damit losgezogen bin.«

Er sieht mich noch fragender an, während ich mich bemühe, den BH anzubekommen, was bei meinen Rückenschmerzen nicht einfach ist. »Tja, es könnte sein, dass du schlicht vergessen hattest, es wieder abzunehmen. Trotzdem finde ich, du solltest es dem Detective sagen, vor allem nachdem neulich

Nacht das Päckchen hier auftauchte ... Preston wird ...«, er knirscht mit den Zähnen, »wagemutiger.«

»Gott, was ist, wenn er in der Wohnung war? Aber wie könnte er mir das übergestreift haben, ohne dass ich es merke ...« Ich verstumme, als in meinem Kopf Bilder von mir im Fluss und einer Gestalt in der Ferne auftauchen. Die Menge, die um mich herumstand, als ich im Gras lag und Wasser auswürgte. War er da? Mitten unter ihnen? Nein, unmöglich kann Preston dort gewesen sein. Dennoch schwöre ich, dass ich in meiner Erinnerung sein Gesicht sehe. Ich überlege, Luke davon zu erzählen, aber für heute habe ich ihn schon genug gestresst, also beschließe ich, es nur dem Detective zu erzählen. »Okay, ich spreche es an.«

Luke entspannt sich und steht vom Bett auf. »Lass mich dir helfen.«

Ich verkrampfe mich, als er so dicht zu mir kommt, dass seine Wärme über meinen Körper strömt wie warmer Honig. Innerhalb von Sekunden hatte er meinen BH-Verschluss zugehakt, ohne ein Wort zu sagen, nimmt mir das saubere Shirt ab und zieht es mir über den Kopf. Er lässt mich seine Schulter als Halt benutzen, als ich meinen Slip und die Jeans anziehe.

»Möchtest du, dass ich mit dir komme?«, fragt er, während ich den Jeansknopf schließe.

»Zur Polizei?« Ich ziehe mein Haar aus dem

Shirt-Kragen, und mir weht eine Welle von Modergestank entgegen. *Mann, ich muss dringend unter die Dusche!*

Luke nickt unsicher. »Ja. Ich kann dich auch hinfahren und draußen auf dem Parkplatz warten.«

»Und wenn es länger dauert?« Ich steige in einen meiner Stiefel und bücke mich langsam nach unten, um ihn zuzuschnüren, weil es wehtut.

Nachdem er sich kurz angesehen hat, wie ich zu kämpfen habe, beugt Luke sich nach unten und schnürt den Stiefel für mich. »Das wird es sicher, aber ich möchte nicht, dass du alleine hingehst, erst recht nicht nach allem, was los war.«

»Vielleicht kann ich Greyson fragen, ob er mit mir kommt.« Ich will ihm das ersparen, denn er kann unmöglich mitkommen wollen, nicht bei dem, was ich vorhabe. »Das ist wohl einfacher.«

Er sieht zu mir auf und zieht vorwurfsvoll die Brauen hoch. »Für wen genau? Dich? Oder mich?«

»Dich ... Ich meine, es ist deine Mom – im Gefängnis ... Und ich gehe dahin, um zu versuchen, sie dazubehalten. Ist das nicht schräg für dich?«

Luke schüttelt stumm den Kopf und hilft mir, den anderen Stiefel anzuziehen. Anschließend steht er auf und sieht mich an. Leidenschaft strahlt von ihm aus, als er seine Hände auf meine Schultern legt. »Lass mich eines klarstellen, Violet. Hier und jetzt. Meine Mutter hat mich physisch, mental und emotional misshandelt und gequält.« Seine Stimme bricht, doch er räuspert sich und fährt fort: »Sie brach meine Schwester Amy, ließ zu, dass jemand sie vergewaltigte – was mit ein Grund war, weshalb Amy sich das Leben nahm. Jeder Tag mit meiner Mutter war wie ein Jahr in der Hölle. Ich hasse sie abgrundtief und wünschte, ich wäre derjenige, der sie ins Gefängnis bringt. Also glaub mir, wenn ich dir sage, dass ich das hier auch will. Ich will, dass sie für immer weggesperrt wird.«

Aus den Erinnerungsfetzen, die wir einander erzählen, wenn wir im Dunkeln in unserem Zimmer liegen, weiß ich schon eine Menge über Luke. Doch noch nie hat er das hier so direkt und offen ausgesprochen. Deshalb bleibt mir erst mal die Luft weg. Am liebsten würde ich ihn küssen, aber davor habe ich zu viel Angst nach dem, was er gesagt hatte … dieser ganzen Ich-liebe-dich-Sache. Ich fürchte mich vor dem, was es bedeuten würde … für ihn … für mich. »Na gut, dann komm mit.« Ich nehme seine Hand und gehe mit ihm aus dem Zimmer. Für einen kurzen Moment fühlt es sich an, als würde ich ausnahmsweise in die Zukunft gehen, anstatt in meiner Vergangenheit zu ertrinken. Dass ich mich vielleicht darum entschied, nicht zu sterben. Aber dann wird mir wieder bewusst, wohin ich gehe, und die Vergangenheit holt mich abermals ein.

9

LUKE

Sie will eindeutig nicht, dass ich mit ihr hineingehe, doch ich mache mir Sorgen, weil sie der Frau gegenübertreten will, die Teil des schlimmsten Tages in Violets Leben war. Sie wiederzusehen … Ich kann mir nicht mal ausmalen, wie es ihr dabei gehen muss. Violet tut, als wäre es kein Ding, aber ich weiß, dass es das sehr wohl ist. Kein Wunder, dass sie gestern einen Zusammenbruch hatte.

Allerdings ist mir auch klar, dass Detective Stephner wenig begeistert wäre, mich dort zu haben. Und so mache ich es Violet leichter und sage ihr, dass ich im Truck auf sie warte. Prompt überschlagen sich meine Gedanken: Ich überlege, was drinnen vor sich gehen mag, und rekapituliere, was ich heute zu ihr sagte. Nicht nur das über meine Mutter, die endlich verhaftet wurde, sondern auch das andere. Ich liebe Violet. Das weiß ich inzwischen seit Wochen, doch ich wollte warten, bis wir beide bereit dafür waren, dass ich es laut ausspreche. Ich wollte warten, bis wir beide besser mit unserem Leben und unserer Beziehung klarkommen. Und dann ist es mir irgendwie rausgerutscht. Ich weiß nicht einmal, wie, außer dass ich an mein beschissenes Leben bei meiner Mutter dachte und wie froh ich war, dass sie endlich hinter Gittern ist. Dann dachte ich daran, wie viel besser mein Leben jetzt ist, wie viel glücklicher ich bin, trotz aller Komplikationen. Und wie froh ich bin, Violet zu haben. Und als Violet sagte, dass sie Angst hätte, sie würde allein sein, platzten die Worte schlicht aus mir heraus, weil ich ihr begreiflich machen wollte, dass ich sie nie verlassen würde. Dass sie mir viel zu viel bedeutet, als dass es jemals dazu kommen könnte. Doch anstatt sie zu trösten, hat es ihr erst recht Angst gemacht, und ehrlich gesagt tat das irgendwie weh.

»Verdammt! Hab ich alles versaut?« Ich packe das Lenkrad und versuche, mich zu beruhigen und an etwas anderes zu denken, aber das kann ich nicht. Als ich schon fürchte, dass mir der Kopf platzt, beschließe ich, meinen Vater anzurufen und ihm zu erzählen, was geschehen ist. Und ich hoffe, dass es mich von meinem Zwang ablenkt, Violets und meine Beziehung zu analysieren.

»Hey, Luke«, meldet er sich nach dem dritten Klingeln.

»Mom ist im Gefängnis«, sage ich. »Sie haben sie verhaftet wegen … wegen ihrer Beteiligung an der Ermordung von Violets Eltern.«

»Das tut mir leid, Luke«, sagt er mitfühlend.

Ich lehne mich auf dem Fahrersitz meines Trucks

zurück und starre durchs Fenster zu den Sternen. Mir fällt wieder ein, wie ich meinen Führerschein und diesen Truck neu hatte und oft in dem Wagen schlief, damit ich nicht nach Hause musste. Ich parkte einfach irgendwo draußen in den Bergen, stellte mir Musik an, blickte hinauf in den Nachthimmel und genoss den Frieden. Vor allem genoss ich es, nicht in der Nähe meiner Mutter zu sein. »Es muss dir nicht leidtun. Ich bin froh, dass sie weggesperrt ist.«

»Das ist es auch nicht, was mir leidtut«, entgegnet er mit einem schweren Seufzer. »Mir tut leid, dass du das durchmachen musst … dass du und Violet das durchmachen müsst. Es muss hart sein … Deine Mutter … Ihre Eltern … Mein Gott, ich kann nicht mal erahnen, wie Violet sich jetzt fühlen muss.«

»Ich auch nicht, weil sie nicht mit mir darüber reden will.« Da ich noch nie der Typ war, der über Persönliches redet, überrasche ich uns beide hiermit. Und ich wollte es auch gar nicht sagen, aber vor lauter Stress und Schlafmangel ist mein Gehirn in den letzten Wochen ein bisschen langsam.

»Das ist unter den gegebenen Umständen sehr verständlich.« Er legt eine Pause ein. »Wie kommst du klar?«

»Habe ich doch schon gesagt. Ich bin froh, dass sie im Gefängnis ist.«

»Nicht damit. Ich meinte, wie du mit Violets Distanziertheit klarkommst.«

Ich zucke mit den Schultern, obwohl er es nicht sehen kann. »Gut, schätze ich.«

»Luke, du hörst dich nicht gut an.« Er klingt zögerlich, was daher rührt, dass unsere Beziehung nach wie vor holprig ist. Für mich ist es, als würde ich meinen Dad erst jetzt kennenlernen, nachdem er jahrelang praktisch nicht in meinem Leben vorkam. Und ich denke, er hat deshalb Schuldgefühle, vor allem nachdem er einiges von dem erfahren hat, was mit meiner Mutter los war, als Amy und ich bei ihr aufwuchsen. »Du weißt, dass ich hier bin, wenn du reden willst.«

Eigentlich will ich ihm wieder sagen, dass es mir gut geht. Dass ich ihn bloß anrufe, um ihn auf dem Laufenden zu halten, was meine Mutter angeht, aber plötzlich kommen Worte über meine Lippen, die ich gar nicht sagen wollte. »Ich habe Violet gesagt, dass ich sie liebe.« *Scheiße!*

»Oh.« Weiß der Teufel, worüber er nachdenkt. Wahrscheinlich darüber, dass sein Sohn immer noch verkorkst ist, wie ich ja einige Male mit meinem Saufen und dem Spielen bewiesen habe.

»Ich habe es ihr gesagt, nachdem sie mir von Mom erzählt hat«, erkläre ich mit einem verbitterten Lachen. »Richtig beschissen getimt, was?«

Er kichert am anderen Ende. »Ich habe Trevor auf der Beerdigung seiner Großmutter gesagt, dass ich ihn liebe.«

»Tja, er hat dich geheiratet, also muss es funktioniert haben.« Ich bemühe mich um einen leichteren Ton, scheitere aber auf ganzer Linie.

Wieder lacht er. »Ich habe dir das nur gesagt, damit du weißt, dass es eben passiert, wenn es passiert, und manchmal können wir nicht anders, wenn wir verliebt sind. Es macht uns nun mal blind, weißt du?«

Er hat völlig recht. Als mir zum ersten Mal klar wurde, dass ich Violet liebe, kam es aus dem Nichts. Eben noch hatte ich sie gemocht und wollte ihr helfen, und im nächsten Moment liebte ich sie und wollte alles für sie tun. »Ich weiß es schon seit einer ganzen Weile.« Ich atme auf und überlege, ob ich wirklich anfangen will, mit ihm über Gefühle und persönlichen Kram zu reden. Was tue ich denn hier? Das klingt überhaupt nicht nach mir. Aber bin ich überhaupt noch ich? Mein Blick wandert zum Rückspiegel, und der, der mich daraus ansieht, bin auch nicht ich. Er sieht gesünder aus. Gefestigter. Die Augen sind weniger glasig, die Haut ist weniger blass.

»Dass du sie liebst?«, fragt mein Vater vorsichtig nach.

Bei dem Wort winde ich mich. Im Gegensatz zu Violet habe ich es sehr oft von meiner Mutter gehört, nur fühlte es sich immer falsch an, wenn sie es sagte – und wie sie es zeigte. »Ja … Ich weiß es seit ungefähr einem Monat und habe auf den richtigen Moment gewartet, um es ihr zu sagen. Aber, wie gesagt, ich hab's gründlich vermasselt.«

Zunächst ist er still.

»Was hat Violet dazu gesagt?«, fragt er dann.

»Nicht viel.« Es tut schon weh, mich an die endlose Stille zu erinnern. »Zuerst war betretenes Schweigen, und dann hat sie gesagt, dass sie zur Polizei muss, weil die wissen wollen, ob sie Mom als die Person identifizieren kann, die in der Nacht bei ihr im Haus war.«

»Und wo bist *du* jetzt?«

Ich zupfe an einem Riss in der Lenkradbespannung, sehe hinüber zum Polizeirevier und bemerke einen Typen, der an einem Baum neben dem Eingang steht und raucht. Er wäre mir wahrscheinlich gar nicht aufgefallen, würde er nicht direkt zu meinem Truck sehen. »Vor dem Revier und warte auf sie.« Ich beuge mich vor, um den Mann besser zu sehen, doch es ist zu dunkel, um sein Gesicht zu erkennen. Es könnte Preston sein, aber würde er es wagen, zu einem Polizeirevier zu kommen?

Mein Vater wird still, während ich weiter den Typen anstarre und es aussieht, als würde er mich ansehen. Ich überlege auszusteigen und greife nach dem Türhebel, als er einen Zug von seiner Zigarette nimmt, sie dann auf den Boden wirft und zum Parkplatz geht. Ich öffne meine Tür, doch bis ich draußen bin, ist er zu einem Ford Taurus gegangen, an dem eine schwangere Frau auf ihn wartet. Er küsst sie und hält ihr die Beifahrertür auf. Dabei scheint ihm das Licht einer Straßenlaterne ins

Gesicht. Es ist nicht Preston, und mir wird klar, wie besorgt und paranoid ich bin. Ich entspanne mich eben nie.

Ich will mich einfach wieder entspannen können. Mir keine Sorgen machen.

»Übrigens haben Trevor und ich überlegt, bald mal zu Besuch zu kommen«, unterbricht mein Vater meine Gedanken. Ich wende den Blick von dem Typen ab und sehe wieder zum Nachthimmel. »Wir könnten in ein paar Wochen einen Flieger nehmen – und euch vielleicht helfen, falls ihr Hilfe braucht.«

»An den Wochenenden habe ich Spiele«, sage ich, was stimmt, aber ich bin auch nicht sicher, ob ich ihn hierhaben will. Ich weiß nicht, ob ich dafür bereit bin.

»Das könnte doch spaßig sein«, sagt er mit einem Anflug von Vorfreude. »Ich habe dich noch nie spielen gesehen.«

Ich will erwidern, *weil du mich im Stich gelassen hast,* aber ich versuche, an dem Mist zu arbeiten, seit ich mir von ihm Geld pumpen musste, um Spielschulden zu bezahlen, und er es nicht zurückhaben will. Ich will kein Sohn sein, der seinen Vater nur für Geld benutzt.

»Und sonntags arbeite ich«, sage ich. »Aber wenn das für euch okay ist, klar. Dann kommt her.«

»Arbeitest du noch an der Bar?«, fragt er besorgt. Ich kann es ihm nicht vorwerfen. Ein trockener

Alkoholiker an einer Bar ist ja auch nicht ideal, und ich sehe mich schon nach einem anderen Job um, der nicht mit meinen Kursen, den Spielen und dem Training kollidiert. Trotzdem nervt mich, dass er es anspricht.

»Ich habe mich für einige andere Stellen beworben«, erkläre ich und bemühe mich, nicht sauer zu klingen. »Aber von denen habe ich bisher nichts gehört.«

»Du denkst doch nicht wieder – ans Spielen, oder?«

Ehrlich gesagt denke ich wirklich nicht oft daran, aber das könnte daran liegen, dass ich so auf Violet konzentriert bin. »Nein, tue ich nicht. Versprochen.«

»Okay ... Ich wollte nur mal fragen ... Ich mache mir nämlich Sorgen um dich«, sagt er, und ich kann ein bisschen Erleichterung in seiner Stimme hören, als hätte er Angst gehabt, dass ich wieder in meine alten Gewohnheiten verfalle. »Ich besorge Tickets, damit wir in einigen Wochen fliegen können, und sage dir Bescheid, wann wir ankommen.«

»Hört sich gut an.« Es ist seltsam. Mein Dad kommt nach Laramie, um mich zu besuchen. Vor gar nicht langer Zeit hätte ich mich dagegen gesträubt, aber jetzt muss ich es schlicht hinnehmen, sonst würde ich wieder zu dem Luke, der an allem möglichen hängt und seinen Schmerz in Alkohol ertränkt.

»Und, Luke?«

»Ja?«

»Falls du irgendwas brauchst, ruf mich an.«

Es sind nur wenige Worte, doch sie bedeuten mir viel. Verdammt, ich werde zu emotional, deshalb antworte ich rasch »Okay« und lege auf. Ich sage mir, dass ich aufhören muss, so ein Schlappschwanz zu sein, und mich einkriegen soll. Um mich abzulenken, stelle ich Musik an und beginne, auf meinem Telefon online nach Job-Angeboten zu suchen, doch ich werde immer unruhiger, je mehr Zeit vergeht. Dreißig Minuten. Eine Stunde. Zwei. Gott, wenn ich nur wüsste, was da drinnen vor sich geht! Ich wüsste gerne, ob mit Violet alles okay ist und es sie nicht zerbricht, meine Mutter zu sehen.

10

VIOLET

Ich war noch nie ein Fan von Polizeirevieren. Der Lärm: klingelnde Telefone, laute Stimmen, aufgeregte Leute. Es riecht nach Junkfood, und ich bin am Verhungern. Das macht mich irre und bringt die Erinnerung an frühere Besuche bei der Polizei zurück; einige waren, weil ich mich in Schwierigkeiten gebracht hatte, andere wegen des Falls meiner Eltern. Es ist verstörend und macht mich nervös. Und dass es ewig dauert, hilft auch nicht gerade. Ich habe ein paar Stunden vor Detective Stephners Büro gesessen und gewartet, dass er auftaucht und mir sagt, es sei Zeit, nach hinten zu gehen und das hier hinter mich zu bringen. Ich habe ein schlechtes Gewissen, weil Luke draußen in seinem Truck sitzt und sich wahrscheinlich fragt, wo ich bleibe, und ich kann ihn nicht mal anrufen, weil ich mein Telefon in der Wohnung gelassen habe.

Als ich schon überlege, rauszugehen und ihm zu sagen, dass er zu Hause auf mich warten soll, kommt Detective Stephner aus einem der Büros auf mich zu. Er hat eine Akte in der einen und einen

Kaffeebecher in der anderen Hand, trägt einen Anzug mit offenem Jackett und eine Krawatte mit Tannenbäumen drauf.

»Sie wissen, dass nicht Weihnachten ist, oder?«, frage ich ihn sehr spitz, als er seinen Kaffee in den Mülleimer neben mir wirft.

Stirnrunzelnd blättert er in der Akte in seiner Hand. »Wie?«

Ich zeige auf seine Krawatte. »Es ist Oktober. Sollten da nicht Kürbisse oder so drauf sein?«

Gedankenverloren sieht er an sich hinab. »Ach das.« Er lacht und kratzt sich am Kopf. »Ja, meine Frau muss mir heute Morgen die falsche hingelegt haben.«

»Ihre Frau legt Ihnen Ihre Klamotten hin? Das ist ja richtig Fünfzigerjahre-mäßig und irgendwie sexistisch.«

Er seufzt, weil ich das immer mit ihm mache – ihn provoziere. Ich weiß nicht mal, warum. Von allen Detectives, mit denen ich schon zu tun hatte, ist er nicht mal der Übelste, aber auf einem Revier zu sein, weckt zu viele schmerzliche Erinnerungen, und dann trieft diese Bitterkeit einfach aus mir heraus.

»Sie macht das gern«, erwidert er ein bisschen gereizt. »Ich bitte sie nicht darum.«

Ich zeige wieder auf die Krawatte. »Ja, sieht wirklich aus, als würde es ihr Spaß machen. Deshalb zieht sie Ihnen im Oktober Weihnachtssachen an.«

»Warum tun Sie das jedes Mal?«

»Was? Sie verarschen?«

Er sieht mich an. »Eines Tages wird Sie Ihr vorlautes Mundwerk in Schwierigkeiten bringen.«

Ich starre zurück. »Welch weise Worte.«

Wieder seufzt er und gibt es auf. »Okay, sind Sie bereit?«

Ich schüttle den Kopf. »Nein.«

Noch ein Seufzer. »Violet, wir haben das doch ...«

»Ich werde nie bereit sein, aber ich mache es«, unterbreche ich ihn. »Es war eine simple Feststellung.« Ich stehe auf. Meine Knie wackeln, und mein Magen flattert vor Nervosität.

»In Ordnung, kommen Sie mit«, sagt er und geht voraus durch den Raum voller Arbeitsnischen und auf einen Flur mit Neonbeleuchtung zu. Es sind noch viele Leute auf dem Revier, und ich ertappe einige dabei, wie sie zu mir aufsehen, als ich vorbeigehe. Ich frage mich, ob sie wissen, wer ich bin, und meine traurige, deprimierende Geschichte kennen. Haben sie deshalb Angst vor mir? »Ach, und ich habe das Päckchen mit dem Foto bekommen und gehe der Sache nach.«

»Okay.« Ich bekomme kaum mit, was er sagt, weil mich die Realität dessen, was gleich geschehen wird, erdrückt. Bei jedem Schritt fühlt es sich an, als würden die Wände auf mich zurücken und mich zerquetschen. Ich kann nicht mehr atmen. Denke! Funktioniere! Es ist so weit. Werde ich tatsächlich die Frau sehen, deren Song mich seit Jahren in meinen Albträumen verfolgt? Wie wird es sich anfühlen? Kann ich damit umgehen?

Rums.

Es ist, als wäre mir sämtliche Luft aus der Lunge entwichen. Ich ringe nach Atem. Meine Sicht wird verschwommen, und meine Knie knicken ein. Ich stütze mich an der Wand ab, um nicht auf den Boden zu sinken.

»Scheiße«, keuche ich. *Das darf jetzt nicht passieren!* »Scheiße. Scheiße. Scheiße.«

»Was ist los?«, fragt Detective Stephner, beugt sich über mich und sieht mich besorgt an. »Violet, atmen Sie. Es ist bald vorbei.«

Ich schüttle den Kopf und gehe rückwärts. Hierauf hatte ich mich nicht vorbereitet – nicht auf die Riesenwelle von Emotionen. Ich will stark sein, will die innere Kraft der alten Violet haben, aber die war nur eine Fassade, eine Verkleidung, die ich trug, um leichter vortäuschen zu können, dass alles okay war, als es das nicht war. Doch das Kostüm wurde in Fetzen gerissen, und zurück blieb mein wahres Ich, nackt und verwundbar. Ich will wegrennen und das Problem auf die einzige Art regeln, die ich kenne; aber nachdem ich gestern begriffen habe, dass ich nicht sterben will, bin ich nicht sicher, ob es mich beruhigen würde. »Ich kann das nicht – nicht, wenn ich mich so fühle.«

»Möchten Sie, dass ich jemanden herhole, der bei

Ihnen ist?«, fragt er und folgt mir den Flur hinunter. Andererseits weiß er ja, dass ich niemanden habe, und deshalb wirkt er ein bisschen unsicher.

Ich ringe nach Luft. »Ich brauche …« Was brauche ich? »Luke.«

Er scheint extrem abgeneigt, während mich allein dadurch, dass ich es gesagt habe, eine seltsame Ruhe überkommt. »Das ist keine gute Idee, Violet … Er ist der Sohn der potenziellen Verdächtigen – und …« Er verlagert sein Gewicht von einem Fuß auf den anderen. »Ihn hierzuhaben könnte dem Fall schaden.«

»Kann er nicht einfach im Warteraum sitzen?« Ich kriege wieder Luft, weil ich begriffen habe, was ich brauche. Ja, ich brauche tatsächlich Luke. Er schafft es immer, dass ich mich besser fühle, zumindest besser als so. Ich brauche ihn.

Und wie ich ihn brauche!

Wow, das war schwer zuzugeben. Ich hoffe nur, dass er meinte, was er gesagt hat – dass er dies hier genauso will wie ich; das mit Mira, mit uns. »Ich meine, er ist draußen auf dem Parkplatz, also wäre es doch nicht weiter schlimm, wenn er einfach nach drinnen kommt.«

Detective Stephner blickt zu den Arbeitsnischen um uns herum. »Vielleicht – draußen im Warteraum. Aber ich muss meinen Partner fragen, ob er sich zu ihm setzen kann – um ihn im Auge zu behalten.«

Ich nicke eifrig. »Okay, ich hole ihn.«

»Ich begleite Sie«, sagt er und kommt hinter mir her, als ich durch den großen Raum eile.

»Nicht nötig«, sage ich, während ich nach links biege und an dem Wartebereich zur Eingangstür laufe.

»Es ist nicht Ihretwegen«, erwidert er und läuft vor, um mir die Tür aufzuhalten.

»Haben Sie Angst, dass ich weglaufe?«, frage ich und schlinge die Arme um meinen Oberkörper, weil draußen ein kalter Wind weht.

Er zuckt mit den Schultern und sieht hinaus zum Parkplatz, wo Lukes rostiger Truck steht. »Wäre nicht das erste Mal.« Die Tür fällt zu. »Ich warte hier auf Sie.«

Ich laufe die Treppe hinunter. Mein Herz hämmert. Ich erinnere mich an die vielen Dinge, die ich allein machen musste, als ich noch jünger war. An Arztbesuche, bei denen keiner meiner Pflegeeltern im Wartezimmer auf mich warten wollte. Meine anfänglichen Besuche bei der Polizei, zu denen mich meine damalige Pflegemutter brachte, was bedeutete, dass sie auf einem Stuhl in der Nähe hockte und sich die Nägel feilte. Ich erinnere mich, wie ich dasaß und mir wünschte, jemandes Hand halten zu können. Einmal versuchte ich, ihre Hand zu halten, doch sie zog sie gleich wieder weg. Ich wollte doch nur jemanden, der mich tröstet.

Was ich wirklich wollte, waren meine Mom und

mein Dad. Aber das war ja nicht möglich, denn ich war allein dort, weil sie tot waren.

Als ich auf Lukes Truck zugehe, höre ich Musik und sehe Rauch aus dem halb geöffneten Fenster steigen. Er stellt gerade irgendwas an seiner Stereoanlage ein, weshalb er erschrickt, weil ich plötzlich die Fahrertür öffne. Er zuckt heftig zusammen und sieht aus, als wolle er nach mir schlagen.

»Mann, du hast mir einen Riesenschrecken eingejagt.« Er tritt seine Zigarette auf dem Wagenboden aus. »Wollen wir fahren?«

Ich schüttle den Kopf und zeige über meine Schulter zum Gebäude. »Ich möchte, dass du mit reinkommst.«

Er runzelt die Stirn. »Ist irgendwas?«

»Nein, eigentlich ...« Ich nage an meiner Unterlippe. Verdammt, um Hilfe zu bitten kann sehr schwierig sein. *Mach schon, um Gottes willen!* »Ich möchte nur nicht allein sein, wenn ich das mache.«

So schwer es mir fällt, um Hilfe zu bitten, macht sein Gesichtsausdruck es ein klein wenig besser. »Okay.« Er zieht die Schlüssel ab, steigt aus dem Truck und schließt die Tür.

»Du muss aber im Warteraum bleiben, weil ... na ja, du weißt schon.« Es ist ein bisschen schräg, jedenfalls für mich, ihn zu erinnern, dass seine Mutter da drinnen ist.

Aber Luke verwebt seine Finger mit meinen, als

wäre es das Einfachste auf der Welt. Wäre doch alles so simpel, aber schon zu gehen, wird kompliziert. Trotzdem hilft es mir, dass Luke da ist und versucht, es so leicht wie möglich zu machen, als der Detective ihn in den Wartebereich weist wie einen Kriminellen. Es hilft mir zu wissen, dass er dort ist, im selben Gebäude, jederzeit erreichbar, als ich in den Raum mit dem Einwegspiegel gehe.

Es macht mir das Atmen leichter.

Der Raum, in dem ich stehe, ist klein und dunkel bis auf das Licht, das von der anderen Seite kommt, wo sie Mira Price hereinführen werden. Die Luft riecht nach Zigarettenqualm, und es stehen einige Metallstühle hinter mir. Wahrscheinlich könnte ich mich hinsetzen, doch ich wage nicht, mich zu rühren, weil ich dann wohl weglaufen würde. Also bleibe ich vor dem Fenster stehen.

Ich schwöre bei Gott, dass ich stundenlang dort stehe, dabei sind es sicher nur wenige Minuten, vielleicht nur Sekunden, bis Detective Stephner zu mir kommt.

»Sind Sie bereit?«, fragt er und blickt wieder auf die Papiere, die er mit sich herumträgt.

Nein. »Ja.« Ich zupfe an dem Lederarmband an meinem Handgelenk, das ich bloß angelegt habe, um die Wunde zu verdecken. »Was genau soll ich eigentlich machen? Einfach sagen, ob ich mich an sie erinnere?«

Er nickt, immer noch abgelenkt von seinen Papieren. »Wenn sie die Frau aus jener Nacht ist und Sie sie identifizieren können, sagen Sie es mir. Aber es ist sehr wichtig, dass Sie sich sicher sind, okay?«

Ich nicke. Als würde ich jemals etwas anderes sagen. Ich würde Lukes Mom niemals fälschlich identifizieren.

»Und wir können sie auch etwas sagen lassen … Sie hatten gesagt, dass Sie sie sprechen gehört haben, nicht wahr?«, fragt er. In dem Moment geht nebenan die Tür auf.

Ich schlucke, weil ich einen Kloß im Hals habe, und trete näher ans Fenster. »Singen … Ich habe sie singen gehört …« Ich verstumme, als eine Frau den Raum betritt.

Das ist es.

Das ist es.

Ach du Scheiße, das ist es.

Sie geht merkwürdig, als wären ihre Füße zu schwer für ihre Beine. Ihre Schuhe schlurfen über den Boden. Ihr Kopf ist nach vorn geneigt, sodass ihr das braune Haar vors Gesicht fällt. Nervös und ängstlich ringt sie die Hände. Zuerst denke ich, das kann nicht die Frau sein, die in jener Nacht da war. Aber dann stelle ich fest, dass mein erster Eindruck von Mira Price falsch war, denn als sie in der Zimmermitte ist und sich zum Fenster dreht, ist ihr Gesichtsausdruck ruhig und ihre Schultern sind gestrafft. Und diese Augen … Diese gottverdammten Augen sind so leer, wie es mein Herz früher war.

Sie haben die gleiche Farbe wie Lukes, und dennoch sehen sie so anders aus – leblos und gefühllos. Nein, sie sind kein bisschen wie Lukes.

Miras Blick ist unheimlich tot, ausdruckslos, und dann lächelt sie, als wäre sie froh, auf der anderen Seite der Glasscheibe zu sein. Doch ich bin nicht sicher, dass sie es war, die in der Dunkelheit in jener Nacht gesungen hat, und Traurigkeit heult in mir auf, als ich begreife, was das bedeutet: Ich kann sie nicht identifizieren.

Eine oder zwei Tränen rinnen aus meinen Augen, aber ich kann nicht aufhören, sie anzuschauen. Und sie schaut genau in meine Richtung, obwohl sie mich nicht sehen kann. Es fühlt sich jedoch an, als könne sie, als wäre ich wieder fünf Jahre alt, verstecke mich im Dunkeln, und sie sieht mich an, ohne ein Wort zu sagen.

Dann wird ihr Blick intensiver, ihre Haltung selbstbewusster. Die Luft verändert sich, vielleicht ein Omen, vor dem ich weglaufen sollte, aber ich rühre mich nicht. Ihre Lippen beginnen sich zu bewegen, zucken, als würde sie sich auf eine kranke Art auf das freuen, was sie tun wird. Als ich ihre Stimme höre, reißt es mich zurück in das Zuhause meiner Kindheit, und ich bin ganz allein. Einige kurze Sätze, mehr braucht es nicht, damit sich meine Welt für immer verändert.

»Lehn dich an mich. Lehn dich an mich«, singt sie langsam und starrt zu mir, als könne sie mich sehen. »Nimm. Hilf mir. Ich muss es verstehen. Hilf mir. Ich schaffe das nicht ohne dich.«

Jemand fängt an zu schreien. Zu rufen. An das Glas zu hämmern. Meine Ohren tun weh … Meine Hände – ich blute aus klaffenden Wunden …

»Violet! Violet! Beruhigen Sie sich!« Arme schlingen sich um meine Taille, und die Berührung bringt mich zurück in die Realität. Mir wird bewusst, dass das Schreien und Hämmern von mir kam. Ich bin durchgedreht und habe so fest gegen das Glas gehämmert, dass sich meine Hand wie gebrochen anfühlt. Detective Stephner hält mich und versucht, mich zu beruhigen. Er brüllt irgendwem etwas zu, aber ich kann mich nicht auf seine Worte konzentrieren. Ich kann mich nur auf den unglaublichen Schmerz konzentrieren, den blinden Zorn, den glühenden Hass auf die Frau, die auf der anderen Seite singt, mich mit ihrer Stimme und ihren Augen quält. Meine Adern brennen vor dem überwältigenden Drang, durch das Fenster zu brechen und sie zu verletzen, sie für das bezahlen zu lassen, was sie getan hat. So viel habe ich in meinem ganzen Leben nicht gefühlt, und ich weiß nicht, was ich tun würde, sollte der Detective mich loslassen. Vielleicht durch die Scheibe springen, um an sie heranzukommen.

Aber Detective Stephner bringt mich aus dem Raum, bevor das passieren kann, und ich muss den verfluchten Teufel nicht mehr sehen, der drei Meter entfernt steht, nur durch eine dünne Glasscheibe von mir getrennt. Trotzdem wütet der Zorn weiter in mir, verbrennt mich von innen heraus, und ich versuche, mich von dem Detective zu befreien.

»Lassen Sie mich los!« Ich trete um mich, will mich von ihm losreißen und stoße einen Stuhl um, als wir wieder in den großen Raum mit den Arbeitsnischen kommen. Ich sorge für Aufsehen, doch das ist mir total egal. Sollen sie ruhig starren – daran bin ich gewöhnt. »Sie hat sie umgebracht! Dieser verfluchte blöde Song!«

»Beruhigen Sie sich … Alles wird gut«, will er mich trösten, während er mich an den Schreibtischen vorbei nach vorn bringt.

»Wo gehen wir hin?« Ich japse nach Luft. »Schmeißen Sie mich raus?« In dem Moment, in dem ich es sage, kommen wir um die Ecke und in den Warteraum, wo Luke sitzt. Er starrt auf den Boden, blickt jedoch sofort auf, weil ich so extrem laut bin.

»Was ist passiert?«, fragt er, läuft auf mich zu und mustert mich von oben bis unten.

Es ist seltsam, wie Detective Stephner mich an Luke übergibt, und ich denke, dass er mir auf seine Weise hilft, als wüsste er, dass ich Luke jetzt dringend brauche. »Sie müssten mit in mein Büro kommen.«

Luke nimmt mich in die Arme, und es lindert einiges von dem Schmerz, aber nicht alles. »Warum?«, fragt er Detective Stephner.

Der Detective sieht ihn an. »Weil ich noch mit Violet reden muss, aber Sie scheinen der Einzige zu sein, auf den sie hört. Also beruhigen Sie sie bitte, und bringen Sie sie mit nach hinten, damit wir uns vernünftig unterhalten können.«

»Arschloch«, sage ich, obwohl ich gar nicht wütend auf ihn bin. Nur wütend an sich.

Der Detective wirft mir einen warnenden Blick zu und geht.

Als er wieder um die Ecke ist, zieht Luke mich näher an sich, sodass mein Rücken an seine Brust gepresst ist. »Was hat sie getan?«

»Sie hat diesen blöden, beschissenen Song gesungen … Keiner hatte sie dazu gezwungen … Als ob sie überführt werden will oder so.« Mein Atem geht in Stößen, und mein Herz flattert. *Alles* an mir ist im Moment unstet, und das Einzige, was mich aufrecht hält, ist Luke.

»Nein, sie wollte dich irremachen«, sagt er mit zusammengebissenen Zähnen. »Das versucht sie immer.«

Es ist seltsam, dass er sie, das Monster von der anderen Seite der Scheibe, so gut kennt. Er hat am eigenen Leib erfahren, welchen Schmerz sie auslösen, welchen Schaden sie anrichten kann. Und so befremdlich es ist, gibt es mir ein Gefühl von Verbundenheit mit ihm, was mich ein klein wenig beruhigt.

Er atmet aus. »Der Schrei …«

»Das war ich«, gebe ich zu und bemühe mich, normal zu atmen. »Ich bin durchgedreht … Ich wusste nicht mal, was mit mir passierte … Ich bin einfach ausgetickt.«

»Baby – ich …«

»Ist schon gut.«

Er küsst mich auf den Hinterkopf. »Nein, ist es nicht. Was kann ich tun, um dir zu helfen?«

»Du bist hier … das reicht völlig.« Und ich meine es ernst. Luke hat diese seltsam beruhigende Wirkung auf mich, als würde er mich über Wasser halten, wenn ich fürchte, wieder zu ertrinken. »Wir sollten nach hinten gehen, bevor Detective Stephner denkt, dass ich abgehauen bin.«

Luke nickt und lässt mich zögerlich los. Ich möchte seine Arme packen und wieder um mich schlingen, aber er kommt an meine Seite und legt seinen Arm um mich. Ich sehe ihm in die Augen, deren Form und Farbe denen des Monsters hinter der Scheibe so ähnlich sind. Aber mehr auch nicht – alles andere an ihm ist anders. Er tröstet mich, statt mir entsetzliche Angst einzujagen. Er gibt mir ein Gefühl von Sicherheit, wenn es niemand sonst kann.

Ja, das ist es, wovor ich Angst habe. Dies hier zu verlieren. Was würde aus mir, wenn ich es nicht mehr hätte?

Über die Antwort will ich nicht mal nachdenken.

11

LUKE

Ich hörte den Schrei. Und wie ich ihn gehört habe! Er klang nach Violet, und ich wollte zu ihr laufen, aber der Mann vorn am Empfang würde mich nicht nach hinten lassen. Ich kann erst wieder richtig atmen, als ich Violet sehe. Dann erzählt sie mir, was meine Mutter getan hat, und ich rechne damit, dass sie mich verlässt, jetzt sofort. Doch ihre Reaktion ist das genaue Gegenteil: Sie scheint mich näher bei sich haben zu wollen, nicht weiter weg.

Sie lässt sich von mir zu Detective Stephners Büro bringen. Ich habe einen Arm um sie gelegt, und sie lehnt den Kopf an meine Schulter. Sie klebt praktisch an mir, was mir absolut nichts ausmacht. Ich wünschte nur, die Umstände wären andere. Es wäre nicht wegen dem hier.

Die Besprechung mit dem Detective ist kurz. Auch wenn er es nicht wortwörtlich sagt, haben sie anscheinend genügend Beweise, um die Sache in Bewegung zu setzen und Mira anzuklagen. Sie wollen sie auch befragen und versuchen herauszufinden, wer die andere Person in jener Nacht in Violets Haus war.

Nachdem der Detective fertig ist und wir gehen können, fängt er mich ab. Er führt mich quasi wieder ins Büro zurück, während Violet schon weitergeht. Sie hat es offenbar nicht mitbekommen. »Nur damit Sie Bescheid wissen, Sie könnten als Zeuge angefordert werden – von beiden Seiten. Ich dachte, das sage ich Ihnen lieber.« Er nickt zu Violet.

Mir ist klar, was er meint. Ich könnte helfen, meine Mom ins Gefängnis zu bringen, aber auch für ihren Freispruch sorgen. Als würde ich das jemals tun. Doch die Vorstellung, vor ihr in den Zeugenstand zu treten und zu helfen, sie wegzusperren, gibt mir das Gefühl, wieder der verängstigte kleine Junge zu sein, der bei dieser abscheulichen Frau aufwächst. Schaffe ich das? Im Zeugenstand über meine Mutter reden, während sie dasitzt und mich beobachtet?

»Danke für die Warnung«, sage ich und gehe aus dem Büro. Mir wirbeln unzählige Gedanken durch den Kopf, und ich hasse mich, weil ich so verflucht schwach bin, solche Angst vor der Frau habe, die mich aufgezogen hat – oder vielmehr der Frau, mit der ich als Kind zusammenwohnte. Aufziehen scheint wirklich nicht der richtige Ausdruck.

»Was war denn?«, fragt Violet, als ich bei ihr bin.

Ich lege die Arme um sie. »Nichts. Er wollte nur, dass ich gut auf dich aufpasse.«

»Du tust schon genug für mich«, sagt sie und lehnt den Kopf an meine Brust. »Was könntest du noch tun?«

»Sehr viel mehr«, versichere ich ihr, als wir zur Tür gehen. »Komm, fahren wir nach Hause.«

»Nach Hause hört sich gut an.« Sie klingt so erschöpft, wie ich mich fühle.

Wenige Minuten später sind wir in meinem Truck und fahren los. Ich will auf die Straße einbiegen, als ich bemerke, dass Violet ihren Arm vor ihre Brust hält.

Sofort trete ich auf die Bremse und halte an der Ausfahrt. »Warte mal. Was ist mit deinem Arm?«

Violet blinzelt und sieht erst zu ihrem Arm, dann mich an. »Oh … Ich habe ihn gegen das Fenster geschlagen, als Mira sang … Genau erinnere ich mich gar nicht mehr … Ich bin einfach ausgerastet.« In ihren Augen blitzt eine solch beängstigende Enttäuschung auf, dass es mir kalt über den Rücken läuft. »Tja, deshalb mache ich die Sachen, die ich mache, Luke.« Sie hebt den Arm an und verzieht das Gesicht. »Sonst packe ich es nicht und flippe aus.«

Ich will sie trösten, doch das kann ich nicht, wenn sie darüber redet, sich selbst zu verletzen. »Es gibt andere Wege. Glaub mir, ich weiß es. Erinnerst du dich, wie viel ich mich früher geprügelt habe? Und das tue ich schon seit einer Weile nicht mehr, weil ich etwas anderes gefunden habe.«

»Was?«

»Trainieren. Lernen. Auf mich selbst aufpassen.« Ich verstumme kurz. »*Dich.*«

Sie runzelt die Stirn. »Ich will keine Pflicht für dich sein.«

»Eine *Pflicht*? Hältst du dich dafür?« Ich schüttle den Kopf, als sie nicht antwortet, stelle den Ganghebel auf »Parken« und rücke näher zu ihr. Auch wenn ich nicht sicher bin, was ich sagen soll – sagen will –, sprudeln die Worte aus mir heraus. »Du bist alles andere als eine Pflicht. Ich lie… mag es, für dich da zu sein.« Ich nehme vorsichtig ihren Arm, und sie ringt nach Luft, doch ihre Muskeln lockern sich. »Ich will nur nicht, dass du dich weiter selbst verletzt.« Ich mache den Mund zu und sehe mir ihren Arm an. Eigentlich will ich nicht mehr sagen, aber etwas in mir baut Druck auf, und den muss ich irgendwie rauslassen. Vielleicht ist es, weil ich ihr gesagt habe, dass ich sie liebe. Das hat womöglich eine Art Dominoeffekt oder so, jedenfalls schnappt mein Verstand komplett über, und mein Mund fährt fort, Dinge zu sagen, die er nicht sagen sollte. »Es könnte gut sein – mit dir und mir … Wir zusammen. Und meine Mom kommt jetzt ins Gefängnis … Wir sorgen dafür, dass sie für immer hinter Gittern bleibt …« Ich atme laut ein. »Und ich weiß, dass uns noch so viel Mist bevorsteht, so vieles, mit dem wir klarkommen müssen, aber ich möchte unbedingt, dass du mehr auf dich achtest.

Wir können daran arbeiten, du und ich, zusammen. Dass es dir besser geht, meine ich.« Vor lauter Schock über all den Quatsch, der mir über die Lippen kommt, verstumme ich. Anscheinend ist heute der Abend der Bekenntnisse, so viel Scheiß, wie ich raushaue.

Eine Weile ist es still, und ich brauche ein bisschen, um von ihrem Arm in ihr Gesicht aufzusehen, nachdem ich ihr gerade mein Herz ausgeschüttet habe. Ihre Augen sind unlesbar, ihre Miene gibt nichts preis, und sie sitzt vollkommen still. Ich habe keinen Schimmer, was sie denkt, aber ich wünschte wirklich, ich wüsste ausnahmsweise mal, was wirklich in ihr vorgeht.

»Ich versuch's«, sagt sie endlich so leise, dass ich sie kaum höre. Und sie sieht nicht zu mir, sondern aus dem Fenster zu den Straßenlaternen und den dunklen Gebäuden.

»Versprich mir, dass du das tust«, sage ich und streiche mit dem Finger über ihr Handgelenk. Sie mag völlig ruhig aussehen, doch ihr Puls rast. Innen drin hat sie furchtbare Angst.

Sie schluckt, sieht mich aber immer noch nicht an. »Ja, okay, ich versprech's.«

Ich bin nicht sicher, ob ich ihr glaube – und das hasse ich. Aber ich kann nur hoffen, dass sie die Wahrheit sagt, und für sie da sein, wenn sie es nicht tut.

12

LUKE

Die nächsten Tage vergehen schnell, was wohl daran liegt, dass mir eine Menge durch den Kopf geht: Violet, das College, meine Mutter, Violet, der Fall, Violet, das Spiel, Violet.

Violet.

Violet.

Violet.

Sie beschäftigt mich mehr als alles andere. Ich sorge mich um sie, will sie ständig in meiner Nähe haben, doch das ist irgendwie ein Problem, denn sie will offenbar mehr Distanz zwischen uns, seit wir bei der Polizei waren. Ich weiß nicht, ob es mit meiner Mom zu tun hat oder damit, dass ich meinen Mund nicht halten konnte. Ob es an der ganzen Gefühlsduselei liegt, mit der ich sie zugetextet habe.

Dennoch würde ich sie überall mit hinnehmen, wenn es nach mir ginge. Außerdem wäre es gut für sie. Sie hockt viel zu viel in unserem Zimmer, vor allem seit in den Nachrichten kam, dass meine Mutter verhaftet wurde.

Irgendwie hatte ein Reporter herausbekommen, dass Mira meine Mutter ist und Violet und ich zusammen sind. Und dann ging es drunter und drüber. Anrufe, Leute vor der Tür, die uns mit Fragen bombardieren wollten. Ein oder zwei hätte ich am liebsten geschlagen, doch ich beherrschte mich, obwohl es mir unglaublich schwerfiel, weil ich Violet unbedingt beschützen will.

»Alter, du bist völlig weggetreten«, sagt Seth. Wir sitzen auf dem Balkon und rauchen. Seth trinkt ein Bier, ich eine Cola.

Ich wische mir übers Haar, wobei ich mich mit Asche beriesele. »Ja, ich weiß.« Ich klopfe die Asche vom Ärmel meines grauen Shirts. »Mir geht nur so viel durch den Kopf.«

Er lehnt seine Arme auf die Brüstung, und Zigarettenrauch steigt in die Luft auf. »Hat das mit Violet zu tun?«, fragt er, und als ich nicke, sagt er: »Was ist mit euch beiden los? Ihr weigert euch, irgendwem zu erzählen, was ihr mit der Polizei am Hut habt, aber Greyson und ich merken doch, dass es irgendwas richtig Beschissenes sein muss. Und dann kommt Violet neulich mit einem Gips nach Hause, will aber auch nicht verraten, wie sie sich die Hand gebrochen hat.«

Das war passiert, als sie bei der Polizei gegen die Scheibe gehämmert hatte, weil meine Mutter sie in den Wahnsinn trieb. Am nächsten Tag war ich mit ihr in die Klinik gefahren, obwohl sie energisch protestierte. Sie hatte solche Schmerzen gehabt, dass sie die verdammte Hand kaum bewegen konnte.

»Das kann ich dir nicht sagen. Da musst du sie schon selbst fragen.« Ich ziehe ein letztes Mal an meiner Zigarette, lasse sie auf den Boden fallen und trete sie mit der Stiefelspitze aus. »Hör mal, ich würde es euch ja sagen, aber das fühlt sich falsch an.«

Er verdreht die Augen. »Schwachsinn. Du hast noch nie viel erzählt.«

»Stimmt.« Ich drehe mich zur Schiebetür um und stütze die Arme auf die Brüstung. »Aber diesmal habe ich einen guten Grund.«

Er raucht auf, während ich wieder nach drinnen gehe. »Übrigens kommen Greyson und ich diese Woche zum Spiel«, sagt er, bevor ich wieder drinnen bin.

»Dachte ich mir schon, wenn Callie da ist«, antworte ich. Callie ist Kaydens feste Freundin und eng mit Seth befreundet. Es ist nicht ungewöhnlich, dass sie kommen und Kayden anfeuern.

»Tja, wir werden dich auch anfeuern.« Er schließt die Balkontür und zieht seine Jacke aus.

Mir ist nicht ganz wohl, als ich zum Kühlschrank gehe, und ich überlege, mir ein Bier zu nehmen, nur um die Anspannung zu lockern. Jahrelang war niemand zu meinen Spielen gekommen, zum Schulabschluss oder irgendeiner anderen Veranstaltung. Ich hatte mich daran gewöhnt, und jetzt habe ich auf einmal Seth und Greyson, ganz zu schweigen von meinem Vater und seinem Mann, die in ein paar Wochen zu einem Spiel kommen. Das macht mich unruhig, als würde ich die Kontrolle über mein Leben verlieren, und unweigerlich frage ich mich, was Violet empfindet, wenn sie diese gefährlichen Sachen macht. Vielleicht ist das Trinken für mich das gewesen, was für sie ihre Adrenalinsucht ist.

Ich nehme mir eine Cola aus dem Kühlschrank und öffne sie. Meine Gedanken sind bei Violet, die schon viel zu lange unter der Dusche ist, wie mir jetzt auffällt. »Tja, freut mich, dass ihr kommt, schätze ich.«

Seth sieht mich spöttisch an, als er aufs Sofa sinkt. »Ach ja? Wieso klingst du dann so deprimiert?«

»Nicht deprimiert.« Ich trinke einen Schluck und gehe in Richtung Bad. »Nur ein bisschen überrascht. Sonst nichts.« Mit diesen Worten verlasse ich den Raum.

Zum Glück hat Violet die Tür nicht abgeschlossen, sodass ich ins Bad komme. Die Dusche läuft noch, der Vorhang ist zugezogen, und Wasserdampf wabert in der Luft.

»Violet?«, sage ich, als ich die Tür hinter mir schließe. Mir gefällt nicht, wie still es ist. Violet ist ziemlich ruhig, seit Mira verhaftet wurde, aber die heilende Schnittwunde am Handgelenk und der Gips an ihrem Arm erinnern daran, wie labil sie ist.

Und auch wenn sie versprochen hat, dass sie versuchen will, damit aufzuhören, kenne ich mich zu gut mit Abhängigkeiten aus. Von ihnen loszukommen ist schwierig, womöglich das Härteste, was ich je machen musste. Ich denke, Trinken, Glücksspiel und Prügeleien werden mir immer im Blut liegen, aber das heißt nicht, dass ich sie weiter nähren muss.

»Ja, hier drinnen«, antwortet sie über das Wasserrauschen hinweg.

»Okay.« Ich lehne mich an die Tür und verschränkte die Arme. »Ich war bloß ein bisschen besorgt … Du bist schon so lange hier drinnen.«

»Mir geht es gut. Du musst aufhören, dir dauernd Sorgen um mich zu machen.«

Klar, als würde es jemals dazu kommen! Ich sage es allerdings nicht laut, weil ich diesen ganzen Schmuse-Mist sowieso schon überzogen habe, seit ich die L-Bombe platzen ließ. Wir haben es nicht mehr erwähnt, doch uns ist beiden sehr bewusst, dass es passiert ist. Ich kann es an der Art sehen, wie sie mich anguckt, und fühle es an meinem Herzschlag, wann immer ich sie ansehe.

Sie zieht den Vorhang zurück und steckt ihren Kopf heraus. Ihr Haar ist nass und voller Schaum, und Wasser rinnt ihr über das Gesicht und den Hals. »Ich weiß nicht, wie ich meine Haare waschen und das Shampoo wieder rausbekommen soll, ohne meinen Gipsarm zu benutzen.« Sie streckt ihren

Arm heraus, der eingegipst und mit Plastik umwickelt ist. »Das Teil nervt und hält sowieso nicht alles Wasser ab.« Dann überlegt sie etwas. »Neulich war es aber ganz praktisch, als ich ›aus Versehen‹ gegen diese blöde Kuh Daisy Miller gestoßen bin, auf dem Weg zum Verwaltungsbüro. Ich habe keine Ahnung, was die dumme Ziege für ein Problem hat, aber sie rempelte mich an und tat so, als wäre es meine Schuld. Also habe ich mit einem netten Gipsstoß in ihre Seite gekontert.«

Ich muss lachen. Ich war schon mit Daisy Miller auf der Highschool, und sie ist wirklich eine blöde Kuh, wie Violet sagt, doch jeder lässt sich alles von ihr gefallen. Ausgenommen ich, aber ich ließ mir noch nie irgendwas bieten. Und Violet genauso wenig, daher wundert mich nicht, dass sie Daisy »versehentlich« mit ihrem Gipsarm erwischte.

»Ja, Daisy ist eine blöde Kuh«, sage ich. Als Violet mich komisch ansieht, füge ich hinzu: »Kayden war früher mit ihr zusammen, als wir auf der Highschool waren.«

»Im Ernst?« Sie zieht eine Grimasse. »Ist ja eklig.«

Ich zucke mit der Schulter. »Zu der Zeit ging es ihm richtig mies … Ich glaube, deshalb hat er sich mit ihr eingelassen.«

»Okay, das erklärt alles«, murmelt sie seufzend. »Also, hast du einen Vorschlag, wie das mit dem Haarwaschen leichter wird?«

»Ich könnte reinkommen und dir helfen.« Es ist

halb im Scherz gemeint, aber dann nickt sie, und prompt ist alles Scherzhafte verpufft. Gemeinsam zu duschen kommt mir sehr intim vor, reichlich paarmäßig, und mich erschrickt, wie sehr ich das mit ihr will.

»Aber beeil dich bitte.« Sie tritt in der Dusche zurück und lässt den Vorhang los. »Mein Haar ist voller Shampoo, das ich nicht rausbekomme.«

Es wird still, als sie wartet, dass ich in die Dusche komme. Während ich mich ausziehe, frage ich mich, a) ob sie so nervös ist wie ich und b) wie zur Hölle ich mich in einen Typen verwandeln konnte, den es nervös macht, mit einem Mädchen zu duschen. Ja, ich habe das noch nie gemacht, aber letztlich ist es doch nichts weiter, als nackt Wasser auf sich zu spüren. Nichts, weshalb man gleich ausflippt.

Trotzdem ist mir dies hier völlig fremd. Ich ziehe den Vorhang zurück und steige in die Dusche. Meine Augen sind auf Violet fixiert, als ich den Vorhang wieder schließe. Sie steht vor dem Duschstrahl, ihren eingegipsten Arm weit vorgestreckt. Wasser rinnt ihr über den Hals, die Brüste, den Bauch. Ihr ganzer Körper ist nass und höllisch sexy. Kleine Wasserperlen sprenkeln das Tattoo mit den sich rankenden Blumen an ihrer Seite, und ich möchte sie unbedingt ablecken. Dann bemerke ich, dass sie mich ebenfalls ansieht und ihr Blick auf meiner Brust verharrt, bevor er mit meinem kollidiert.

»Wie willst du das machen?« Ihre Brust hebt sich, als sie tief Luft holt.

Es dauert einen Moment, bis ich begreife, was sie meint, und sofort kommen mir hundert schmutzige Ideen, von denen alle unsere nackten, zusammengepressten Körper beinhalten. Aber Violet spricht von ihrem Haar.

Ich trete auf sie zu, und warmes Wasser sprüht mir auf die Beine. »Okay, beug den Kopf nach hinten«, sage ich. Sie neigt den Kopf nach hinten, bis ihr Haar unter dem Wasserstrahl ist. Dabei kommt sie ins Schwanken und streckt ihre gesunde Hand zur Seite, um sich abzustützen. Ich lege rasch einen Arm um sie. »Du kannst loslassen … Ich hab dich.«

Sie schluckt und nimmt die Hand von der Duschwand. Ihre Augen fixieren meine, als ich mit den Fingern durch ihr Haar streiche, um das Shampoo herauszuspülen. Auf einmal wirkt sie verwirrt, als suche sie etwas in meinem Gesicht oder meinen Augen, wisse aber nicht, was. Ich will sie schon fragen, ob alles in Ordnung ist, als sie murmelt: »Du bewahrst mich immer vorm Fallen.« Kaum hat sie es gesagt, reißt sie die Augen weit auf. Offensichtlich waren die Worte versehentlich rausgekommen. Und jetzt ist es zu spät. Sie haben mich bereits mitten ins Herz getroffen. Ich beuge mich vor und presse die Lippen in ihre Halsbeuge. Dann lasse ich meinen Mund ihren Hals hinaufwandern, lecke und knabbere an ihrer Haut, wobei ich mir sehr viel

Zeit lasse, um ihren Geschmack auszukosten. Violet stößt dieses leise Wimmern aus, das ich bisher nur ein einziges Mal bei ihr gehört habe, und es macht mich vollkommen irre. Ich küsse sie wild, und sie küsst mich mit derselben Intensität zurück. Unsere nassen Körper sind aneinandergepresst, die Luft ist feucht, schwer und erhitzt. Violet ist nach wie vor nach hinten gebeugt, und ich halte sie, schmecke sie, doch ich will mehr.

Also richte ich mich auf und ziehe sie mit, bis wir beide wieder aufrecht stehen. Für einen Moment sieht es aus, als wolle sie widersprechen, doch ich lehne sie an die Wand und beginne, das Wasser von ihrem Tattoo zu lecken, so wie ich es wollte. Stöhnend entspannt Violet sich unter der Berührung meiner Zunge, die ihren Körper hinaufgleitet, bis ich wieder ihren Mund erreiche und meine Lippen auf ihre drücke. Mit der gesunden Hand packt Violet mich im Nacken, zieht mich näher zu sich, während meine Zunge jede noch so kleine Stelle ihres Munds erforscht.

»Luke«, stöhnt sie, hebt ein Bein hoch und schlingt es um meine Hüften. Etwas in mir macht »Klick«, und ich will vollständig mit ihr verbunden sein.

Seit dem Polizeirevier hatten wir keinen Sex mehr gehabt. Ich bin nicht sicher warum, außer dass wir anscheinend beide zu durcheinander sind und erst mal einiges auf die Reihe bekommen müssen.

»Sag mir, dass es okay ist«, flüstere ich an ihren Lippen.

Sie antwortet nicht gleich, sondern wiegt ihre Hüften an meinen und stöhnt. »Mehr als okay.«

Ich streiche an ihrem Bein hinauf, halte Violet fest und hebe sie an, sodass sie beide Beine um mich schlingen kann. Sie spreizt sie für mich und legt ihre Arme um meinen Hals. Wieder kollidieren meine Lippen mit ihren, während ich sie dichter zu mir heranziehe. Dabei fühlt es sich an, als bräuchte ich sie noch viel näher.

Sie küsst mich weiter, beißt in meine Unterlippe, als ich mich mit einer Hand an der Wand abstütze und tief in sie hineingleite. Unsere nassen Körper klatschen zusammen, und unsere Hüften wiegen sich rhythmisch einander entgegen. Dampf steigt um uns herum auf, verschlingt uns und macht das Atmen schwierig. Ihre Lippen zu fühlen … Ihre Wärme … In ihr zu sein … Zu sehen, wie ihr Kopf nach hinten fällt und ihre Augen glasig werden, als sie sich vorübergehend in meinen Armen verliert, nimmt alles Schlechte weg und lässt mich alles andere vergessen. Wenig später komme ich, wobei es mir schwerfällt, uns aufrecht zu halten. Wir sind beide außer Atem, und mit jedem Luftholen stoßen unsere Brustkörbe zusammen.

»Das war …«, beginnt sie und atmet tief ein.

»Perfekt«, beende ich den Satz für sie.

»Du bist so ein Softie«, flüstert sie. Normalerweise sagt sie das im Scherz, aber jetzt gerade sieht sie einfach nur müde und zufrieden aus.

Ich möchte sie Softie nennen, um die Oberhand zu gewinnen, weil wir das immer so machen. Aber ich behalte es für mich, denn ich will nichts tun, was diesen schönen Moment ruinieren könnte.

Es ist ein wirklich richtig seltener, unheimlich schöner Moment. Könnten wir doch nur mehr von denen haben.

13

VIOLET

Die letzten paar Wochen läuft es nicht schlecht, und das will einiges heißen. Ich habe auch nichts mehr von Preston gehört oder Päckchen von ihm bekommen. Sogar die SMS-Nachrichten haben aufgehört. Mira Price sitzt im Gefängnis, was ich mir schon wünsche, seit ich fünf war. Ich habe meinen Besuch bei ihr nach wie vor nicht ganz verwunden, und der Gips an meinem Arm erinnert mich permanent an das, was passiert war. Aber es ist seltsam: Auf dem Polizeirevier war ich so wütend und labil, dass ich mir sogar die Hand gebrochen habe, trotzdem fühlt es sich an, als würden meine inneren Narben mit meinem Handgelenk zusammen heilen. Es ist, als wäre ein Teil von mir bei dem Ausbruch freigesetzt worden. Mira in jenem Raum zu sehen, zu wissen, dass sie da war – und immer noch ist –, bedeutet ein klein wenig Gerechtigkeit für meine Eltern. Könnten sie jetzt nur noch die andere Person finden. Natürlich bringt es meine Eltern nicht zurück, und das ist auch so eine Sache, mit der ich noch zu kämpfen habe; aber seit meinem Fast-Ertrinken versuche ich momentan, mein Leben nicht auf die Probe zu stellen. Anscheinend habe ich mich entschieden, es zu leben.

Vorgestern bestellte mich der Detective aufs Revier, um mich auf den neuesten Stand zu bringen. Hauptsächlich wollte er mir mitteilen, dass Mira unkooperativ war und höllisch nervte. Er sah immer wieder zu meinem Gipsarm und schlug vor, dass ich mir einen Therapeuten suche, der mir durch die ganze Geschichte hilft. Ich sagte ihm, es ginge mir gut, denn die Vorstellung, meine Gedanken vor jemand anderem auszubreiten, hat mich schon immer abgestoßen. Ich erinnere mich zu gut an die Blicke der Leute früher, wenn sie hörten, dass ich vierundzwanzig Stunden mit meinen toten Eltern allein im Haus gewesen war.

Mitleid.

Entsetzen.

Angst.

Allerdings stellt sich heraus, dass mir wohl nichts anderes übrig bleibt. Durch die viele Publicity ist die Uni auf meinen Fall aufmerksam geworden, und mir wurde vom Studienberater »empfohlen«, mit der Uni-Psychologin zu sprechen. Da ich mich sowieso schon auf dünnem Eis bewege, stimmte ich zu. Also habe ich heute meinen ersten Termin.

Die Frau hinter dem Schreibtisch sieht ein bisschen anders aus, als ich erwartet hatte. Sie hat feuerrotes Haar in diesem Ton, den man nur mit

Färben hinbekommt. Und ich sehe ein Tattoo oben aus ihrem Blusenkragen lugen. Sie trägt einen Hosenanzug und das Haar aufgesteckt, als wäre sie halb Geschäftsfrau, halb Rebellin, was irgendwie auch zu den düsteren, aber schönen Bildern an ihren Wänden passt.

»Oh, hi«, begrüßt sie mich, als sei ich eine Freundin, keine Klientin. »Violet Hayes, richtig?«

Ich nicke. »Ja, die bin ich.«

Lächelnd beugt sie sich über ihren vollgeräumten Schreibtisch, um mir die Hand zu schütteln. »Ich bin Lana. Freut mich, dass Sie es geschafft haben. Setzen Sie sich.«

Ich sinke auf den Stuhl vor ihrem Schreibtisch und stelle meine Tasche auf den Boden. Nervös kratze ich an meinem Nagellack, bevor ich anfange, an meinen Nägeln zu kauen. Ich ermahne mich, die Mauer hochzuziehen und die toughe Violet zu sein, weil dies hier keine Sicherheitszone ist – nicht wie bei Luke.

»Also, was bringt Sie zu mir, Violet Hayes?«, fragt Lana und sortiert die Akten auf ihrem Schreibtisch.

»Wissen Sie das nicht schon?« Ich lege die Hände in den Schoß. »Ich würde nämlich sagen, ja. Jeder kennt mich. Violet Hayes, das unheimliche Mädchen, das überlebt hat, als seine Eltern ermordet wurden, und dann noch vierundzwanzig Stunden in dem Haus blieb.«

Sie lächelt mich an und ist überhaupt nicht genervt, weil ich zickig reagiere. »Klingt, als wären Sie tough.«

»Nein, nur direkt.« Das hier wird härter, als ich dachte.

»Hm … Kann sein – oder auch nicht.« Sie sieht wieder zu der Akte und schaut sich ein Blatt darin an. Nachdem sie es überflogen hat, klappt sie die Akte zu und schiebt sie beiseite. Dann faltet sie die Hände auf dem Schreibtisch. »Also, was sollte ich außer den Sachen wissen, die über Sie in den Nachrichten waren?«

Ich zucke mit der Schulter. »Sagen die Nachrichten denn nicht schon genug – was mit mir nicht stimmt?«

Sie lächelt wieder. »Ich würde gerne hören, was Sie über sich denken, nicht andere.«

Wie ich darauf antworten soll, weiß ich ehrlich nicht. Solche Situationen sind mir fremd. »Da gibt es nicht viel zu wissen.«

»Haben Sie einen Job?«

»Ja.«

»Und Sie studieren. Bis vor ein paar Monaten haben Sie an Ihren Kursen auch regelmäßig teilgenommen, dann nicht mehr. Möchten Sie mir erzählen, warum?«

Ich schüttle den Kopf. »Nein.«

»Na gut.« Sie lässt es tatsächlich gut sein, und ich bin froh darüber – zu dem Thema bekomme ich schon reichlich von anderen zu hören. Vielleicht wird das hier doch nicht so schlimm. »Und was ist mit einem festen Freund? Haben Sie einen?«

Ich zucke wieder mit der Schulter, und meine Mauer beginnt zu bröckeln. »Kann sein.«

Sie ist verwirrt. »Kann sein?«

»Das ist kompliziert.«

Sie nickt, als würde sie es verstehen, aber wie kann sie, wo ich ihr nichts erzählt habe? »Was ist mit Freunden?«

Ich verschränke die Arme vor der Brust. »Von denen könnte ich ein paar haben.« *Vielleicht.*

Sie denkt über meine Antwort nach, nimmt einen Stift und holt ein Notizbuch aus ihrer Schublade. »Und was ist mit Familie?«, fragt sie, während sie etwas aufschreibt.

»Tot.« Die Mauer kracht ein. »Ich bin ein Pflegekind.«

Ich bemerke ihr Zögern, doch sie fängt sich gleich wieder. »Haben Sie noch Kontakt zu Ihrer Pflegefamilie?«

Beinahe muss ich lachen. *Nicht freiwillig,* möchte ich antworten. *Nur weil einer von denen mich nicht in Ruhe lassen will.* »Wieder nein. Erwachsene sind keine Fans von so was.«

»Wovon?«, fragt sie und sieht mich an.

Ich zeige auf mich. »Von einem Mädchen, das ihnen Angst macht.«

Sie schreibt noch etwas auf, dann legt sie Stift

und Papier zur Seite und konzentriert sich wieder auf mich. »Warum denken Sie, dass alle Angst vor Ihnen haben?«

»Weil sie das sagen.« Mir wird unwohl, denn meine Dämonen und meine Sucht wollen raus und die Kontrolle über diese Situation auf die einzige Art übernehmen, die ich kenne. »Und ich werfe es ihnen nicht vor. Was ich gemacht habe, ist unheimlich.«

Sie überlegt schrecklich lange. »Wissen Sie, auch wenn Sie das nicht glauben mögen, war Ihre Reaktion nicht außergewöhnlich.«

Ich lache schnaubend. »Ich habe einen vollen Tag mit ihren Leichen im Haus gehockt! Sogar ich finde das gruselig.«

»Das könnte das eigentliche Problem sein«, sagt sie und greift nach einer Dose Pfefferminzbonbons.

Ich komme mir merkwürdig ausgestellt vor, als säße ich in einem Glaskasten, sodass sie alles von mir sieht, innen wie außen; und ich kann mich nirgends verstecken. Es ist nicht gerade ein beruhigendes Gefühl, und ich weiß nicht, wie ich dem entkommen soll. »Was? Dass ich unheimlich bin?«

»Nein, dass Sie es von sich glauben.« Sie steckt sich einen Pfefferminz in den Mund und schließt die Dose. »Manchmal hören wir Leute so oft Sachen über uns sagen, dass wir anfangen, sie selbst zu glauben, obwohl sie nicht wahr sind.«

»Es ist aber wahr.« Meine Stimme ist angespannt, denn ich kann nicht akzeptieren, was Lana sagt.

Sie stellt die Dose beiseite. »Das werden wir sehen«, sagt sie, nimmt wieder ihren Stift und schreibt etwas auf. »Ich würde Sie gerne nächste Woche wiedersehen, wenn das okay ist. Selber Tag, selbe Zeit?«

Ich will Nein sagen, mich zickig aufführen, damit ich nicht wiederkommen und mich von ihr analysieren lassen muss. Doch auf einmal murmle ich, es sei okay, nehme die Karte, die sie mir gibt, und stürme aus dem Büro, bevor sie noch mehr sagen kann.

Je länger ich gehe, desto mehr spiele ich im Kopf durch, was sie über das Problem gesagt hat. Dass ich alles glaube, was mir jemand erzählt. Und je mehr ich darüber nachdenke, umso genervter werde ich. Bin ich denn schwachsinnig, dass ich einfach glaube, was mir alle erzählen? Das ist doch gerade der Punkt! Man muss nur oft genug hören, wie unerwünscht man ist, dann fängt man an, es für die Wahrheit zu halten.

Ich laufe über den belebten Campus, wo gelbe und braune Blätter unter meinen Stiefeln knistern, als ich über den Rasen stampfe, und sage mir, dass ich nicht wieder zu Lana gehe, auch wenn ich zugesagt habe. Das nächste Mal würde das Gespräch nämlich garantiert tiefer gehen als diese kurze Unterhaltung heute, und Lana macht mich zu nervös, was daran liegen mag, dass sie direkt allen Quatsch durchschaut. Mir ist jetzt schon klar, dass ich bei ihr unmöglich die Hardcore-Violet durchhalte, die mit einem künstlichen Lächeln alles durchsteht. Vielmehr dürfte ich zu der labilen werden, die heimlich im Badezimmer flennt, weil sie unbedingt ihr Leben riskieren will, um den Schmerz auszuschalten, nur leider dem einzigen Menschen, der ihr etwas bedeutet, versprochen hat, es nicht mehr zu tun.

Und die will ich nicht sein.

Oder eben doch, denn sonst hätte ich bereits aufgegeben.

Knurrend vor Frust biege ich auf den Gehweg zum Gebäude der Geisteswissenschaften ein, um in meinen Kurs zu gehen. Gestern war ich erstmals wieder in den Kursen, und heute will ich wieder hin, weil es sich wie ein Schritt in die richtige Richtung anfühlt, welche auch immer das sein mag. Auf dem Weg bemerke ich, dass ein Pressewagen vor dem Gebäude steht, also nehme ich den Umweg zum Hintereingang, wo eine Baumgruppe den Blick versperrt. Die Medien fasziniert, dass ich mit Luke zusammen bin, dem Sohn der Frau, die wegen Beteiligung an der Ermordung meiner Eltern angeklagt wird. Deshalb tauchen sowohl am College als auch bei uns zu Hause Reporter auf. Normalerweise sage ich denen möglichst pampig, dass sie mich mal können, aber was ich eigentlich sagen will, ist:

»Wie zur Hölle soll ich eure Fragen beantworten, was mit mir ist, wenn ich das nicht mal selbst weiß?«

Ja, ich mag Luke.

So sehr, dass es schon anfängt wehzutun, wenn er nicht da ist.

Und mein Herz schlägt wie verrückt, wenn er in der Nähe ist.

Aber da ist auch dieser Schmerz.

Bei dem Gedanken, dass ich ihn verlieren könnte.

Doch ich will diejenige sein, die ich bei ihm sein kann. Ein anderer Mensch sozusagen.

Ehrlich gesagt sogar sehr.

Vielleicht liegt es daran, dass ich über eine Sache weniger nachgrübeln muss. Die viele Zeit, die ich an Mira gedacht habe, ist jetzt übrig, weil ich mir um sie keine Gedanken mehr machen muss. Also bleibt eine Menge Zeit, darüber nachzudenken, was ich will.

Was will ich?

Ich will einfach glücklich sein.

Glücklich zu sein fällt mir allerdings nicht leicht, und ich muss erst lernen, es zuzulassen. Wie aber soll ich etwas zulassen, von dem ich nicht sicher bin, dass ich es überhaupt erkenne?

Später am Tag schwebe ich irgendwo zwischen entsetzlicher Langeweile und totaler Erschöpfung. Um mich herum liegen lauter Aufgaben auf dem

Bett verteilt; manche sind Nachholaufgaben, die mir einige Professoren gaben, damit ich die versäumten Stunden aufholen kann, wegen meiner »Umstände«. Als wären der Mordfall meiner Eltern, von dem überall die Rede ist, und die ewigen Reporterhorden, die mich verfolgen, so etwas wie eine Krankheit. Trotzdem bin ich froh, dass sie mir eine zweite Chance geben. Aus zwei Kursen bin ich rausgeflogen, was mein eigener blöder Fehler war.

Das ist es jedoch nicht, was mir so zu schaffen macht. Heute hatte ich wieder die Schachtel mit den Sachen von meinen Eltern hervorgeholt. Weshalb, weiß ich nicht – vielleicht war es die Therapie oder dieser perverse Drang, mich zu quälen. Ich schaffte es, einige Seiten in dem Notizbuch zu blättern, und stellte fest, dass es nach denen schon aufhörte. Anscheinend hatte meine Mutter versucht, mit dem Tagebuchschreiben anzufangen, und schon nach wenigen Tagen aufgehört, weil sie starb.

Am Ende schleuderte ich die Schachtel unters Bett und hörte, wie alles auskippte. Aber ich wagte nicht, die Sachen wieder unterm Bett hervorzuangeln und zurückzupacken. Aus den Augen, aus dem Sinn. Das sage ich mir jedenfalls. Und dann vergrabe ich mich in die Aufgaben, um eine gesunde Ablenkung zu haben, anstatt das zu tun, was ich eigentlich will, nämlich oben aufs Dach steigen oder irgendwas Hartes, Betäubendes herunterstürzen.

»Was machst du hier?« Luke kommt ins Zimmer und schließt die Tür hinter sich. Aus meinem Laptop plärrt Grunge, weil es gut zu meiner mürrischen Stimmung passt. Ich habe einen Marker in der Hand und male damit auf meinem Gips, statt an meinen Aufgaben zu arbeiten. Ich habe mein Haar seitlich zu einem Zopf geflochten, bin ungeschminkt, trage eine Kapuzenjacke, ein Trägershirt und Boxershorts und sehe insgesamt ziemlich schäbig aus.

Nachdem ich die Musik leiser gedreht habe, antworte ich: »Tja, ich war an meiner Matheaufgabe, aber dann fing ich schon an, überall Zahlen zu sehen, also habe ich mir eine kurze Pause erlaubt.« Ich hebe den Gips an, der voller Zeichnungen ist: einige von mir, andere von Greyson und Seth, die aus meinem Armschmuck unbedingt ein Kunstwerk machen wollten. »Echt, ich hasse Mathe!«

Er zieht seinen einen Schuh aus. Es ist spätabends, und seinem Aufzug nach – Shorts, Trägerhemd und Laufschuhe – muss er gerade aus dem Fitnesscenter kommen. »Und warum hast du dann Mathe belegt? Du weißt, dass du den Kurs bei Allgemeinen Studien als Hauptfach nicht brauchst, oder?«

»Ja, aber ich hatte nichts Besseres gesehen, und ich mag Herausforderungen.« Ich lehne mich ans

Kopfende und strecke meine Beine über dem Durcheinander von Lehrbüchern und Aufgabenzetteln aus, wobei ich stirnrunzelnd das Mathebuch ansehe: »Es ist ja auch nicht schwer, sondern macht bloß keinen Spaß.«

Er lacht, während er seinen zweiten Schuh wegkickt. »Das macht Mathe nie – obwohl ich dich vielleicht darauf hinweisen darf, dass deine meisten Kurse nicht auf Grundstudium-Niveau sind, und die fallen dir so leicht. Was bedeutet, dass du ziemlich schlau bist und dir vielleicht überlegen solltest, anstatt Allgemeiner Studien ein richtiges Hauptfach zu nehmen, wie Physik oder so.«

»Physik? Im Ernst?«, frage ich skeptisch. »Siehst du mich als Physikstudentin?«

Achselzuckend holt er seine Brieftasche und einiges Kleingeld aus seiner Tasche und legt alles auf die Kommode. »Du bist gut in Naturwissenschaften.«

»Du auch, also solltest du die vielleicht als Hauptfach nehmen.« Ich knie mich aufs Bett und streife die Kapuzenjacke ab, weil es im Zimmer zu warm dafür wird. »Und woher weißt du, dass ich gut in Naturwissenschaften bin?«

»Weil ich mit dir im Chemiekurs saß«, antwortet Luke, als ich die Jacke auf den Bettpfosten werfe und damit noch mehr Chaos ins Zimmer bringe. Luke und ich waren früher so ordentlich, sind aber im Laufe des letzten Monats immer schlampiger geworden. Uns beschäftigen wohl zu viele andere Dinge, schätze ich.

»Das war aber, bevor wir beide uns je verabredet hatten«, sage ich. »Hast du mich beobachtet oder so?«

Er steht da und räuspert sich mehrmals, was meinen Verdacht bestätigt. »Kann sein, aber daher weiß ich nicht, dass du eine Eins hattest. Der Professor hatte die Noten an die Tür gehängt.«

»Eine Eins heißt nicht, dass ich schlau bin. Ich könnte geschummelt haben.«

»Ja, könntest du.« Er steht vor der Bettkante, die Hände in den Hosentaschen. »Aber du bist zu klug, um es nötig zu haben.«

»So wie du ... Und hör auf, mich klug zu nennen.« Die Komplimente zu meinem vermeintlich hellen Köpfchen werden mir zu viel. Ich kenne mich nur in Verbindung mit abfälligen Adjektiven: verrückt, unberechenbar, labil, gestört, psychotisch. Daran bin ich gewöhnt, und das macht es schwieriger, Positives zu hören. Mir kommt der Gedanke, dass Lana eventuell richtigliegen könnte, und ich bin mir nicht sicher, wie ich das finde.

Aber ich will nicht über den Kram und wie ich mich dabei fühle nachdenken, deshalb versuche ich, einen Witz zu machen. »Wenn du mir weiter schmeichelst, fange ich noch an zu glühen.«

Er grinst und lacht leise. »Ach ja? Das passiert dann?«

Ich nicke, setze mich hin und ziehe die Beine an, damit ich die Arme auf meine Knie stützen kann. »Lauter Komplimente und nichts Negatives bringen Violet zum Glühen, ja«, antworte ich mit einem Augenzwinkern.

Er lacht noch mehr und legt einen Arm über seinen straffen Bauch, wobei ich unweigerlich lächeln muss.

Dann verstummt er auf einmal und beugt sich zu mir. »Es tut gut, dich lächeln zu sehen«, sagt er, streicht mit dem Finger über meine Wange und lässt die Spitze an meinem Mundwinkel verharren.

Ich lächle weiter, doch es wird kompliziert bei all dem Wohlgefühl, und ich weiß nicht, wie ich damit umgehen soll, außer panisch zu werden und wegzulaufen. Also werde ich still, zwinge mich, ruhig zu bleiben und nicht zur Tür zu stürmen. Ich versuche, anders zu sein, jenes Mädchen, das er mich im Truck zu sein bat.

Luke bewegt sich weg von mir, zieht sich das Shirt über den Kopf und wirft es auf den Boden, sodass ich vorübergehend von meinen Gedanken abgelenkt bin und auf seinen muskulösen Bauch und die Brust voller Symbole, Skizzen und wunderbarer Sprüche sehe. »Du bekommst mehr Muskeln«, sage ich gedankenverloren.

Luke öffnet das Band seiner Shorts und zieht die Brauen hoch. »Macht dich das scharf?«

Ich klopfe mit dem Finger an meine Lippen und tue, als müsse ich sehr angestrengt überlegen, während er seine Shorts auszieht. »Das ist eine schwierige Frage. Vielleicht müsste ich mehr sehen, um es zu entscheiden.«

Er wirft seine Shorts nach mir, und sie trifft mich ins Gesicht. Ich schleudere sie zurück, doch er duckt sich, sodass ich ihn verfehle und die Shorts eine leere Coladose von der Kommode wirft. Luke lacht, und ich zeige ihm den Mittelfinger.

»Ich bin muskulöser, weil ich auf mich aufpasse und häufiger mit Kayden beim Work-out bin«, sagt er, und als wolle er es mir beweisen, nimmt er sein Diabetiker-Set auf, um seinen Blutzucker zu kontrollieren.

»Ja, ich weiß.« Ich hebe einen Stift vom Bett auf und lege mich auf den Bauch. Dabei versuche ich, nicht darüber nachzudenken, wie leicht mir diese Unterhaltung fällt. Wie unbeschwert sie ist. *Ist lange her.* »Und das ist gut.«

Nachdem er sich in den Finger gepikt hat, geht er zur Kommode, um sich frische Sachen zu holen, dreht sich aber zu mir um. »Du solltest mal mitkommen.«

Ich sehe von meiner Literaturaufgabe auf. »Zum *Sport?*« Als er nickt, lache ich schnaubend. »Ja, träum weiter! Ich bin nicht sportlich. Überhaupt nicht.«

Er holt eine Pyjamahose aus der Kommode und

legt sich zu mir aufs Bett. »Du musst nicht sportlich sein … Callie kommt auch oft mit Kayden mit.«

»Schön für Callie.« Ich blättere in meinem Buch um. »Ich wüsste nicht mal, was ich in einem Fitnesscenter mit mir anfangen soll.«

»Du kämst mal aus dem Haus.« Er schiebt meine Bücher weg, damit er näher zu mir rücken kann, und verwebt seine Finger mit meinen, sodass ich den Stift fallen lasse. »Ich mache mir Sorgen um dich … Du warst praktisch nicht mehr draußen, seit … Na ja, seit wir vor ein paar Wochen auf dem Revier waren, und du redest auch nicht darüber … und das macht mir Sorgen.«

»Das hast du jetzt zweimal gesagt.« Ich seufze. »Und es macht keinen Spaß rauszugehen, wenn immer schon eine Meute auf mich wartet.«

Luke dreht sich auf die Seite, taucht seine Finger in mein Haar und sieht nachdenklich aus. »Du darfst dein Leben nicht von denen kontrollieren lassen. Und außerdem haue ich ihnen eine rein, wenn sie dir zu nahe kommen.« Seine Mundwinkel biegen sich nach oben.

Doch ich runzle die Stirn. »Keiner kriegt eine rein. Ich brauche es wirklich nicht, dass du im Gefängnis landest.«

»Bitte, komm einfach mal mit mir.«

Es ist ihm eindeutig wichtig, auch wenn ich nicht begreife, wieso. Und wenn ich ganz ehrlich bin, was den Versuch angeht, mein Leben auf die Reihe zu bekommen und all das Gebrochene in mir zu heilen – neben den Knochen –, dann sollte ich allmählich anfangen, ihn für alles zu entschädigen, was er für mich getan hat. »Wenn ich mitkomme, setze ich mich da aber nur hin.«

»Was immer du willst.« Er rückt noch näher, sodass mich seine Wärme umfängt und mich kurzzeitig in diesen Rauschzustand versetzt, in dem ich schwören will, dass ich schwebe. »Es gibt allerdings auch einen Kickbox-Bereich. Das könnte etwas für dich sein. Da kannst du jede Menge Aggressionen abbauen.«

»Aggressionen?« Meine angedeutete Empörung ist mehr als Scherz gemeint. »Willst du behaupten, dass ich ein Aggressionsproblem habe?«

»Vielleicht … Ich meine, du hast allen Grund, wütend zu sein, aber ich denke, es wäre gut für dich, ein gesundes Ventil zu finden.« Er blickt hinunter zu meinem Gips, und dann ertappe ich ihn, wie er zu meinem anderen Handgelenk sieht, wo ich die Narbe unter einem Lederarmband verstecke. Ich hatte mir jenen Schnitt selbst zugefügt, in der Hoffnung, so meine Gefühle ausbluten zu können.

Sein Blick ist fragend, und ich verstehe, was er wissen möchte … wissen muss.

»Seitdem habe ich nichts mehr gemacht.« Verlegen zupfte ich an dem Armband. »Ich versuche es.« Aber es ist wie eine Achterbahnfahrt. Rauf und runter. Und das ununterbrochen, Tag für Tag.

»Weiß ich«, sagt er. »Ich möchte nur, dass du etwas findest, das dir helfen kann, sodass du es vielleicht gar nicht willst – und es weniger schwer durchzuhalten ist.«

Es ist irre, wie gut er es versteht und wie sehr ich allein seinetwegen damit aufhören will – und irgendwie auch ein bisschen für mich. Aber wenn ich ehrlich bin, kann ich mir mein Leben ohne das Risiko nicht vorstellen, und deshalb frage ich mich, wie lange ich es noch durchhalte. Es kommt mir jetzt schon unglaublich lange vor, auch wenn ich mich nie wieder so hilflos fühlen will wie im Fluss. Sport zu treiben wird mir ganz sicher nicht helfen, mein Problem loszuwerden, doch Luke sieht mich derart hoffnungsvoll an, dass ich zustimme.

»Okay, ich komme mit«, sage ich und ringe mir ein Lächeln ab.

Sein breites Grinsen allein ist es schon wert und macht es fast egal, dass ich wie ein kompletter Trottel aussehen werde, wenn ich versuche, auf einen Sandsack einzuschlagen. »Gut, wir fangen morgen um sieben an.«

»Morgens?«, frage ich entsetzt. »Von wegen! So früh stehe ich nicht auf.«

Er lacht und küsst mich auf die Stirn, bevor er sich aufsetzt. »Stimmt, es ist früh, aber ich muss mittags meinen Dad und Trevor vom Flughafen abholen, und abends sind wir mit ihnen verabredet, schon vergessen?«

Tatsächlich hatte ich es bei allem, was in letzter Zeit los war, total vergessen. »Ja, ich hatte nicht mehr daran gedacht, dass sie kommen«, gestehe ich, setze mich hin und greife nach meinem Mathebuch.

»Verständlich.« Mit der Pyjamahose in der Hand geht er zur Tür. »Du hattest ja auch eine Menge Stress.«

»Und du hörst dich immer mehr wie ein Psychologe an. Entweder färbt Seth auf dich ab, oder du solltest das als Hauptfach nehmen.«

Er lacht zynisch. »Klar, so weit kommt's noch, dass ich hinter einem Schreibtisch hocke, mir anderer Leute Probleme anhöre und versuche, die zu lösen!«

»Darin bist du besser, als du denkst.« Und meine Worte sind sehr viel ernster gemeint, als sie klingen.

Luke wirft mir ein Lächeln zu, bei dem mein eiskaltes Herz ein bisschen schmilzt, doch seine Freude weicht schnell einem Zögern. »Wie war es überhaupt heute bei der Therapie?«, fragt er so gelassen wie möglich, obwohl ich ihm ansehe, dass er unsicher ist.

Ich zucke mit den Schultern, denn ich rede ungern über die Tatsache, dass mein Kopf jetzt offiziell durchleuchtet werden soll. »Nicht so schlecht, würde ich sagen.«

»Musst du wieder hin?« Seine Finger umklammern den Türknauf.

Ich nicke, bin allerdings unsicher, ob ich es durchziehe – immer wieder hingehe und mich von Lana analysieren lasse. »Ja, nächste Woche.«

»Wie oft?«

»Keine Ahnung.« Ich zucke noch zweimal mit den Schultern, weil mir nichts einfällt, was ich sonst sagen könnte. Lana hatte nicht gesagt, wie oft ich zu ihr kommen müsste. Was ist, wenn es richtig lange wird? Wenn ich immer wieder auf dem Stuhl sitzen und über Kram reden muss, den ich um jeden Preis meiden will? Packe ich das?

»Ah, okay.« Luke lässt das Thema fallen und öffnet die Tür.

Dieses Gerede über unsere Zukunft erinnert mich daran, wer ich bin. Wie ich hat auch Luke sich bisher noch für kein Hauptfach entschieden, aber er spielt Football und hat Hobbys, also ist er wenigstens in der Beziehung anders als ich. Ich habe keine Hobbys, abgesehen von meinem extremen Mangel an Sozialfähigkeit und meiner Adrenalinsucht. Genau genommen habe ich nichts.

Vielleicht hat Luke recht. Vielleicht muss ich mich für ein Hauptfach entscheiden, mehr aus dem Haus gehen, etwas tun. Doch ich weiß nicht mal, wo ich anfangen soll. Mein Leben lang fühle ich mich schon, als würde ich dahintreiben, durch Familien, Jobs, sogar Kurse, die ich zwar bestehe, für deren Inhalt ich mich allerdings nie richtig begeistere. Treiben.

Das ist alles, was ich je getan habe – und noch tue. Unterdes stecken meine Gedanken in der Vergangenheit fest.

Aber jetzt könnte der Vergangenheit Gerechtigkeit widerfahren; Gerechtigkeit für meine Eltern. Und damit muss ich mich der Zukunft stellen, egal wie bereit ich bin.

14

VIOLET

»Ich habe dich gesehen, Violet. Ich habe dich im Wasser gesehen.« Das Flüstern füllt meinen Kopf. Mitten in der Nacht kommt diese Stimme von irgendwo aus dem Dunkeln. »Du wolltest dich verletzen. So leicht kommst du nicht davon.«

Kommt sie aus dem Schlafzimmer? Ich bin mir nicht sicher, aber sie klingt so nahe… Moment mal, wo bin ich?

Ich schrecke aus dem Schlaf, und sogleich erdrückt mich die Dunkelheit um mich herum. Sie drückt so schwer auf mich, dass ich nicht atmen kann.

Ich bin allein.

Allein.

Allein.

Allein.

In dem dunklen Haus.

Nein, eben nicht allein!

Ein Fremder ist hier bei mir.

»Wach auf.«

Diesmal weiß ich genau, dass ich etwas gehört habe, und greife nach Luke, dessen Wärme ich neben mir fühle. »Luke, wach auf!« Ich schüttle ihn kräftig und blicke mich panisch im Zimmer um. Aber hier ist niemand. »Ich glaube, ich habe jemanden gehört – draußen im Wohnzimmer.«

Er braucht eine Sekunde, um wach zu werden, stellt die Lampe an und blickt schläfrig zur Uhr. »Es ist zwei Uhr nachts. Was ist los?«

»Ich höre jemanden im Wohnzimmer«, zische ich, setze mich auf und lausche angestrengt, während ich die Hand in die Decke kralle.

Das darf nicht passieren.

Nicht noch einmal.

Nein.

Hier ist niemand.

Rums … rums … rums …

Im nächsten Augenblick ist Luke aus dem Bett und wirft mir sein Telefon zu. »Halte dich bereit, die Polizei zu rufen.«

Ich packe seinen Arm, als er die Tür einen Spalt öffnet. »Geh da nicht raus!« Meine Fingernägel bohren sich in seine Haut, und ich halte mich an ihm fest wie ein verängstigtes Kind.

»Ich muss nachsehen, ob jemand in der Wohnung ist.« Er befreit seinen Arm von mir und geht aus dem Zimmer, nur in seiner Boxershorts, ohne Waffe, ohne Schutz.

In mir lodert Panik, breitet sich wie ein Lauffeuer aus, während Bilder jener Nacht durch meinen Kopf flirren.

Dunkelheit.
Die Stimmen.
Die Geräusche.
Das Singen.
Das Blut.
Die Angst.

Mit dem Telefon in der Hand springe ich vom Bett und laufe hinter Luke her auf den Flur, weil ich ihn nicht aus den Augen lassen will. Andernfalls sehe ich ihn vielleicht nie wieder.

»Violet, geh zurück ins Zimmer«, zischt er und schiebt mich zurück.

Ich schüttle den Kopf und zittre am ganzen Leib, als ich Stimmen höre und draußen Lichter blinken sehe. In der Nacht, als meine Eltern starben, gab es ein Feuerwerk, und ich hielt die Schüsse für Knaller.

Dasselbe passiert jetzt.

Es passiert schon wieder!

»Ist das ein Feuerwerk?« Meine Stimme klingt nicht wie ich, weil ich in eine traumatische Erinnerung zurückkatapultiert wurde.

Luke schüttelt den Kopf. »Nein ... Das ist die Polizei, glaube ich ... Violet, geh wieder ins Zimmer. *Bitte*«, fleht er.

Ich verneine stumm und drücke das Telefon an meine Brust. In mir ist alles völlig erschüttert, und ich kann nicht klar denken. *Es ist so dunkel. Es ist so laut. Ich habe solche Angst.* »Ich kann ... Ich kann nicht ... Ich will nicht alleine sein.«

Lukes Gesicht kann ich nicht sehen, aber ich fühle seine Finger, die meine umfangen und mich festhalten, als er um die Ecke ins Wohnzimmer sieht. »Ich verspreche, dass ich wiederkomme«, sagt er, und dann sind seine Finger verschwunden.

Ich fange an zu weinen.

Heulend wie ein Baby sacke ich auf den Fußboden.

Ich sehe ihn nie wieder.

Es ist der schmerzlichste Gedanke überhaupt. In meinen Knochen, meinen Muskeln, meinen Adern und meinem Herzen, überall tut er weh. Nie wollte ich, dass dies hier geschieht. Ich kann nicht ohne ihn leben. Die Angst verschlingt mich und fühlt sich an, als würde ich lebendig begraben. Ich muss sie aus mir herausbekommen, irgendwohin, etwas tun. Nie zuvor habe ich so viel Schmerz empfunden, und ich will nicht mal anfangen, darüber nachzudenken, was es bedeutet, denn das würde mich jetzt umbringen.

Nein, o Gott, nein, das darf nicht passieren!

Momente später geht das Licht im Wohnzimmer an, und ich bin nicht mehr im Dunkeln. Es macht das Atmen einfacher, aber mein Herz hämmert immer noch wie wild, bis Luke endlich zu mir zurückkommt.

Er wirkt verstört und erschrocken. »Ich möchte, dass du drinnen bleibst.«

Heiße Tränen laufen mir über die Wangen, und

ich will ihn dringend packen und umarmen. »Wo gehst du hin?«

Er gibt sich Mühe, ruhig zu erscheinen, aber mich täuscht er nicht: Er ist ernsthaft besorgt. »Die Schiebetür war offen, und draußen ist die Polizei mit Blaulicht. Jemand ist an der Tür. Ich muss kurz rausgehen und mit ihm reden.« Er hockt sich vor mich, sodass er mit mir auf Augenhöhe ist. »Violet, hör mir zu. Ich gehe nirgendshin«, sagt er und legt eine Hand an meine Wange. »Versprochen.«

Ich nicke benommen, denn was in mir los ist, macht mich sprachlos. Etwas ist anders, nein, verändert sich jetzt gerade, und das macht mich gleichzeitig ängstlich und auf die seltsamste Weise aufgeregt.

Ich lasse mich von Luke zurück ins Zimmer und zum Bett bringen. Dort sitze ich auf der Bettkante, während er sich ein Shirt überzieht und wieder rausgeht. Ich sehe zur tickenden Uhr, lausche dem Wind draußen, beobachte die blauen und roten Blinklichter vorm Haus. Es kommt mir wie eine halbe Ewigkeit vor, bis Luke endlich ins Zimmer zurückkehrt.

»Was war?«, frage ich. Das Telefon halte ich immer noch in der Hand.

Luke nimmt es mir ab, legt es auf den Nachttisch und setzt sich zu mir aufs Bett. Dann umfangen seine Arme mich, und er legt sich mit mir hin.

Sicher.

Ich fühle mich so sicher.

»Jemand kam hierher … Die Polizei hat ihn gesehen – und die Blaulichter eingeschaltet.« Seine Muskeln verspannen sich, und er hält mich sehr fest an sich gedrückt. »Sie glauben, dass sie ihn verschreckt haben, wer das auch war. Sie suchen noch, haben bisher aber niemanden gefunden.«

Ich schlucke den Kloß in meinem Hals hinunter. »Das war er.« Ich habe Angst und zugleich auch nicht, weil ich diesmal nicht allein bin.

Ich bin nicht allein?

»Violet, das war nicht …« Er spricht nicht zu Ende, denn er weiß, dass ich recht habe. Es war Preston. Preston war hier in der Wohnung. Und ich glaube, dass es nicht das erste Mal war.

15

LUKE

Alles lief so gut. Ich hatte sie überredet, mit zum Sport zu kommen, mehr rauszugehen, und gehofft, dass sie vielleicht einen Weg entdeckt, ihren Schmerz und ihre Wut rauszulassen. Und dann weckte mich eine völlig verängstigte Violet auf.

Sobald ich sah, dass die verdammte Schiebetür offen war, wusste ich, dass jemand in unserer Wohnung gewesen war. Wir hatten nicht darauf geachtet, sie immer zu verriegeln, weil wir im ersten Stock wohnen, doch offensichtlich hätten wir vorsichtiger sein sollen. Ich werde eine beknackte Alarmanlage einbauen – so ertrage ich es nicht mehr. Dieses scheußliche Gefühl, ich könnte aufwachen und feststellen, dass Violet von diesem verdammten Stück Scheiße verletzt wurde.

Die Tatsache, dass er sie zu Tode erschreckt hat, reichte schon, dass ich ihn zu Brei schlagen wollte. Wäre er noch in der Wohnung gewesen, als ich aus dem Zimmer kam, ich wäre ausgetickt. Mir war klar, dass sie an die Nacht dachte, als ihre Eltern ermordet wurden. Die entsetzliche Angst in ihren grünen Augen war unübersehbar. Sie dachte, dass mir etwas passiert und sie mich nie wiedersehen würde. Es tut unglaublich weh, das in ihren Augen zu sehen, und ich will alles tun, um ihr den Schmerz und die Angst zu nehmen. Aber wieder mal fühle ich mich total hilflos.

Den Rest der Nacht beobachte ich sie, wie sie schläft, und schlafe selbst erst gegen fünf Uhr morgens ein. Ungefähr eine Stunde später werde ich von einem Klopfen an der Tür geweckt. Die Sonne geht gerade auf, und erstes Licht scheint durchs Fenster, sodass es sich ein wenig sicherer anfühlt. Trotzdem fällt es mir schwer, Violet allein im Bett zu lassen, und sei es nur, um an die Tür zu gehen.

Wie sich herausstellt, sind es zwei Cops, die mir erzählen wollen, dass sie den Einbrecher nicht gefunden, aber Meldung gemacht haben.

»Meldung gemacht.« Ich lehne mich an den Türrahmen und starre sie frostig an. »Klar, das wird enorm helfen.«

»Es ist besser als nichts«, erwidert der größere der zwei Officers verärgert, während der andere irgendwas auf einem Klemmbrett notiert.

»Nein, besser wäre gewesen, wenn Sie ihn erwischt hätten, bevor er in der Wohnung war.« Ich balle die Hände zu Fäusten und merke, wie jene Wut in mir aufwallt, die mich jedes Mal überkommt, wenn ich an meine Mutter denke. Nun gilt sie jedoch Preston. *Ich will ihn so dringend zu Brei schlagen, dass ich es nicht mehr aushalte.*

»Junge, Sie müssen echt Ihre Einstellung ändern«, sagt der kleinere Officer, der noch etwas aufschreibt. »Wir tun unser Bestes.«

»Und das ist eindeutig nicht genug«, kontere ich. »Immerhin hatte er es in die Wohnung geschafft, ehe Sie mitbekamen, dass etwas nicht stimmt.«

Sie sehen genauso genervt aus, wie ich bin, fahren aber mit ihrem bescheuerten Protokoll fort. Sie zeigen mir das silberne Armband, das sie auf dem Rasen gefunden haben, und fragen mich, ob ich es erkenne. Es ist Violets, jenes Armband, das mal ihrer Mutter gehört hat und das sie so verwirrte, weil sie es am Arm hatte und sich nicht erinnern konnte, es getragen zu haben. Als ich es ihnen sage, erklären sie mir, dass sie es behalten und auf Spuren untersuchen müssen, es aber baldmöglichst wieder zurückbringen. Dann erzählen sie, wie sie die Sicherheit verstärken wollen, aber das ist ein Haufen Bockmist. Dies ist das zweite, wenn nicht dritte Mal, dass Preston hier war, und er wird immer mutiger. Das Nervigste ist, dass ich nicht sicher bin, was er will. Violet quälen? Nein, es muss mehr als das sein. Vor allem wird es nicht aufhören, bis die Polizei ihn schnappt. Ich weiß schließlich, wie kranke Irre ticken, nachdem ich jahrelang mit einer gelebt habe.

Als ich wieder ins Zimmer komme, schläft Violet

noch. Sie sieht friedlich aus, wie immer im Schlaf, bis sie schreiend aufwacht. Ich wünschte, ich könnte sie mal wach so sehen. Könnte ich doch einen Weg finden, ihr ein bisschen Frieden im Leben zu geben, als Ausgleich für all den, den meine Mutter ihr geraubt hat.

»Wer war das?«, murmelt sie schläfrig, als ich wieder ins Bett steige.

»Nur die Polizei«, flüstere ich, ziehe die Decken über uns und rücke näher zu ihr. Ich überlege, ihr von dem Armband zu erzählen, beschließe jedoch, damit zu warten, bis sie richtig wach ist.

»Haben sie – ihn gefunden?«, fragt sie, obwohl sie gar nicht ganz da ist.

»Nein, aber du bist sicher.« Ich küsse sie auf den Kopf, schließe die Augen und inhaliere ihren Duft. »Ich verspreche dir, ich lasse nicht zu, dass dir etwas passiert.«

»Das weiß ich«, murmelt sie und schmiegt sich an mich. »Aber, Luke …«

»Ja?«

»Ich glaube, Preston … Ich glaube, gehört zu haben, wie er sagte, dass er dort war – an dem Tag, als ich fast – ertrunken bin … Ich glaube, er hat mir das Armband umgelegt, und das heißt, dass er schon vorher hier in der Wohnung war.«

Jeder Muskel in meinem Körper spannt sich fest an. Und das nicht bloß, weil er an dem Tag dabei war, als sie ins Wasser ging, sondern weil er schon vorher in unserer Wohnung gewesen war. Mist, ich bin so wütend und angespannt, dass ich meine Faust gegen die Wand knallen will, nur damit ich mich besser fühle. Aber dann rückt Violet noch dichter zu mir, und es erinnert mich daran, dass ich im Moment stabiler sein muss. Ich werde versuchen, morgen einiges von der Anspannung beim Sport loszuwerden, zumindest so viel wie möglich.

»Danke«, sagt Violet und drückt mir einen Kuss auf die Brust.

Das Feuer darin beruhigt sich ein wenig. »Wofür?«

»Dafür …« Sie gähnt, während sie Kreise auf meine Brust malt, direkt über meinem pochenden Herzen. »Dafür, dass du mich nicht verlässt.«

Nun zieht sich mein Herz zusammen, als ich ihr das Haar nach hinten streiche und ihr Gesicht betrachte. Ihre Lider flattern, und das Sonnenlicht spiegelt sich in dem Diamantstecker an ihrer Nase. Ihre Lippen sind ein kleines bisschen geöffnet, und sie ist so verflucht schön und so verflucht tough, ob es ihr nun bewusst ist oder nicht. Sie hat so viel Mist überlebt, den eine Menge Leute sich nicht einmal ausmalen können – die Glücklichen.

Erst als ich sicher bin, dass sie wieder tief und fest schläft, traue ich mich, die Wahrheit zu flüstern. »Ich würde dich nie verlassen, weil ich dich liebe.«

16

VIOLET

Am nächsten Tag erwache ich aus dem seltsamsten aller Albträume, sofern man ihn überhaupt so nennen kann. Ich bin nicht mal sicher, was er war oder bedeutet. In dem Traum kam meine Mom vor. Sie stand vor ihrem Grab, streckte ihren Arm zu mir aus, und ich war wie erstarrt am Rande des Friedhofs, unfähig, einen Fuß aufs Gras zu setzen und zu ihr zu gehen.

»Ich kann nicht!«, rief ich. »Ich kann einfach nicht.«

Schließlich nahm sie ihre Hand herunter und lächelte mir zu. »Ist schon gut, Violet, meine Süße. Du kannst das. Lass mich einfach gehen.«

An der Stelle wache ich auf, ringe nach Luft, auch wenn ich nicht direkt verängstigt bin, sondern eher verwirrt. Und diese Verwirrung hält an, ja, sie steigert sich sogar noch, als ich mich an die Ereignisse der letzten Nacht erinnere.

Ich bin immer noch bereit, mit ins Fitnesscenter zu gehen, obwohl Luke mir anbietet, dass wir zu Hause bleiben, wenn ich will, und ich nach dem, was passiert ist, nicht mit ihm kommen muss. Es ist offensichtlich, dass er mich mitnehmen möchte, und ehrlich gesagt will ich auch nicht in der Wohnung bleiben. Das Schlimmste an der ganzen Sache ist, dass ich keinen Schimmer habe, warum Preston das tut oder was er von mir will. Früher habe ich es immer gewusst: Ich sollte für ihn dealen und ihm sexuell gefällig sein. Aber jetzt kommt es mir vor, als würde er eine Art Spiel mit mir veranstalten, bei dem ich mich immerzu frage, was als Nächstes kommt. Noch dazu war es in letzter Zeit so ruhig, dass ich angefangen hatte, weniger vorsichtig zu sein. Ich hatte fast vergessen, dass er nach wie vor in der Nähe sein könnte. Das darf ich nicht; andererseits will ich auch nicht mehr in Angst leben.

Ich will ohne Angst sein.

Ich will ohne Angst sein.

Ich will einfach ich sein.

Ich bemühe mich nach Kräften, meine Gedanken an Preston zu verdrängen, und ziehe mich fürs Fitnesscenter an: enge Shorts, ein Trägershirt und eine Kapuzenjacke. Dann binde ich mir das Haar nach oben und tue die ganze Zeit so, als sei alles okay, als wäre ich letzte Nacht nicht bis ins Mark erschüttert worden.

Ich bin übermüdet, doch Luke sieht noch schlimmer aus als ich. Auf meine Frage, ob er überhaupt geschlafen hat, sagt er nur, »genug«, doch die dunklen Ringe unter seinen Augen entlarven seine Lüge.

Wir wollen gerade gehen, als Greyson entschieden zu munter für sieben Uhr morgens aus der Küche auf mich zugetänzelt kommt. »Fröhliches Halloween!«, ruft er und bietet mir einen Cupcake in Kürbisform an. Er hat Shorts, ein T-Shirt und Tennisschuhe an, bereit für das Fitnesscenter. Wie er es schafft, so früh bereit zum Sport zu sein und auch noch vorher Cupcakes zu backen, ist mir schleierhaft.

»Danke.« Aufrichtig dankbar nehme ich den Cupcake, lecke einen großen Happen von der Orangenglasur ab und genieße den Zuckerrausch.

»Wir wollen los«, sagt Luke zu ihm und hängt sich seine Tasche über die Schulter. »Kommt ihr auch?«

Greyson nickt, geht zurück in die Küche und packt die restlichen Cupcakes weg, die er gebacken hat. »Ich auf jeden Fall. Wie es mit unserem Dornröschen aussieht, weiß ich nicht. Er hasst Sport.«

»Wie genial.« Ich beiße in den Cupcake und habe fast einen Futter-Orgasmus, als die buttrige Haube auf meiner Zunge mit dem lockeren Teig verschmilzt. »Gott, sind die gut!«

Luke beobachtet mich mit einem lüsternen Blick, als wäre es das Erotischste, was er je gesehen hat. »Ja, sieht man.« Es dauert einen Moment, ehe er den Blick von meinem Mund lösen kann. »Sag ihm einfach, er kann mit Violet abhängen«, sagt er zu Greyson. »Sie steht auch nicht auf Sport, und er kann ihr Gesellschaft leisten.«

»Okay, das stimmt ihn vielleicht versöhnlicher.« Greyson klickt den Deckel auf die Vorratsdose mit den Cupcakes und kommt mit noch einem in der Hand um den Küchentresen. »Für unterwegs.«

»Sehe ich etwa wie ein Zuckerjunkie aus?«, frage ich, nehme den Cupcake aber trotzdem. »Danke.«

Grinsend schüttelt Greyson den Kopf. »Bis gleich, Zuckerjunkie.«

Ich folge Luke hinaus zu seinem Truck, merke allerdings, wie ich sofort auf Alarm schalte, als ich draußen bin und mich die Geschehnisse der letzten Nacht einholen. Als könne Luke meine Panik spüren, ergreift er meine Hand und hält sie fest, bis wir sicher in seinem Wagen sitzen.

Während er fährt, esse ich den Cupcake und starre auf die Häuser und die Geschäfte an den Straßen. Alles ist in Orange, Schwarz und Lila dekoriert. Hexenpuppen, Skelette und künstliche Spinnweben sind innen und außen an sämtlichen Gebäuden.

»Ich mag Feiertage nicht«, gestehe ich und nehme noch einen Bissen.

»Echt?«, fragt er, obwohl er nicht überrascht wirkt.

Achselzuckend ziehe ich das Papierförmchen weiter ab. »Wahrscheinlich liegt es daran, dass ich sie nie gefeiert habe. Ich hatte nie ein Halloween-Kostüm. Das hätte ich mir selbst machen müssen, habe ich aber nie, weil ja keiner da war, der mit mir Süßigkeiten sammeln gehen wollte. Ein paar Mal habe ich Thanksgiving miterlebt, nur war das komisch, weil ich ja die Außenseiterin war, die nicht zur Familie gehört. Und Weihnachten … das hasse ich richtig. Es hatte für mich rein gar nichts Fröhliches, als ich kleiner war … Ich meine, nachdem meine Eltern …« Ich schlucke angestrengt und zupfe an dem Cupcake, weil in mir so viele Gefühle hochkochen, dass ich mich räuspern muss. »Allerdings erinnere ich mich, dass ich einmal ein Geschenk bekam, von einer der Familien, das richtig toll war, als ich es auspackte. Es war ein hübscher silberner Ring mit einem violetten Stein, umrahmt von diesen kleinen Onyx-Steinen. Er war so schön und perfekt für die vierzehnjährige Gothic-Version von mir.«

Jetzt muss Luke grinsen. »Ich kann mir dich richtig gut ganz in genietetem Schwarz vorstellen.«

»Stimmt, das passte irgendwie. Der Ring hätte total klasse dazu ausgesehen, aber, na ja, fünf Minuten später teilte mir Mrs. Fairly mit, dass es ein Versehen und das Geschenk für ihre Tochter war. Mein richtiges Geschenk waren dann neue Strümpfe.« Ich höre auf zu reden, weil ich bei dieser wirklich langen Beichte Herzklopfen bekomme. »Ach, entschuldige, dass ich dir mit so einer traurigen Geschichte komme! Ich will nicht um Mitleid betteln, und ich weiß selbst nicht, was in mich gefahren ist.« Ich sehe zu dem Cupcake. Was zum Teufel hat Greyson da reingepackt? Wahrheitsserum?

Luke fährt weiter und scheint nachdenklich. »Ich hasse Feiertage auch«, gesteht er, stellt den Blinker an und biegt von der Hauptstraße ab. »Wir haben sie nie richtig gefeiert. An Halloween haben wir immer das ganze Haus geputzt. Manchmal waren Kayden und ich trotzdem los und haben Süßigkeiten gesammelt. Wenn wir Glück hatten, ließ sie Amy und mich an Thanksgiving ein richtiges Essen kochen, oder ich wurde zu Freunden eingeladen, aber das erst, als ich älter war. Und Weihnachten …« Er kneift die Lippen zusammen und umfasst das Lenkrad so fest, dass seine Fingerknöchel weiß werden. »Sagen wir, Weihnachten war am schlimmsten.«

Ich habe den Eindruck, dass er mir etwas zurückgeben will, weil ich ihm meine Geschichte erzählt habe, obwohl ich es eigentlich nicht wollte. Nachdem ich mir den restlichen Cupcake in den Mund gestopft habe, rücke ich zu Luke und strecke meine kleinen Finger in die Höhe. »Weißt du, was wir machen sollten? Wir sollten uns versprechen, nie ein großes Ding aus Feiertagen zu machen.«

Er überlegt und sieht von meinem Finger zu meinem Gesicht. »Hast du dich an Halloween nie verkleidet und Süßigkeiten gesammelt?«

Ich schüttle den Kopf. »Sicher habe ich das gemacht, als meine Eltern noch lebten, aber die Erinnerungen sind zu vage – wie die meisten«, sage ich, und mein Herz zieht sich zusammen.

Anstatt mich voller Mitleid anzusehen, scheint Luke auf einmal sehr entschlossen. »Wie wäre es damit? Wie wäre es, wenn wir an den Feiertagen richtig die Sau rauslassen? An jedem verdammten von ihnen, in jedem Jahr.« Als er an einer roten Ampel hält, dreht er sich auf seinem Sitz zu mir und hält seinen kleinen Finger ausgestreckt vor mein Gesicht. »Was sagst du? Bist du dabei?«

Natürlich ist mir klar, dass seine Worte viel mehr zu bedeuten haben, als einige Feiertage zu feiern, aber ich bin nicht sicher, ob ich deren volles Ausmaß begreife. Doch was er vorschlägt, klingt wie etwas, das ich mir schon immer gewünscht habe, mir allerdings nicht zu wünschen wagte, seit ich fünf Jahre alt war. Also verhake ich meinen kleinen Finger mit seinem und beschließe, es zu versuchen. »Okay, du stoisch Unnahbarer, ich bin dabei.«

17

VIOLET

»O Gott, ich glaube, ich sterbe.« Ich atme durch die Nase, denn die Matte, auf der ich liege, stinkt fieser als faule Eier, die jemand an einem schwül-heißen Tag in der Sonne vergessen hat. Seth liegt neben mir, nachdem er verkündet hat, dass er auch nicht der Fitness-Typ ist. Greyson hingegen scheint sich mit Begeisterung auf dem Laufband abzustrampeln. Was mich nicht allzu sehr wundert, so wie er sich morgens schon darauf gefreut hatte.

Seth und ich liegen auf den Matten, inmitten von Geschepper und Stöhnen, und starren an die Decke. Callie ist bei irgendeinem Kickbox-Kurs, und Greyson hat zu den Rädern gewechselt. Aus den Lautsprechern schallt ein super poppiger Song mit dieser Sorte heiterem Rhythmus und Text, bei dem ich die Stereoanlage suchen und zerdeppern möchte.

Nein, ich bin wahrlich kein Morgenmensch, wie mir schon länger bewusst ist und nun auch jedem anderen klar sein dürfte, den ich heute Morgen mit meiner Anwesenheit beglücke.

»Gib mir was von deinem Kaffee«, fordert Seth

scherzhaft und streckt die Hand nach meinem geeisten Latte aus.

Ich gebe ihm einen Klaps auf den Arm. »Kommt nicht infrage. Hol dir deinen eigenen Kaffee.«

Er stöhnt frustriert und sinkt auf die Matte zurück. »Greyson wollte nicht anhalten, um welchen zu kaufen. Er meinte, dass wir zu spät dran sind und es meine Schuld ist, deshalb muss ich es ohne Kaffee aushalten.«

»Alter, er ist so heftig!«, scherze ich, denn Greyson ist alles andere als das.

»Und wie!«, stimmt Seth mir zu.

Seufzend setze ich mich auf und biete ihm meinen Becher an. »Aber trink ja nicht alles aus, sonst muss ich dich verprügeln.«

Er sieht mich skeptisch an, als er den Becher nimmt. »Das würde ich stark bezweifeln. Du tust zwar immer knallhart, bist aber kein bisschen so.«

Ich mustere ihn sehr auffällig. Er trägt ein kariertes Hemd, dessen Ärmel modisch bis zu den Ellbogen aufgekrempelt sind, und eine dunkle Jeans. Sein Haar ist verwuschelt und hat diese blonden Strähnen, die wie aufwendig eingefärbt aussehen; doch ich wohne mit ihm zusammen und weiß, dass sie tatsächlich echt sind. Seth sieht reichlich nach Hipster aus, was passen würde, wären wir nicht in einem Fitnesscenter. »Das musst du gerade sagen! Du siehst aus, als wolltest du zu einem Konzert gehen, nicht in eine Muckibude.«

»Ach, apropos Konzert.« Seth trinkt einen großen Schluck Kaffee und gibt mir den Becher zurück. »Heute Abend gibt es ein fantastisches im Silver Moon Grill. Nichts Riesiges oder so, aber es treten ziemlich gute Bands auf. Außerdem ist Halloween, und es ist mit Verkleiden und allem. Du solltest mitkommen.«

Ich werde misstrauisch. »Hat Luke gesagt, dass du mich einladen sollst?« So versessen, wie er darauf ist, mich mehr aus dem Haus zu locken, frage ich es mich unwillkürlich.

Seth sieht verdutzt aus. »Nein … Ich habe ihm noch nicht mal davon erzählt.« Er stockt. »Warum fragst du das?«

Achselzuckend nippe ich an meinem Kaffee. »Weil du sonst nicht mit mir abhängen willst oder so. Es ist noch nicht lange her, da hättest du nicht mal freiwillig mit mir geredet.« Ich frage mich, ob er Mitleid mit mir hat, weil so viel Mist auf mich einprasselt. Andererseits ist Seth nicht der Typ, der andere viel bemitleidet. Eigentlich ist er sogar ziemlich schroff, womit ich klarkomme, doch heute Morgen fasst er mich quasi mit Samthandschuhen an. Vielleicht wegen des Vorfalls letzte Nacht. An Seths und Greysons Stelle würde ich überlegen, das Mädchen rauszuwerfen, das diesen Irrsinn anzieht. Nicht dass ich es mir wünsche, nur wäre es für sie einfacher und sicherer.

»Dasselbe könnte ich von dir sagen.« Er lehnt

sich an die Wand und streckt seine Beine aus. »Du bist genauso eine Drama-Queen wie ich, Süße.«

Nachdem ich noch einen Schluck getrunken habe, stelle ich den Becher auf die Matte. »Ich ziehe ›interessant und nie langweilig‹ vor.«

»Das ist nicht dasselbe.«

»Ja, stimmt wohl.« Ich überlege. »Und warum bist du auf einmal nett zu mir?«

Er zuckt mit den Schultern und sieht auf seine Schuhe. »Als ich dich zuerst kennenlernte, kam es mir vor, als wärst du mies zu Callie und irgendwie eine Schlampe. Aber inzwischen ist mir klar geworden, dass mein erster Eindruck falsch war.«

Mich interessiert, was er jetzt über mich denkt, allerdings nicht so brennend, dass ich ihn frage. Daher beschließe ich, das Thema zu wechseln. Ich spreize meine Beine, was ein lahmer Versuch ist, einen Spagat zu machen. Aber ich will wenigstens so tun, als würde ich mich für irgendwas aufwärmen. Und immerhin bin ich schon mal in einer engen Shorts, einem alten Trägershirt, einer Kapuzenjacke und mit Pferdeschwanz etwas passender gestylt. »Na gut, wenn du wirklich willst, dass ich zu dem Konzert mitkomme, komme ich mit«, sage ich zu Seth. »Vorausgesetzt, es ist nach dem Dinner mit Lukes Dad und Trevor, und Luke kann auch mit.« Sicher will er, denn wir haben uns ja gerade erst vorgenommen, von jetzt an alles aus den Feiertagen herauszuholen.

»Es fängt um neun an, und klar gehe ich davon aus, dass du Luke mitbringst. Ihr zwei seid ja neuerdings wie siamesische Zwillinge.«

Obwohl es stimmt, erwischt mich diese Bemerkung eiskalt. Gedankenverloren dehne ich mich wieder, indem ich mich weit nach vorn beuge. »Gott, warum machen Leute so was? Mein Gesicht ist fast auf einer Höhe mit meiner Vagina!«

Seth lacht. »Tja, du tust es auch, also macht es dir vielleicht Spaß.«

Ich zeige ihm den Mittelfinger, ohne den Kopf zu heben. »Haha, du hast mich ertappt.« Ich bleibe in dieser Position und stemme meine Hände auf die Oberschenkel. »Übrigens denke ich, dass ich mir ein Tattoo seitlich auf den Schenkel stechen lasse«, sage ich eher zu mir selbst. »Etwas Neues.« Ja, neu wäre gut. Alles ist jetzt alt, mit der Vergangenheit verbunden.

Ein Schatten fällt über mich, und ich höre Luke sagen: »Was macht ihr da?« Er klingt außer Atem.

»Oh, ich gucke nur Violet zu, wie sie sich selbst betatscht«, antwortet Seth amüsiert. »Und höre mir ihr Gerede über Selbstverstümmelung an.«

»Hä?«, fragt Luke verwundert.

Ich sehe zu Seth und verdrehe die Augen, was er mit einem Grinsen erwidert. »Nichts«, sage ich und blicke zu einem sehr hemdlosen, verschwitzten und eindeutig reizvollen Luke auf. »Ich habe nur gesagt, dass ich ein neues Tattoo will. Weiter nichts.«

»Ach ja? Und wo?«, fragt er neugierig. Er ist immer noch außer Atem. Ich streiche mit meinem Finger außen an meinem Schenkel hinauf bis zur Hüfte. Nun wird Lukes Atmung langsamer, scheint sogar auszusetzen, als sein Blick meinem Finger folgt. »Das ist eine nette Stelle.« Seine Stimme ist tief und rauchig.

»Findest du?« Ich genieße es sehr, dass ihn dies hier scharfmacht. Das und die Tatsache, dass es ein ganz normaler Moment ist. So einen hatten wir schon lange nicht mehr, und er scheint aus dem Nichts zu kommen, doch ich nehme ihn dankend an und halte ihn mit aller Kraft fest.

Luke nickt, löst endlich seinen Blick von meinem Oberschenkel und sieht mir in die Augen. »Definitiv. Und ich komme mit, wenn du es dir stechen lässt.«

»Ich brauche keinen zum Händchenhalten«, sage ich und ziehe meine Knie an die Brust. »Ich weiß, was mich erwartet, denn es ist mein viertes.«

»Oh, deine Hand werde ich auch nicht halten.« Sein Blick ist so glühend, dass ich schwören möchte, meine Haut fängt zu schmelzen an. Doch ich kann nicht wegsehen. »Das wird sehr sexy anzusehen sein«, sagt er und sieht wieder auf meinen Schenkel.

Ich möchte ihm von jedem Tattoo erzählen, das ich noch haben will, nur damit er mich weiter so ansieht.

Anscheinend ist Seth dagegen. »Echt jetzt, könntet ihr vielleicht mit dem Blick-Ficken aufhören?«

Luke sieht ihn streng an und schüttelt den Kopf. »Schon gut, ich wollte sowieso nur sehen, was ihr zwei macht und ob alles okay ist.« Sein Tonfall macht klar, was er meint: Er ist besorgt, weil ich letzte Nacht so panisch war, und will sehen, ob es mir gut geht.

Ich nicke, um ihn zu beruhigen, aber ehrlich gesagt habe ich keine Ahnung, was ich fühle. In solch einer Situation würde ich normalerweise zum nächsten Fenster rennen und mir vorstellen zu fallen. Mir ausmalen, wie ich kurz vor dem Aufprall unten zum letzten Mal Atem hole. Ich will das wirklich tun, habe sogar letzte Nacht davon geträumt. Und heute Morgen dachte ich immer wieder daran. Doch weil ich in dem Fluss entschied, dass ich leben will, und ich Luke versprechen musste, dass ich damit aufzuhören versuche, werde ich es nicht tun.

Er atmet auf und nickt. »Okay, aber wenn du mich brauchst, komm mich holen.« Er zeigt über seine Schulter. »Kayden und ich wechseln den Raum.«

Stirnrunzelnd stehe ich auf. »Seid ihr noch nicht fertig?«

Luke findet es offensichtlich witzig. »Wir sind erst eine halbe Stunde hier.«

»Das ist eine halbe Stunde zu viel, wenn du mich

fragst«, erwidere ich und verschränke die Arme vor der Brust.

Das bringt ihn zum Lachen, obwohl ich es ernst meine. »Du bist süß.«

Dann gibt er mir einen Kuss auf die Wange und klopft mir auf den Hintern, bevor er geht.

Ich drehe mich verblüfft zu Seth um. »Was war das? Bin ich jetzt einer von seinen Footballkumpels?«

Seth sieht mit einem merkwürdigen Ausdruck zu mir auf. »Ich denke, du bist so ziemlich das genaue Gegenteil für ihn.«

»Und was bitte ist das Gegenteil von einem Footballkumpel?«

»Weiß nicht … Seine große Liebe?« Er grinst spöttisch und zuckt mit den Augenbrauen.

Unwillentlich trifft er einen Nerv, denn mir fällt sofort wieder ein, wie Luke vor ein paar Wochen sagte, dass er mich liebt, und mir klar wurde, dass ich keinen Schimmer habe, was zur Hölle Liebe ist. Ich kam mir mies vor, weil ich es nicht erwidern konnte, doch dafür möchte ich es zumindest verstehen. Und das tue ich bisher noch nicht.

Seth entgeht nicht, dass ich auf einmal sehr ernst bin, und er setzt sich rasch auf. Ihm steht die Neugier ins Gesicht geschrieben. »Ach du Schande, er hat es gesagt, oder? Hat er?« Er springt auf.

»Ich will nicht darüber reden«, sage ich unsicher und sehe mich im Raum nach einer Ablenkung um.

Aber ich bin umgeben von Maschinen, die wie Foltergeräte aussehen, und verschwitzten Leuten, die ich nicht kenne.

»Worüber reden?«, fragt Greyson, der aus dem Nichts neben uns auftaucht. Er hat Schweißperlen auf der Stirn und verklebtes Haar. Auch sein T-Shirt ist stellenweise durchgeschwitzt, doch er sieht zufrieden aus.

»Nichts. Deshalb sage ich ja, dass ich nicht darüber reden will«, antworte ich, hebe meinen Kaffeebecher auf und will fliehen. Ich werde Luke sagen, ich müsste dringend weg. Ihm also wieder eine Lüge auftischen. Das Problem ist nur, dass er nach letzter Nacht garantiert ausflippt bei so einer Ansage, und das will ich ihm nicht antun.

»Luke hat Violet gesagt, dass er sie liebt«, verkündet Seth, und als ich ihn wütend anfunkle, schlägt er sich eine Hand vor den Mund. »Entschuldige, aber ich bin sowieso ein miserabler Lügner.«

»Was?« Greyson klingt eher gekränkt als erfreut. Er stellt sich direkt vor mich, sodass er mir den Weg versperrt. »Wann war das?«

Ich zupfe an meinem lila Nagellack. »Weiß nicht, vor ein paar Wochen.«

Jetzt wirkt er erst recht gekränkt. »Warum hast du mir nichts erzählt?«

Ich bekomme ein schlechtes Gewissen. »Weil es nichts zu erzählen gibt.«

Es entsteht eine Pause, bevor er meinen gesunden Arm packt und mich in die Ecke des Raums zerrt, wo es noch schlimmer stinkt als auf der Matte. Seth ruft ihm nach, doch Greyson beachtet ihn nicht.

»Was ist passiert?«, fragt Greyson, der sich erneut vor mir aufbaut, sodass ich in der Ecke gefangen bin. In die Enge getrieben. Und mein Fluchtinstinkt wird stärker.

»Er hat gesagt«, ich male Anführungszeichen in die Luft, »›Ich liebe dich‹ … und ich konnte es nicht erwidern.«

»Okay …« Er atmet langsam aus und nickt, was sich offenbar auf einen Gedanken bezieht, der ihm durch den Kopf geht. »Kann es sein, weil du ihn nicht liebst? Oder bist du einfach noch nicht so weit, ihm das zu sagen?«

Ich wünschte, ich könnte Letzteres sagen, dass ich durchaus fähig bin zu lieben, nur mehr Zeit brauche, aber ich weiß es ehrlich nicht. »Ich bin mir nicht sicher.«

Er sieht mich traurig an. »Violet, ich weiß, dass Liebe beängstigend sein kann und alles, aber sie ist es auf diese fantastische Art, die dir den Atem raubt und das Gefühl gibt zu fliegen. Du brauchst dich nicht davor zu fürchten.«

»Tue ich nicht.« Mein Herz beginnt mit seinem Paniktanz in meiner Brust, während mir Gefühle die Adern versengen. »Ich bin nur unsicher, was es ist.«

Ich will nicht aussprechen müssen, dass ich nicht weiß, was Liebe ist. Dass ich zuletzt geliebt und mich geliebt gefühlt haben musste, als ich fünf Jahre alt war und meine Eltern noch lebten, nur erinnere ich mich an das Gefühl nicht mehr. Greyson weiß genug über meine Vergangenheit, dass er vielleicht von allein draufkommt. *Bitte, komm von allein drauf, damit ich es nicht laut sagen muss!*

Ich weiß nicht, ob er es von selbst kapiert, jedenfalls tritt er einen Schritt zurück und lässt es gut sein.

Wir gehen wieder zur Matte, als er plötzlich strahlend sagt: »Ich habe eine Idee!«

Mir schwirrt der Kopf vor zu vielen Emotionen. Ich habe versucht, es nicht zu tun, nicht wegzurennen und mir meinen Gefahrenkick zu holen, um mich verdammt noch mal zu beruhigen. Aber es sind Wochen vergangen – Wochen aufgestauter, schwerer und schmerzlicher Emotionen. »Ach ja?«

Er nickt und bedeutet mir mit einem Winken: »Folge mir.«

Ich will ihm nicht folgen. Ich will zur Vordertür herausrennen, die ich von hier sehe, ganz nah. Ich müsste nur hinlaufen. Doch was geschieht, wenn ich draußen bin? Was passiert, wenn ich wieder ins Wasser gehe und es diesmal nicht herausschaffe? Oder was ist, wenn ich es herausschaffe, aber Preston da ist und keine Menschenmenge?

»Hey, Violet.« Die weibliche Stimme zwingt

mich, den Blick von der Tür abzuwenden. In meinem Nebel bin ich wieder bei dem Mattenbereich angekommen, und nun stehen Seth, Greyson und Callie bei mir, als wären wir in einem Camp und würden eine Art Freundeskreis schließen wollen oder so. Mir kommt es vor, als sollten wir uns bei den Händen halten und singen. Im Ernst.

Ich lächle Callie verhalten zu. Nicht dass ich sie nicht mag. Es ist nur ein bisschen komisch zwischen uns, seit wir im ersten Studienjahr ein Wohnheimzimmer teilten und sie mich für eine Prostituierte hielt. In Wahrheit vertickte ich Drogen, aber ich ließ sie in dem Glauben, weil mir eigentlich immer egal war, was Leute von mir dachten – ist es noch. Aber ich war auch manchmal fies zu ihr, wobei ich zu meiner Verteidigung anführen muss, dass ich es nicht bloß zu ihr, sondern zu jedem war.

Ich will schon weg, denn die anderen sollen ruhig ihr Ding machen, während ich meines durchziehe, doch da sagt Greyson: »Callie, zeig Violet mal ein paar von deinen Kickbox-Bewegungen. Ich glaube, Kickboxen wäre gut für sie, um ein bisschen Dampf abzulassen.«

Mir kommt es schräg vor, dass Callie mir Kickboxen beibringen soll. Sie ist mindestens zehn Zentimeter kleiner als ich, dünn und hat braunes Haar und blaue Augen. Im Grunde ist sie winzig. Ja, ich selbst bin dünn, sehe jedoch insgesamt kräftiger aus. Allerdings kann der äußere Eindruck trügen, und ich schätze mal, so wie alle tun, hat sie einige heftige Sachen drauf.

»Wieso denkt jeder, dass ich ein Aggressionsproblem habe?« Ich ziehe mein Zopfband fester und frage mich, ob sie alle von meiner verkorksten Geschichte und den Problemen zwischen Luke und mir wissen. Andererseits dürften ihnen die Nachrichten bereits alle Details zu dem Fall verraten haben, also kennen sie wohl zumindest meine Geschichte. Und denken vielleicht deshalb, dass ich ein Aggressionsproblem habe. Entweder das, oder Luke hat ihnen etwas erzählt, was ich bezweifle, zumal er seine eigenen Geheimnisse hat, über die er ganz sicher nicht mit ihnen redet.

»Ähm, weil du eines hast«, antwortet Seth und verdreht die Augen.

Callie wirft ihm einen warnenden Blick zu. »Sei nicht so unverschämt«, sagt sie, als wäre ich zerbrechlich und könne nicht mit ein bisschen Direktheit umgehen.

Fast muss ich lachen, doch es bleibt mir im Hals stecken, weil mir einfällt, dass ich genau damit neulich in der Therapie nicht umgehen konnte. »Tja, das hast du auch«, erwidere ich in einem lahmen Versuch, die Aufmerksamkeit von mir weg und auf Seth zu lenken. Tatsächlich habe ich Seth schon sehr oft sehr wütend erlebt.

Er verdreht wieder die Augen. »Süße, ich habe das genaue Gegenteil von einem Aggressionsproblem.«

Ich verschränke die Arme und sehe ihn streng an. »Ach ja? Sag das mal der *Silver Linings*-DVD.«

Greyson reißt entsetzt die Augen weit auf und zeigt mit dem Finger auf Seth. »Das warst du?«

Seth bedenkt mich mit einem vernichtenden Blick, und ich lächle betont unschuldig. »Hey, das war echt ein Unfall!« Dann seufzt er und gesteht: »Okay, das war eine Lüge. Aber das beknackte Ding lief einfach nicht!«

»Das war einer meiner Lieblingsfilme.« Greyson schüttelt den Kopf. »Und du hast die DVD in der Mitte durchgebrochen.«

»Ich kaufe sie dir noch heute neu, versprochen«, sagt Seth, worauf Greyson nickt. Dann wendet Seth sich zu mir: »Und du übernimmst die Hälfte, weil du mich verpetzt hast«, zischt er, auch wenn er nicht richtig wütend ist, sondern nur mal wieder eine Drama-Queen, wie er es vorhin nannte.

»Kommt nicht infrage«, entgegne ich. »Ich habe die DVD nicht kaputt gemacht. Das warst du.«

»Weißt du was?«, sagt Seth. »Wenn du ein paar Mal gegen den Sandsack trittst, lasse ich dich vom Haken. Aber es müssen schon richtig üble Ninja-Kicks sein.«

»Wieso drängt mich jeder, das zu machen?«, frage ich. »Ja, ich habe vielleicht ein Aggressionsproblem. Na und? Auf blöde Sandsäcke einzutreten bringt mir gar nichts!«

»O doch, wird es«, versichert Seth mir, während

Greyson zu dem großen Boxsack geht, der in der Mattenmitte von der Decke hängt. »Ich kenne mich aus, denn ich habe einen Psychologiekurs gemacht.«

»Und ich habe drei verschiedene gemacht«, kläre ich ihn auf. »Davon wurde in keinem ein Wort davon erwähnt.«

»Drei verschiedene Kurse?« Seth glotzt mich an. »Echt?«

Ich zucke mit den Schultern, während Greyson ruft: »Violet ist gnadenlos, wenn's ums Studium geht. Lass dich nicht von ihrem Aussehen und ihrem Benehmen täuschen. Sie ist ein kluges Mädchen.«

Damit ich es endlich hinter mir habe, gehe ich an Seth vorbei und zu dem Sandsack. »Na gut, ich trete ein paar Mal gegen das verdammte Ding, und ihr hört auf, über mich, meinen Grips und mein Aggressionsproblem zu reden.«

»Abgemacht.« Greyson stellt sich hinter den Boxsack und hält ihn mit beiden Händen. Warum, weiß ich nicht. Das Teil ist höllisch groß, und ich bin sicher, dass ich es nicht mal zum Vibrieren bringe.

»Also, was mache ich jetzt?«, frage ich. »Einfach lostreten?«

»Ja, aber dreh dich erst mal ein bisschen zur Seite«, antwortet Callie, kommt zu mir und überrascht mich, indem sie die Hände an meine Hüften legt und mich halb seitlich dreht. Dann gibt sie mir einen Klaps an die Hüfte. »Du schwenkst die Hüfte und hebst das Bein. Du kannst auch die nehmen.« Sie fasst meine Arme und zieht sie vor mich. »Du darfst gegen den Sack boxen, aber lieber nicht mit der Hand.« Sie tippt auf meinen Gips, bevor sie zurücktritt, um mir Platz zu machen. »Dann mal los. Glaub mir, du wirst dich viel besser fühlen.« Sie hat diesen Blick, als würde sie es sehr ernst meinen. Mann, vielleicht tut sie das! Vielleicht versteckt sich in diesem winzigen Körper jemand, der tobt vor Wut. Vielleicht hat auch sie eine verkorkste Vergangenheit. Gott, vielleicht hat die jeder auf seine Art!

Um ihnen zu geben, was sie wollen, tue ich genau, was Callie gesagt hat, drehe meine Hüfte, schwinge mein Bein nach oben und knalle den Fuß gegen den Sack. Er rührt sich nicht, aber ich habe auch nicht fest getreten.

»Och, komm schon!«, sagt Greyson enttäuscht. »Zeig uns den Toughes-Mädchen-Kick.«

Damit sie zufrieden sind, trete ich richtig fest zu. Für den winzigen Moment, in dem mein Schuh mit dem Sandsack kollidiert, fühlt es sich wirklich an, als wäre ich ganz kurz von meiner emotionalen Überlastung befreit. Ich beschließe, noch ein paar Mal mehr zu treten, und das Gefühl wird intensiver.

Ich unterbreche und bin ziemlich aus der Puste. Ich sage nichts und wische mir den Schweiß von der Stirn, doch Greyson sieht mich mit dem *Hab's doch gesagt*-Blick an.

»Jetzt versuch's mal mit dem anderen Bein«, fordert Callie mich auf. »Und denk diesmal an irgendwas, das dich richtig in Fahrt bringt.«

»In Fahrt bringt?«, wiederhole ich.

»Na, fürs Treten«, sagt sie schlicht, bückt sich und hebt die Wasserflasche neben sich auf.

Da es wohl nicht schaden kann, drehe ich mich auf die andere Seite und überlege, was sie mit »in Fahrt bringen« gemeint hat. Dann fällt irgendeine Klappe in mir, und ich fange an, wie verrückt auf den verdammten Sandsack einzutreten. Was letzte Nacht, vor zwei Wochen, vor fünfzehn Jahren war, fühlt sich nicht mehr so bleiern in mir an. Kontrolle. Das ist es. Ich habe das Gefühl, mehr Kontrolle über mich zu haben. Jetzt, in diesem Moment gibt es nur mich und diesen Sack, der für alles steht – all meine Pflegeeltern, Mira, Preston, all die Typen, die mich betatscht haben, jeden, der mir etwas genommen hat.

Als ich schließlich aufhöre, keuche ich, bin schweißgebadet, und mein Herz hämmert in meinem Brustkorb.

»Ich bin völlig fertig«, sage ich und beuge mich vor, während ich nach Luft ringe.

»Das nennt man Sport«, scherzt Greyson mit einem breiten Grinsen.

Ich bin zu erschöpft, um etwas zu kontern, also

lächle ich bloß. Allerdings ist es ein echtes Lächeln, kein gekünsteltes, wie ich es bei meinen ersten Unterhaltungen mit ihm aufsetzte. Das war dasselbe Lächeln, das ich auf Partys beim Dealen hatte. Das ich schon fast mein ganzes Leben lang vortäusche.

Nein, dies hier ist echt, weil ich mich im Augenblick wie ich selbst fühle.

Wie die echte Violet.

18

LUKE

Sie schläft schon seit ein paar Stunden. Ich würde mir ja Sorgen machen, dass sie deprimiert ist, aber sie ist heute nicht nur außergewöhnlich früh aufgestanden, sondern hat sich auch noch beim Kickboxen total verausgabt. Daher hat sie wohl einen Grund, schlafen zu müssen.

Es ist bald elf Uhr vormittags, und ich muss in circa einer Stunde meinen Dad und Trevor am Flughafen abholen. Sie hatten angeboten, ein Taxi zu nehmen, und ich musste ihnen erklären, dass Laramie nicht San Diego ist. Will man hier ein Taxi, muss man anrufen und mindestens eine Stunde warten. Auch ihren Vorschlag, einen Wagen zu mieten, lehnte ich ab und bestand darauf, dass ich sie abhole.

Ja, ich, Luke Price, bestand darauf, meinen Vater vom Flughafen abzuholen. Nie hätte ich gedacht, dass das mal passiert, und ich bin nach wie vor unsicher, wie ich es finde.

Ich leihe mir Seths Camry, damit wir uns nicht vorn in meinen Truck quetschen müssen. Violet wollte mitkommen, doch sie sieht so friedlich aus, wie sie auf der Seite liegt, das Haar auf dem Kissen aufgefächert und die Beine unter der Decke halb angewinkelt, dass ich sie am liebsten nicht wecken möchte.

Ich setze mich auf die Bettkante, streiche ihr das Haar aus dem Gesicht und fahre vorsichtig mit dem Finger über ihren Wangenknochen. Violet atmet leise ein, bevor sich ihre Lider flatternd öffnen. Ihre grünen Augen wirken müde.

Nach einigem verwirrten Blinzeln setzt sie sich auf. »Wie spät ist es?« Sie gähnt und streckt sich wie eine Katze, die Arme hoch über ihren Kopf gereckt.

»Elf.« Unwillkürlich betrachte ich ihren fast nackten Körper. In dem Moment, in dem wir nach Hause kamen, hatte sie die verschwitzten Sachen ausgezogen, bis sie nur noch BH und Slip trug, war aufs Bett gesunken und ungefähr dreißig Sekunden später eingeschlafen. »Du kannst hierbleiben und weiterschlafen, wenn du willst. Seth und Greyson haben gesagt, dass sie bis heute Abend zu Hause sind, also wärst du nicht allein.«

»Nein, ich will mit dir kommen«, antwortet sie, schwingt die Beine aus dem Bett und steht auf.

Ich widerspreche ihr nicht, denn ich bin froh, dass sie mit mir kommen will. Vom Bett aus beobachte ich, wie sie sich ein T-Shirt und eine schwarze Jeans anzieht.

»Duschen kann ich aber erst wieder, wenn wir zurück sind«, sagt sie und schnuppert an sich. »Ich dufte nach Fitnesscenter.«

»Aha?«

Sie zieht eine Grimasse. »Ja, diese Matten da stinken, als wären sie seit Jahren nicht gewaschen worden.« Sie streicht sich über die Arme. »Ich schwöre, dass ich den Gestank sogar an mir fühle!«

Ich lache, als sie ihre Stiefel schnappt und sich bückt, um sie anzuziehen. »Na, du siehst aber gut aus.«

Violet blickt zu mir auf, während sie ihren Stiefel schnürt. »Ich sehe beschissen aus, trotzdem danke.«

Anschließend steht sie auf, kämmt sich mit den Fingern durch ihr rot gesträhntes Haar und trägt irgendein Glitzerzeug auf ihre Lippen auf.

Ich stehe auf und gehe zu ihr, wobei ich einige schmutzige Klamotten aus dem Weg kicke. »Du siehst wunderschön aus«, sage ich und streiche mit dem Daumen über ihre Unterlippe. »Tust du immer.«

Zunächst scheint sie spotten zu wollen, dass ich nicht kitschig werden soll, doch dann überlegt sie es sich offenbar anders und beißt sich auf die Unterlippe. »Du hast anscheinend gute Laune.« Ihr Blick ist eindeutig fragend.

»Ich bin nur froh, dass es dir anscheinend gut geht.« Ich streiche weiter mit dem Daumen über ihre Lippen, fasziniert davon, wie weich sie sind.

»Dieses Glitzerzeug lässt deinen Mund sehr lecker aussehen.«

Nun bekommt ihr Blick etwas Verwegenes, und sie beißt mir in den Daumen – nur ganz sanft, aber höllisch sexy. »Wow, hast du solche Sprüche früher auch bei Frauen probiert? Wir hatten ja eigentlich nie Dates, deshalb kenne ich deine Taktik nicht.«

»So ungern ich dich auch belehre, wir hatten durchaus Dates. Eine Menge.«

»Nein, nicht richtig. Am Anfang sind wir ein paar Mal zusammen losgezogen, aber es war vorher schon anders zwischen uns. Ich meine, es war ja nicht so, als hättest du mich gesehen und sofort flachlegen wollen. Ich habe mich sozusagen in dein Leben gedrängt, oder, na ja, das Schicksal war es.«

An dem, was sie sagt, stimmen eine Million Sachen nicht. »Falsch, ich wollte dich immer schon flachlegen, auch bevor wir uns kannten. Es wurde nur schlimmer, als ich dich kennenlernte.« Ich mache eine Pause. »Erinnerst du dich an die Party, auf der wir getanzt haben?«

Nun muss sie lachen, und ihre grünen Augen blitzen. »Die, auf der du gesagt hast, dass ich schön bin und wir in eines der Hinterzimmer gehen sollen? Ich erinnere mich.«

»Ja, das war ein toller Anmachspruch, oder?«, sage ich im Scherz, lege die Hände an ihre Hüften und ziehe sie näher zu mir. »Habe ich dich mit dem rumgekriegt?«

Sie wird ernst und blass, und sie sieht mich schuldbewusst an. »Wenn ich ehrlich sein soll, bin ich durchgedreht, aus dem Haus gerannt und in den See gesprungen.« Sie seufzt, fährt aber fort, ehe ich etwas sagen kann. »Tut mir leid, aber du hattest mich Dinge fühlen lassen, für die ich nicht bereit war.«

»Ist okay. Ich war auch reichlich geschockt von dem, was ich zu dir gesagt habe – über meine Gefühle.«

Sie blickt gedankenversunken über meine Schulter. »Mir kommt es vor, als wären fast alle Erinnerungen an unsere gemeinsame Zeit so.« Dann sieht sie mich wieder an. »Versteh mich nicht falsch. Ich verbringe sehr gerne Zeit mit dir ... Es ist nur ...« Sie beißt sich wieder auf die Lippe und ist offensichtlich verlegen.

»Es ist nur was?« Ich habe ein bisschen Angst davor, worauf sie hinauswill.

Sie gibt ihre Lippe frei. »Es ist nur so, dass ich denke, wir sollten vielleicht versuchen, das zu ändern. Du weißt schon, nicht jede halbwegs normale Erinnerung mit einer schlechten verknüpfen ... Also dachte ich, dass wir vielleicht heute Abend probieren können, etwas Normales zu tun, also richtig normal. Wie zum Beispiel nach dem Essen mit deinem Dad und Trevor zu einem Konzert gehen. Seth sagt, es gibt ein gutes in der Stadt, und ich habe ihm gesagt, dass ich versuchen würde, mit hinzugehen.« Sie redet sehr schnell, als wäre sie nervös.

Ich muss grinsen wie der bescheuertste glückliche Idiot aller Zeiten. »Ah, du bittest mich um ein Date.«

Sie zieht die Brauen zusammen. »Wieso grinst du so?« Ich kann nichts dagegen tun, dass ich lachen muss, und sie gibt mir einen Klaps auf den Arm. »Im Ernst, Luke, was ist denn so witzig?«

Kopfschüttelnd versuche ich, mich wieder einzukriegen. »Entschuldige, aber du hast eben so nervös ausgesehen, dass ich echt dachte, du willst irgendwas richtig Schlimmes sagen, dass wir eine Pause brauchen oder so.« Wieder klatscht sie mir die Hand auf den Arm, und ich bedecke die Stelle mit meiner Hand. »Hey, wofür war das denn?«

»Dafür, dass du mich auslachst. Dir ist doch klar, dass ich noch nie einen Jungen um ein Date gebeten habe, oder?«

»Und ich habe auch noch nie Anmachsprüche benutzt. Glaub mir, meistens war ich ein komplettes Arschloch.«

Sie verdreht die Augen. »Mann, was stimmt mit der weiblichen Bevölkerung nicht? Behandle sie wie Dreck, und sie wollen dich erst recht.«

»Nicht alle.« Ich male den Verlauf ihres Kinnbogens bis hinauf zum Wangenknochen nach und liebe es, wie ihre Lider unter meiner Berührung flattern. Soweit ich weiß, ist sie die einzige Frau, die jemals so reagiert hat. Was hauptsächlich daran liegt, dass sie die Einzige ist, der ich genug Aufmerksamkeit schenke, um ihre Reaktionen so detailliert wahrzunehmen. »Das war eines der ersten Dinge, die mich an dir angezogen haben – dass mein Scheiß bei dir nicht wirkte.« Ich grinse. »Mich reizte, dass ich dich schon tierisch zu nerven schien, wenn ich bloß den Mund aufmachte. Na ja, das und die Tatsache, dass du so verdammt sexy bist und ich nicht aufhören konnte, daran zu denken, wie dringend ich dich ficken will.« Ich muss richtig lächeln, als sie mit den Augen rollt. »Siehst du, das sind meine Sprüche. Nicht besonders eindrucksvoll, was?«

Sie schüttelt den Kopf. Doch dann schlingt sie die Arme um mich, presst ihre Lippen auf meine und gibt mir einen schnellen, aber intensiven Kuss. Ich knabbere an ihrer Lippe, als sie sich zurückzieht.

»Fahren wir lieber«, sagt sie mit Blick zur Uhr auf dem Nachttisch. »Sonst kommen wir zu spät, um deinen Dad und Trevor abzuholen.«

»Ja, du hast recht.« Ich nehme meine Brieftasche und will zur Tür gehen, als sie mich zurückzieht. »Ist es okay für dich?«, fragt sie. »Wenn sie hier sind, meine ich. Wir waren zwar schon bei ihnen, aber das ist ein bisschen anders, oder?«

Nein, überhaupt nicht. »Klar, alles gut.«

Es stimmt allerdings. Dies hier ist anders. Als Violet und ich bei ihnen waren, mussten wir uns verstecken. Ja, mein Dad und ich haben geredet und alles, aber die meiste Zeit kümmerte ich mich um Violet. Jetzt ist es ein ganz gewöhnlicher Besuch mit Reden, Essen gehen, Zeit zusammen verbringen. Das ist fremd und unnatürlich und etwas, das ich kein bisschen gewohnt bin. Doch ich kann nur die Daumen drücken, dass es gut läuft.

Dass alles gut wird.

Wir kommen fast fünfzehn Minuten zu spät zum Flughafen, aber mein Dad scheint froh, dass ich überhaupt gekommen bin, als hätte er damit gerechnet, dass ich nicht aufkreuze. Als ich den Wagen ranfahre und aussteige, kommt er und umarmt mich linkisch, während Violet Trevor hilft, die Koffer in den Wagen zu laden. Als mein Dad mich wieder loslässt, hat er diesen komischen, fast ängstlichen Blick, und ich denke unwillkürlich: *Scheiße, heult er jetzt?* Zum Glück tut er es nicht, tritt einen Schritt zurück und mustert mich.

»Ich könnte schwören, dass du gewachsen bist«, sagt er lächelnd. Mein Dad ist gut zehn Zentimeter kleiner als ich, durchschnittlich gebaut und hat schütteres braunes Haar. Er trägt am liebsten Jeans und T-Shirts, nichts Förmliches, wie ich feststellte, als wir in San Diego waren.

»Ich bin zwanzig«, entgegne ich. »Ich wachse schon seit ungefähr fünf Jahren nicht mehr.«

Sein Lächeln schwindet, doch er fängt sich schnell

wieder und geht beiseite, damit Trevor mir die Hand schütteln kann. »Schön, dich wiederzusehen, Luke«, sagt er. Trevor ist fast so groß wie ich, blond und trägt oft Oberhemden. Er ist also beinahe das Gegenteil von meinem Vater.

»Freut mich auch.« Ich weiß ehrlich nicht, was ich sagen soll. Trevor und ich kennen uns so gut wie nicht. Wir sind uns erst einmal begegnet, und da hat er viel gearbeitet, also hatten wir, wenn es hochkommt, vielleicht zehn kurze Unterhaltungen.

Trevor lässt meine Hand los, macht einen Schritt zurück und scheint etwas sagen zu wollen, als mein Vater auf Violet zugeht und sie umarmt. Es ist nicht zu übersehen, dass es sie schockt, denn sie versteift sich völlig. Allerdings kann sie sich genug beherrschen, um die Umarmung einarmig zu erwidern.

»Ich freu mich auch sehr, dich zu sehen«, sagt mein Dad und lässt Violet wieder los. »Euch beide.«

Violet rückt näher an den Kantstein, kratzt verlegen mit den Fingernägeln über ihren Gips und starrt zu den Eingangstüren des Flughafens. Viel gibt es da nicht zu sehen, denn es sind kaum Leute unterwegs. Der Flughafen von Laramie ist klein, und es ist mitten am Tag. Vermutlich wallt irgendwas in ihr auf, und sie versucht, die Fassung zu wahren.

»Ja, es ist auch schön, euch zu sehen.« Ich drücke Violets Hand. Sie sieht mich nicht an, stellt sich jedoch näher zu mir. »Wollen wir dann?«

Mein Vater nickt und öffnet die hintere Tür von Seths Camry. Während die beiden einsteigen, halte ich Violet die Beifahrertür auf, und als sie sich duckt, um einzusteigen, stoppe ich sie, indem ich die Hand auf ihren Rücken lege. Ich neige meinen Mund zu ihrem Ohr und flüstere: »Alles okay?«

Sie nickt und setzt sich in den Wagen. »Ja, alles gut.«

Ich glaube ihr nicht, aber dies ist der falsche Zeitpunkt, um nachzuhaken. Also gehe ich auf die Fahrerseite, steige ein und fahre in Richtung Stadtzentrum, wo Trevor und mein Vater die nächsten drei Nächte in einem Hotel wohnen werden. Sie erwähnen häufiger, wie klein und beschaulich Laramie ist. Dabei ist die Stadt alles andere als beschaulich. Ja, die Stadt hat wenig Einwohner, doch sie hat nichts Altmodisches oder Urtümliches. Noch dazu stürmt es hier viel, und die Winter sind so kalt, dass man sich die Eier abfriert, wenn man zu lange draußen ist.

Violet sagt auf der Fahrt so gut wie nichts. Sie blickt aus dem Fenster, als wäre die Aussicht faszinierend und als hätte sie das alles nicht schon tausendmal gesehen. Nachdem wir meinen Vater und Trevor abgesetzt haben, fahre ich zur Wohnung zurück. Uns bleiben noch einige Stunden, bis wir zum Essen verabredet sind.

Schließlich wird mir Violets Schweigen zu viel, und ich drehe die Musik leiser. »Woran denkst du?«

»An die vielen Komplikationen und Verwicklungen in meinem Leben«, antwortet sie, ohne auch nur in meine Richtung zu sehen.

»Ist es wegen der Umarmung?«, frage ich. »Hat die dir zu schaffen gemacht?«

Sie atmet so schwer, dass die Scheibe vor ihr beschlägt. »Ich will kein Mitleid.« Nun dreht sie doch den Kopf zu mir. »Oder mir selbst leidtun.«

»Es ist dein gutes Recht, dich mies zu fühlen«, sage ich und halte an einer roten Ampel.

Violet schüttelt den Kopf. »Nein, ich muss darüber hinwegkommen. Und ich will auch.«

»Was willst du?«

»Drüber hinwegkommen, wegen allem auszuflippen.« Sie sackt auf dem Sitz nach hinten, lehnt die Stiefel aufs Armaturenbrett und blickt geradeaus. »Mich nicht mehr wegen simpler Sachen wie einer bekloppten Umarmung aufregen … Es ist nur eine Weile her, weißt du …« Ihr Kopf sinkt zur Seite, sodass ihr das Haar vors Gesicht fällt. »Seit mich jemand in den Arm genommen hat. Ich meine, du machst das, aber … Ich weiß ehrlich nicht, was ich eigentlich sagen will. Ich blubbere wohl nur vor mich hin.« Sie winkt ab. »Ignorier mich.«

Ich hatte genau das entgegengesetzte Problem, dass ich gezwungen war, mich stundenlang von meiner Mutter umarmen lassen zu müssen, und das auf eine Weise, die sich völlig unnatürlich anfühlte und von der mir schlecht wurde. Ich hatte immer gedacht, es wäre besser gewesen, niemals umarmt zu werden, doch diese Theorie widerlegt Violet. Vielleicht hätte ich auch anders gedacht, wären die Umarmungen von jemand Normalem gekommen, wäre mein Dad nicht abgehauen.

Ich streiche Violet das Haar aus dem Gesicht, denn ich weiß, dass sie es vor mir verbergen will, doch mir ist sie zu wichtig, als dass ich sie ihren Schmerz verstecken lasse. »Nein, ich werde dich nicht ignorieren. Nicht, wenn du so etwas sagst.«

Sie schüttelt den Kopf und sieht mich an. Und ich schwöre, dass ich jede Verletzung, jede unsichtbare Narbe sehe. »Bitte, können wir es einfach vergessen?«

Ich lehne mich über die Mittelkonsole zu ihr. »Violet, wir werden nicht …«

»Es ist grün«, unterbricht sie mich und zeigt nach vorn. Hinter uns wird bereits gehupt.

Schweigend fahre ich den restlichen Weg nach Hause. Sobald ich den Wagen in den Carport gelenkt habe, öffnet Violet ihre Tür und springt hinaus. Eilig stelle ich den Motor aus, steige aus dem Wagen und laufe nach vorn, und bevor sie an mir vorbeigehen kann, fange ich ihre Arme ab und ziehe sie an mich.

»Ich habe doch gesagt, es ist okay«, protestiert sie und will ihre gesunde Hand zwischen uns schieben, um mich wegzustoßen. Aber sie ist nicht stark genug, egal was sie glaubt.

»Wenn es möglich wäre, würde ich dich in jeder Sekunde jeder Minute von jeder Stunde jedes Tages umarmen.« Ich drücke sie an mich und beachte nicht weiter, dass sie ihre Arme bisher nicht um mich gelegt hat.

So stehen wir eine Weile da. Ich gebe ihr alles, und sie fürchtet sich, es zu nehmen, während der Wind um uns herum bläst und Donnergrollen aus dem grauen Himmel zu hören ist. Erst nach dem zweiten Blitz entspannt Violet sich endlich.

»Wir würden ziemlich bescheuert aussehen, wenn wir die ganze Zeit so herumlaufen«, flüstert sie und legt die Arme um meine Hüften. Ihre heile Hand schiebt sie in die Gesäßtasche meiner Jeans, und sie lehnt ihren Kopf an meine Schulter. »Obwohl ich gerne mal die Blicke der anderen sehen würde, wenn wir es versuchen.« Sie seufzt. »Entschuldige, dass ich so ausgeflippt bin.«

»Du musst dich nicht entschuldigen.«

»Doch, muss ich …« Sie sieht zu mir auf. »Ich muss mich beherrschen, aber leider versuche ich noch herauszubekommen, wie ich das anstelle.« Der Wind bläst ihr das Haar ins Gesicht, und sie zupft eine Strähne von ihrem Mund. »Vielleicht hilft diese Therapie … Keine Ahnung. Ich bin noch skeptisch.«

Auch ich bin nicht sicher, deshalb widerspreche ich nicht. »Warum?«

»Ich weiß nicht … Wahrscheinlich liegt es daran,

dass ich Erwachsenen nicht besonders vertraue. Sie können ziemlich fies und unverlässlich sein.«

»Baby, rein technisch gesehen sind wir erwachsen.«

»Ich weiß, das vergesse ich manchmal«, sagt sie traurig. »Na, vielleicht funktioniert es ja. Vielleicht können sie all die Risse und das Hässliche in meinem Kopf kitten.«

Ich presse meine Lippen auf ihre Stirn. »Der hier ist alles andere als hässlich.«

»Na, das werden wir sehen, wenn sie mich aufbrechen und nachsehen, was drinnen ist.« Sie spricht mit einer übertrieben schaurigen Stimme und endet mit einem Gespensterheulen.

Ich staune. »Woher die Halloween-Klänge?«

»Wir haben doch versprochen, die Feiertage voll auszukosten, schon vergessen?«

Sie sieht zum Hauptgebäude unserer Wohnanlage, das mit Heuballen und einer Vogelscheuche dekoriert ist. »Ich brauche ein Kostüm, wenn wir das durchziehen wollen.«

»Ich kann dir beim Aussuchen helfen«, biete ich an, auch wenn es wohl das Letzte sein dürfte, was ich tun möchte: durch überfüllte Läden voller Irrer wandern, die sich in letzter Minute für die Feiertage eindecken wollen.

Violet sieht mich kopfschüttelnd an. »Nein, das ist eher kein Ding für dich und mich. Ich frage lieber Seth.«

»Im Ernst?« Ich kann meine Verwunderung nicht überspielen.

»Ja, wir kommen ganz gut klar, und ich weiß, dass er gerne shoppen geht.«

»Wahrscheinlich will er Callie dazu bitten.« Nicht dass ich es für schlecht halte, wenn sie etwas mit Callie macht. Allerdings haben die beiden sich früher nicht so toll verstanden. Außerdem neigt Violet dazu, andere Mädchen mit ihrer Interessiert-mich-einen-Scheiß-Haltung zu verschrecken.

»Das ist okay.« Sie nickt, als müsse sie sich selbst überzeugen. »Es wird schon klappen. Das habe ich im Gefühl.«

Doch gerade als sie es sagt, biegt ein Van mit dem Logo einer Sicherheitsfirma auf den Parkplatz und erinnert uns beide daran, dass nichts okay sein wird, ehe Preston nicht gefasst ist. Bis dahin werden wir ständig auf der Hut sein, schlecht schlafen, nachts auf Geräusche lauschen. Allein der Gedanke macht mich stinksauer, vor allem weil Violet diesen Blick bekommt, der mir verrät, dass sie auf einmal alles wieder einholt und es ihr schreckliche Angst macht.

Ich muss einen Weg finden, ihr diese Angst zu nehmen.

19

VIOLET

Lukes und meine letzten Gespräche kommen mir eher wie Therapiesitzungen vor. Ich weiß nicht, was mit mir los ist, doch je weniger Zeit ich damit verbringe, an Dachkanten zu stehen, in reißende Gewässer zu springen, mir die Pulsadern aufzuschneiden, Pillen einzuwerfen oder mich zu betrinken, desto mehr rede ich. Und anscheinend habe ich keine Kontrolle mehr über meinen Mund, denn aus mir purzeln die Worte ungezügelt heraus. Deshalb bin ich beinahe froh, etwas Zeit weg von Luke zu verbringen, um ein Kostüm zu kaufen, und hoffe, so einen klareren Kopf zu bekommen und mich zusammenzureißen, ehe ich ihn vollends erschrecke – oder mich selbst.

»Also, Halloween ist der schlampige Feiertag, stimmt's?«, frage ich Seth, als wir an den fast leeren Kleiderständern des nächstgelegenen Halloween-Geschäfts entlangschlendern. Angesichts der Reste verziehe ich das Gesicht: Clowns, Dinosaurier, sogar ein »sexy Giraffenkostüm« – was genau an dem Teil sexy sein soll, ist mir allerdings schleierhaft.

Seth nickt und sieht die Sachen angewidert durch. »Ja, das ist irgendwie der Sinn der Sache.« Er blickt hinüber zu Callie, die in der Abteilung mit den Capes ist. »Ausgenommen, du bist unsere Miss Callie da drüben. Dann wählst du ein traditionelles, aber makellos schönes Kostüm.«

Callie wird rot, als hätte er etwas rasend Peinliches gesagt. »Ich nehme das, mit dem ich mich wohlfühle.«

Seth nickt, als sie zu den Masken weiterzieht. »Weiß ich doch.«

Ich wandere zum nächsten Kleiderständer und gehe die magere Auswahl durch. »Ich will nicht sexy oder traditionell sein, aber makellos schön schon.«

Seth blickt sich in dem erbärmlich leer geräumten Laden um. »Und was willst du dann sein?«

Ich zucke mit den Schultern. »Irgendwie heftig, gothic, anders.«

Er mustert das Outfit, das ich gerade trage: schwarze Jeans, schwarzes Shirt, Nietenstiefel. »Also im Grunde so wie das, was du jetzt anhast.«

»Ich habe eine Idee«, sagt Callie mit ihrer immerfort leisen Stimme und kommt auf uns zu. Sie mustert mich ebenfalls. »Eine richtig gute sogar, jedenfalls wenn du meinst, was ich glaube.«

»Aha?« Ich will gar nicht so misstrauisch klingen.

Sie bedeutet uns, ihr zu folgen, und verlässt den trostlosen Laden. »Los, kommt mit.«

Callie hatte recht. Ihre Idee war die richtige für mich, und so habe ich am Ende das perfekte Kostüm, sofern ich das selbst sagen darf. Zum Dinner heute Abend kann ich es eindeutig nicht tragen, zudem Luke mir mitteilte, dass sein Vater und Trevor uns in dieses schicke Fünf-Sterne-Restaurant einladen. Klar, ich bin mehr der Burger-und-Fritten-Typ, sage mir aber, dass ich das mal einen Abend verdrängen und vornehm essen kann. Ich lasse mein welliges Haar offen und ziehe mir dieses schwarze Trägerkleid mit Blumenmuster an, das wohl eines der girly-mäßigsten Outfits sein dürfte, die ich je getragen habe. Dazu kombiniere ich meine Lederjacke, Stiefel, roten Lippenstift und schwarzen Eyeliner, weil ich immer noch ich selbst bleiben will. Meine Jacke muss ich allerdings an der Garderobe abgeben, und ich ernte einige Blicke von den schnöseligen Kellnern und den sicher viel zu viel bezahlenden Gästen, als wir zu unserem Tisch geführt werden.

»Das ist völlig irrsinnig hier«, flüstere ich Luke zu, als der Kellner eine Stoffserviette ausgebreitet auf meinen Schoß fallen lässt. *Was soll das denn?* Das Tischtuch ist so durch und durch weiß, wie ich es noch nie gesehen habe, und die Teller und das Besteck … Nein, davon will ich gar nicht erst anfangen. Alles ist lachhaft blank.

Luke streicht mein Haar zur Seite, beugt sich zu mir und senkt die Stimme. »Ich weiß, aber ich glaube, sie wollen uns etwas gönnen«, sagt er, während sein Vater dem Kellner sagt, dass er gerne Sprudelwasser hätte. Wasser sollte niemals sprudeln! Ich klappe die Speisekarte auf, und Luke küsst mich auf die nackte Schulter, wobei er für einen Moment die Augen schließt, als wolle er meinen Duft inhalieren. »Und du siehst wunderschön aus.«

»Danke«, sage ich und scherze: »Aber meine unheimliche Schönheit wird mir nicht helfen, diese Speisekarte zu verstehen.«

Luke lacht leise, beugt sich über meine Schulter und sieht in meine Karte, obwohl er eine eigene hat. Was mir jedoch nichts ausmacht, denn sein Duft ist total fantastisch – nach Seife und Eau de Cologne mit einem Hauch Zigarettenrauch.

Er rümpft die Nase, als wisse er, worüber ich rede. »Was soll das?«, flüstert er. »Ist die auf Französisch oder so?«

Auch ich rümpfe die Nase. »Entweder das, oder das sind lauter Sachen, von denen wir noch nie gehört haben.«

Seufzend lehnt Luke sich zurück und blättert in seiner eigenen Karte. Ich nutze die Zeit, um ihn eingehend zu betrachten, denn in die Karte zu sehen ist sowieso zwecklos, weil ich nichts davon verstehe. Luke sieht heute Abend in dem karierten Hemd, dessen Ärmel er aufgekrempelt hat, besonders gut aus. Dazu trägt er eine dunkle Jeans, seine Stiefel, und ich glaube, er hat sogar sein Haar geschnitten, denn es ist definitiv kürzer und hat die ideale Länge. An seinem Mund ist nichts verändert, trotzdem sehe ich den am allerlängsten an. Diese Lippen haben so ziemlich jeden Zentimeter von mir erforscht, und im Moment wäre ich lieber zu Hause, in meinem »Halloween-Kostüm« und mit seinem Mund überall auf mir, als hier und im Begriff, meinen Bauch mit lauter Essen zu füllen, das ich nicht mal aussprechen kann.

»Genießt du die Aussicht?«, fragt Luke mit diesem sehr breiten Grinsen. Erst jetzt begreife ich, dass ich völlig weggetreten war, meinen Ellbogen auf den Tisch und mein Kinn in meine Hand gestützt hatte, um ihn anzusehen. Das entspricht sicher nicht der Etikette in diesem Laden, und der Kellner wirkt tatsächlich genervt, als er uns allen blubberndes Wasser einschenkt.

»Kann sein.« Ich beiße mir auf die Lippe, als ich mich wieder richtig hinsetze.

Das Lachen von Lukes Vater unterbricht uns, und Trevor sagt: »Ihr zwei seid einfach bezaubernd.«

Luke und ich sehen uns fragend, beinahe entsetzt an, bevor Luke zu seinem Dad sagt: »Ich bin nicht sicher, ob uns ›bezaubernd‹ treffend beschreibt.«

Trevor trinkt von seinem Wasser. »Okay, und was würde euch beschreiben?«

Ich überlege. »Wie wäre es mit dem stoischen Unnahbaren und der krassen Mysteriösen?«, kombiniere ich meinen Spitznamen für Luke mit einem, den ich mir für mich ausgedacht habe.

»Krasse Mysteriöse ist nicht dein Spitzname«, sagt Luke und greift nach seinem Glas.

»Ja, stimmt, ich bin eher …« Ich verstumme und zermartere mir das Hirn, was zur Hölle ich bin. Mir fallen alle möglichen Schimpfnamen ein, die ich bekam, als ich aufwuchs, doch die werde ich garantiert nicht bei einem netten Dinner aufbringen.

»Wie wäre es mit wilde Schönheit, absurd Kluge und endlos Überraschende?« Sein Blick ist intensiv, aber seine Mundwinkel zucken, denn er meint es halb ernst, halb im Scherz. Ich bin kurz davor, rot zu werden, was mir nie, niemals passiert, und ich weigere mich, es jetzt zuzulassen.

Fieberhaft überlege ich, was ich Witziges erwidern könnte, um wieder die Oberhand zu gewinnen. Zum Glück unterbricht Lukes Vater uns.

»Ich finde, darauf sollten wir anstoßen«, sagt er und erhebt sein Glas. »Oder jedenfalls auf euch.«

Ich werfe Luke einen *Im Ernst?*-Blick zu, doch er hebt achselzuckend sein Glas. Und da er mitmacht, bleibt mir nichts anderes übrig, als es ebenfalls zu tun, wenn ich nicht zickig erscheinen will. Aber echt, ich hätte nicht gedacht, dass Leute das ernsthaft machen. Andererseits war ich auch nicht oft mit anderen zum Dinner.

»Auf Luke und Violet«, sagt Lukes Vater. »Möget

ihr immer Glück in dem anderen finden, auch in den dunkelsten Momenten.«

Okay, das war jetzt nicht so schlimm. Irgendwie sogar poetisch und passend.

Wir stoßen unsere Gläser zusammen, und ich trinke einen Schluck, wie es die anderen tun. Doch das Sprudelwasser schmeckt falsch, und das Prickeln auf meiner Zunge hat zur Folge, dass ich es zurück ins Glas spucke.

»Entschuldigung«, hüstle ich und stelle das Glas ab. »Aber das schmeckt beschissen.«

Zunächst entsteht eine Pause, dann prusten sie los vor Lachen, und zwar so richtig mit roten Gesichtern und allem. Luke lacht nicht ganz so toll, sieht allerdings sehr amüsiert aus, als er sein Glas hinstellt, ohne davon getrunken zu haben, und mir zuzwinkert. »Danke für die Warnung.«

Der Rest des Abends verläuft reibungslos, zumindest was die Unterhaltung angeht. Das Essen ist furchtbar, und damit meine ich, richtig schrecklich. Nicht mal high hätte ich das genießen können. Luke geht es glücklicherweise genauso wie mir, und wir beide verlegen uns auf den Trick, so viel wie möglich in den Servietten verschwinden zu lassen, wann immer Trevor und sein Vater sich unterhalten und nicht hinsehen. Wir benehmen uns richtig albern, gackern wie kleine Kinder, die ein Geheimnis haben. Doch ich habe so viel Spaß wie schon lange nicht mehr. Es gibt sogar ein kurzes Live-Programm, als irgendein Trottel beschließt, seiner Freundin mitten im Restaurant und vor hundert Fremden einen Antrag zu machen.

»Wow, das ist ja so gar nicht originell«, bemerke ich und verziehe das Gesicht über ein Gericht, das angeblich Hühnchen sein soll, aber von einer sehr merkwürdig aussehenden Soße bedeckt ist.

»Ach, ich finde das süß«, sagt Trevor, »auch wenn es ein bisschen abgedroschen sein mag.« Sein Blick wandert zu Mr. Price, und dieses verliebte Grinsen tritt auf sein Gesicht. »Eindeutig kein Candle-Light-Dinner in meiner Lieblingsgalerie, aber immer noch süß.«

»Hat er Ihnen so den Antrag gemacht?«, frage ich und trinke von meiner Cola – dem Einzigen, was ich auf der Speisekarte erkennen konnte.

Trevor nickt, löst den Blick von Mr. Price und nimmt ein wenig von seinem Salat. »Also, Violet, gibt es deiner Meinung nach eine gar nicht abgedroschene Art, einen Antrag zu machen?«

Luke räusperte sich mehrmals, während ich verlegen auf meinem Stuhl hin und her rutsche. Seine Frage ist entschieden zu bedeutungsschwanger, als frage er sich, ob ich überhaupt an Heirat denke. Na klar! Ich kann kaum an den nächsten Atemzug denken, geschweige denn fünf Jahre weiter und ob ich da jemandem ewiges Zusammensein versprechen möchte. Dann fällt mir ein, dass Luke es irgendwie schon getan hat, als er davon anfing, immer bei mir zu sein und mich zu lieben. Das macht mich panisch, und meine Gedanken überschlagen sich, was ich Trevor antworten könne, damit er mich in Ruhe lässt, denn ich kann jetzt nicht darüber nachdenken, nicht wo ich mich gerade so gut halte. »Mitten in der Wildnis mit Trucklichtern als der einzigen Beleuchtung und den Geräuschen wilder Tiere.«

»Das klingt wirklich ganz nett.« Trevor lächelt wieder mit diesem schwärmenden Blick. »Draußen in den Bergen, unter den Sternen. Nur würde ich anstelle der wilden Tiere lieber meinen Lieblingssong aus der Stereoanlage hören.«

Bei ihm klingt mein lahmes Bild sogar irgendwie gut. Verdammt, ich brauche einen Themenwechsel! Ich will zu Luke sehen, ihn stumm um Hilfe bitten, doch ich habe riesige Angst vor dem, was mir sein Gesichtsausdruck sagen könnte. »›The River‹ von *Manchester Orchestra*.«

Sie sehen mich verwirrt an. »Was genau ist das?«

»Einer meiner Lieblingssongs«, antworte ich über den Applaus der Menge hinweg, als die Freundin Ja sagt. »Und es wäre garantiert nicht romantisch – das ist keiner meiner Lieblingssongs. Die sind eher tragisch, deprimierend und beklemmend.«

»Trotzdem wäre es eine schöne Art, sich zu verloben.« Trevor muss den Wink allerdings begriffen haben, denn er wechselt das Thema. »Und, was habt ihr heute Abend noch so vor? Ich erinnere mich, dass ich in eurem Alter immer irgendwas Verrücktes an Halloween gemacht habe.«

»Wir gehen noch zu einem Konzert«, antwortet Luke. Es sind seine ersten Worte, seit diese Heiratsgeschichte aufgekommen ist. Dann greift er nach seinem Wasser, trinkt einen langen Schluck und sagt: »Ihr könnt mitkommen, wenn ihr wollt.«

Sein Dad wirkt skeptisch und tupft sich den Mund mit der Serviette ab. »Bist du sicher, dass es okay ist, zu einem Konzert zu gehen?«, fragt er Luke. »Da … Na ja, da wird es Alkohol geben.«

»Wir trinken nichts«, sage ich wahrheitsgemäß. Seth hatte mir gesagt, dass es zwar ein Riesenspaß würde, sie im Super Moon Grill aber extrem streng mit der Ausweiskontrolle sind, weshalb wir wahrscheinlich im U-21-Bereich bleiben werden, zumal mit Luke dabei. Eigentlich war das richtig nett, vor allem von Seth, dem Schluckspecht. »In dem Club kontrollieren sie viel zu genau.«

Lukes Vater wirft mir einen Blick zu, als wolle er sich bei mir bedanken, dabei habe ich ja gar nichts gemacht. »Schön. Das beruhigt mich.«

»Es würde so oder so nichts machen«, sagt Luke und stochert in einer seiner Beilagen herum, die wie eine Art Eintopf aussieht. »Ich halte mich bisher gut und bin schon seit fast zwei Monaten nüchtern.«

»Das weiß ich doch«, sagt Mr. Price. »Was aber

nicht heißt, dass ich mir keine Sorgen mache … Du gehst nicht mal zu Meetings.«

»Weil ich für die keine Zeit habe«, antwortet Luke angespannt. »Und ich muss auch nicht hin. Ich packe das allein.« Hier geht es nicht mehr nur ums Trinken, weshalb ich beschließe einzugreifen, bevor es richtig hässlich wird.

»Übrigens müssen wir los«, sage ich mit Blick auf die Uhrzeit auf meinem Handy. »In einer Stunde ist Einlass, und wir müssen vorher noch nach Hause und uns umziehen.«

Luke nickt, ist aber weiterhin verkrampft. Sein Vater sieht betroffen aus, und Trevor ist eindeutig so unwohl wie mir. Er winkt dem Kellner zu, dass wir die Rechnung möchten, und dann verlassen wir das Restaurant. Meine Hoffnung, dass wir damit auch die Anspannung hinter uns lassen, wird leider enttäuscht, denn während der Rückfahrt herrscht betretenes Schweigen.

»Morgen ist dann das Spiel?«, fragt Trevor, als wir vor ihrem Hotel halten. Es ist das Erste, was seit dem Restaurant gesprochen wird.

»Ja, es fängt um sechs an«, murmelt Luke und stellt den Ganghebel auf »Parken«. Er sieht seinen Vater nicht an, sondern starrt geradeaus. »Aber ihr müsst nicht kommen, wenn ihr nicht wollt. Wir können uns auch vorher oder hinterher treffen.«

»Ich habe dir doch gesagt, dass ich hingehen

möchte.« Sein Vater rutscht auf seinem Sitz nach vorn und legt zögerlich eine Hand auf Lukes Schulter. »Mir ist klar, dass es nicht mal ein Anfang ist, doch ich will versuchen, all das nachzuholen, was ich verpasst habe.«

Ich spüre, dass Luke mit sich kämpft, nicht wütend auf seinen Dad zu sein. Er ist eben ein riesiger Softie, auch wenn er es nie zugeben würde. »Gut. Okay. Dann sehe ich euch da.«

»Willst du mit uns hinfahren?«, fragt Trevor mich, während er schon die Tür öffnet, um auszusteigen.

Ich war noch nie bei einem Spiel – ist nicht mein Ding. »Oh, ich …« Doch ich verstumme, weil ich nicht sagen will, dass ich überhaupt nicht hingehe.

»Sollen wir dich um fünf abholen?«, fragt Trevor, obwohl ich gar nicht richtig geantwortet habe.

Weil ich nicht weiß, was ich sonst tun soll, nicke ich. Die beiden steigen aus, und Luke fährt los. Er schweigt auf der Fahrt zu unserem Apartment. Das Licht der Straßenlaternen spiegelt sich in seinen braunen Augen und verleiht ihnen den goldenen Schimmer von Sternen. Ich vermute, dass sein Schweigen mit seinem Vater und dem, was er beim Dinner sagte, zu tun hat, weshalb ich erschrecke, als er fragt: »Willst du wirklich zu meinem Spiel kommen?«

»Ähm … Ja, ich schätze schon.« Ich beiße auf meinen Fingernagel. »Ich war noch nie bei einem.

Ist eigentlich nichts für mich, aber ich schätze, es wird Zeit für meine Entjungferung.«

Seine Mundwinkel zucken, und ich tippe, dass er an unser erstes Mal denkt, das mein allererstes Mal war. »Ja, dann wird es wohl Zeit.« Er sieht zu mir. »Aber du musst nicht, wenn du nicht willst.«

Ich fühle dennoch, dass er es gern möchte. Wie, weiß ich nicht, doch ich tue es einfach.

»Nein, ich will hin, allerdings ziehe ich mir nicht die Collegefarben an, hüpfe auf und ab und brülle ›Go, team, go!‹, dass das klar ist.« Dazu mache ich solche affigen Armbewegungen wie die Cheerleader, und Luke lacht.

»Soll mir recht sein«, sagt er und muss beinahe lächeln. »Auf den Scheiß stehe ich sowieso nicht.«

Ich grinse. »Schön, denn sonst würde ich mich ernsthaft fragen, was du eigentlich von mir willst.«

Den Rest der Fahrt wird er ein wenig munterer, und die Sorge seines Vaters um ihn verblasst in Erwartung des Abends, der Kostüme und des Konzerts. In der Wohnung gehe ich das Kostüm anziehen, das ich mir heute gekauft hatte. Es ist aus einem Gothic-Laden, von dem Callie wusste – woher, kann ich nicht genau sagen. Es ist ein Lederkleid, das ich mit schwarz gestreiften Strümpfen, einem geschnürten Armwärmer für meinen gesunden Arm und Stiefeln kombiniere, an denen lauter Accessoires sind, sodass sie richtig nach Steampunk aussehen. Nicht, dass ich es Steampunk nennen würde. Im Grunde genieße ich es nur, mich zu verkleiden.

Mein Haar flechte ich und stecke es wellig auf, bevor ich meine Lippen dunkel schminke, schwarzen Eyeliner auftrage und mich im Spiegel ansehe. Ja, es gefällt mir verdammt gut. »Okay, Projekt Feiertage. Ich glaube, Halloween finde ich gut.«

»Mit wem redest du?«, fragt Luke, der ins Zimmer kommt. Er geht etwa zwei Schritte, ehe er mich sieht und erstarrt.

»Ziemlich krass, oder?«, frage ich und drehe mich vom Spiegel weg zu ihm, die Hände in die Hüften gestemmt.

Langsam mustert er mich, von den Stiefeln über meine Brust bis zu meinen Augen. »Du siehst wie eine Domina aus.«

Ich sehe hinunter zu meinem Leder-Outfit mit den kniehohen Stiefeln. »Tja, das war eigentlich nicht der Plan, sondern nur Spaß haben. Aber ich schätze, einen Abend lang darfst du mich so nennen, wenn du willst.«

»Darf ich?«, fragt er gedankenverloren, weil er viel zu sehr von meinen Beinen gebannt ist, die zur Hälfte von den Schnürstiefeln verhüllt sind. Dann kratzt er sich im Nacken und sieht mir wieder in die Augen. »Und was bin ich dann?«

»Na, wenn ich eine Domina bin, macht dich das wohl zu meinem unterwürfigen Weichei, oder?« Ich zwinkere so sexy wie möglich, und Luke lacht.

»Ich weiß nicht, ob ich dir die volle Kontrolle geben kann«, sagt er, als er sich wieder gefangen hat. »Bedaure.«

»Ich glaube auch nicht, dass ich so fies zu dir sein könnte«, antworte ich und gehe zu seinem Wandschrank. »Aber ich habe eine Idee, was du sein könntest.« Nach einigem Wühlen habe ich gefunden, wonach ich suche: eine ausgeblichene Lederjacke, die ich noch nie an ihm gesehen habe. »Wie wäre es hiermit?« Ich trete aus dem Wandschrank und halte die Jacke in die Höhe.

Er zögert. »Die gehört eigentlich meinem Dad.« Die Hände in die Hosentaschen gestopft, kommt er auf mich zu. »Sie war eines der wenigen Dinge, die er zu Hause ließ, als er ging.« Er berührt die Jacke und verzieht das Gesicht – ob es an dem Material oder der Erinnerung liegt, weiß ich nicht. »Ich kann nicht mal sagen, warum ich sie noch habe.«

»O nein, ist schon gut.« Ich nehme die Jacke herunter und will sie zurückpacken, aber Luke hält mich am Arm fest.

»Lass sie mich mal anprobieren«, murmelt er und nimmt mir die Jacke ab. Nachdem er einmal tief Luft geholt hat, zieht er sie an, und sie passt ihm perfekt. Luke sieht an sich hinab, als er vor den Spiegel tritt, um einen besseren Blick zu bekommen.

Ich stelle mich neben ihn. »Wir sehen echt heftig aus«, sage ich angesichts unseres Spiegelbilds. »Hey, das können wir doch sein!«

Er lächelt ein wenig, legt einen Arm um mich und zieht mich an sich. »Wir sehen gut zusammen aus.«

Tun wir wirklich. Ich bin nicht sicher, wie das passiert ist. Anfangs hielt ich Luke für eine beliebte, grüblerische Sportskanone. Das war eine absurde, sehr stereotypische und völlig falsche Einschätzung. Meine Meinung von ihm änderte sich, als ich ihn kennenlernte, und ehrlich gesagt beginne ich mich zu fragen, ob sich meine Meinung über mich selbst auch ändert. Luke hat diese andere Seite in mir zum Vorschein gebracht, auch wenn sie für eine Weile verloren ging, als ich das mit Mira erfuhr. Doch jetzt habe ich das Gefühl, dass sie zurückkehrt, nur anders.

Etwas ist anders.

Für einen Moment blickt Luke mich im Spiegel an, bevor er sich zu mir dreht, den Kopf neigt und flüstert: »Was würde ich jetzt nicht gerne mit dir machen.« Seine Lippen schlagen auf meine, und das Grobe des Kusses widerspricht seiner sanften Stimme. Aber ich erwidere mit derselben Ungeduld und gebe alles in diesen Kuss, was ich habe. Ich klammere mich an ihn, ziehe ihn näher, ringe nach Luft und vergesse gleichzeitig zu atmen. Verzweifelt sehne ich mich nach mehr von seinen Berührungen, seinen Küssen, seiner Nähe – nach allem. Ich habe mich überhaupt nicht mehr unter Kontrolle, und ich bin nicht sicher, ob ich noch irgendwas unter Kontrolle habe, wenn es um Luke geht. Denn ich falle.

Falle.

Falle.

Falle.

Nur ist es diesmal anders. Nach wie vor weiß ich nicht, wo ich wann landen werde, aber ausnahmsweise fühlt es sich an, als könne dort etwas sein.

20

LUKE

Nachdem ich Violet zehn Minuten lang geküsst hatte, lösten wir uns voneinander, weil Seth an die Tür donnerte und sagte, dass wir losmüssen. Dank der Küsse fühlte ich mich besser, auch wenn ich immer noch an dem Scheiß beim Essen nagte, als ich den Anruf bekam. Es war der verdammte Anruf, den ich irgendwie erwartete, aber zugleich verdrängt hatte. Er kam vom Anwalt meiner Mutter.

Ich musste ins Bad gehen, so geschockt war ich, und vor allem wollte ich nicht, dass Violet es mithörte.

»Ich würde Sie gerne mal treffen, nur zum Reden«, sagte der Scheißanwalt, und fast rammte ich meine Faust in die Wand, was Seth höllisch genervt hätte, weil ich das schon mal getan habe.

»Ich will nichts damit zu tun haben«, fuhr ich ihn an. »Und wenn Sie nicht zu blöd wären, würden Sie mich das auch nicht fragen.«

»Ihre Mutter scheint anderer Ansicht«, erwiderte er. »Ich würde wirklich gerne …«

»Meine Mutter ist ein beknackter Psycho und

verdient es, hinter Gittern zu sein.« Ich zitterte so sehr, dass ich mich am Waschtisch abstützen musste – auch um meine Hand anderweitig zu beschäftigen und nicht doch auf etwas einzuprügeln.

»Das werden wir sehen«, sagte er, und da legte ich auf und schmetterte um ein Haar das Telefon an die Wand.

Trotz des beschissenen, deprimierenden Anrufs bin ich entschlossen, mich heute Abend nüchtern zu amüsieren. Violet und ich haben uns versprochen, künftig an den Feiertagen richtig extrem zu feiern, und ich werde einen Teufel tun, das nicht durchzuziehen. Das Problem ist, dass ich total angespannt bin, und das Einzige, was mich beruhigen kann, wenn ich so drauf bin, ist Alkohol. Aber ich darf nicht trinken. Nein, so weit lasse ich es nicht kommen. Bei der Arbeit halte ich es die ganze Zeit aus, und das schaffe ich jetzt ganz sicher auch.

Allerdings ist es heute Abend schwieriger. Vor dem dämlichen Anruf hatte mich mein Vater beim Dinner sowieso schon aufgeregt. Dieses Gerede, dass er sich um mich sorgt und irgendwas bei mir wiedergutmachen will, hatte mich bereits bis in den Wahnsinn getrieben, und dank dem blöden Anwalt hänge ich jetzt irgendwo in der Luft, mitten im Absturz. Dann war da auch noch Violets Reaktion auf Trevors Frage übers Heiraten. Ihre klare Ansage, dass sie dagegen sei, ging mir aus einem unerfindlichen und zweifellos bescheuerten Grund unter die Haut. Es ist ja nicht so, als wolle ich heiraten, zumindest nicht in den nächsten zehn Jahren, doch die Tatsache, dass Violet es komplett ablehnt – also dagegen ist, mit jemandem für immer zusammen zu sein –, irritiert mich. Und unweigerlich frage ich mich, wie lange sie vorhat, mit mir zusammenzubleiben. Was mich wiederum daran erinnerte, dass ich ihr gesagt hatte, ich liebe sie, und sie dieses Gefühl eindeutig nicht erwidert. Was also sieht sie in mir? Ich habe keinen Schimmer.

Innerlich bin ich stinksauer, lasse alles viel zu sehr an mich heran, während ich vorgebe, dass alles okay ist, genau wie ich es früher schon immer getan habe.

Zum Glück beschließen die anderen, in den unteren Bereich des Clubs zu gehen, wo kein Alkohol ausgeschenkt wird, sonst wäre ich gleich geliefert gewesen. So ist es leichter, und ich habe eine gute Ablenkung: Violet und ihr verdammtes Lederkleid. Das Teil bedeckt kaum ihren Hintern und lässt ihre langen Beine endlos wirken. Dazu diese Stiefel mit den hohen Absätzen … O Mann, echt, sie sieht höllisch sexy aus.

Die Musik ist größtenteils gut, und es ist nett, mit Kayden, Callie, Seth, Greyson und Violet etwas zusammen zu machen.

Im Club schreit die gesamte Deko »Halloween« mit Schwarzlicht, Kunstnebel und Sprühfarbe an den Wänden, und fast jeder ist kostümiert. Es gibt diesen Neoneffekt, der alles Bunte und Weiße glühen lässt. Violet wäre vollständig mit der Dunkelheit verschmolzen, aber Seth, Callie und sie hatten sich mit so einem Stift bemalt, der wie ein Lippenstift aussah, und so schimmern jetzt überall Muster und Zeichen auf ihrem Körper.

Ja, absurd sexy.

»Ich will tanzen. Wer möchte die Plätze bewachen?«, fragt Violet und steht auf. Wir konnten einen Tisch nahe an der Tanzfläche und der Bühne ergattern, und den zu verlieren, wäre ärgerlich.

Seth und Greyson springen beide von ihren Barhockern. »Ich nicht!«, ruft Seth, greift nach Callies Hand und zieht sie und Greyson zur Tanzfläche, ehe jemand etwas sagen kann.

Violet sieht mich an, und ich lächle, so gut ich kann. »Geh schon. Ich bleibe hier.«

Sie zögert. »Sicher?«

Ich nicke und ringe mir ein fröhlicheres – künstlicheres – Grinsen ab. »Ja, los.« Ich winke sie weg.

Sie wirbelt zur Tanzfläche, und sofort möchte ich hinter ihr her, weil ich mich erinnere, wie irre sie tanzt. Aber eigentlich bin ich nicht in der Stimmung, und ich will auch nicht Kayden allein hier sitzen lassen, also bleibe ich, wo ich bin.

»Ich habe entsetzliche Kopfschmerzen«, murmle ich und trinke von meiner Cola. Entweder ist mein Blutzucker zu niedrig, oder ich bin schlicht sehr gestresst.

»Du siehst aus, als hättest du ewig nicht geschlafen«, sagt Kayden und blickt auf sein Telefon-Display. »Wahrscheinlich sollten wir heute nicht zu lange bleiben. Morgen ist das Spiel.«

»Na klar.« Ich bin abgelenkt, weil eine Kellnerin mit einem Tablett voller Shots vorbeigeht. *Ich dachte, die servieren hier keinen Alkohol?* Sie drängt sich durch die Menge zu einer Wendeltreppe und balanciert das Tablett nach oben in den Bereich für Leute über einundzwanzig. Ich habe einen falschen Ausweis, und auch wenn dieser Club angeblich sehr genau kontrolliert und Fälschungen erkennen soll, überlege ich, nach oben zu gehen. Ehrlich, wenn ich wollte, könnte ich warten, bis die Kellnerin zurückkommt, und sie bezirzen, mir einen Shot zu geben. Das will ich nicht, aber ich kann auch nicht aufhören, daran zu denken, wie viel leichter ich heute Abend mit allem klarkäme, wenn ich nur einen Schluck trinken könnte.

Nur einen.

»Ich frage mal, wie lange Callie bleiben will«, sagt Kayden und steht auf. »Ihr könnt mit uns zurückfahren, wenn ihr wollt.«

Ich nicke und sehe abwechselnd zu ihm und der Treppe. »Klar, wenn Violet so weit ist – dann okay.«

Er steckt sein Telefon wieder ein und bleibt stehen. »Ist es okay, wenn ich dich ein paar Minuten allein lasse?«

»Wie? Sind wir jetzt unsere Babysitter, oder was?«, frage ich, dabei brauche ich momentan wohl wirklich einen Babysitter.

Kayden scheint unsicher und blickt sich über die Schulter zur Treppe um. Es ist klar, wohin ich gesehen habe, und ebenso klar, dass er sich nicht vom Fleck rühren wird, solange ich ihm nicht versichere, dass ich nicht sofort nach oben verschwinde.

»Schon gut«, sage ich. »Ich bleib hier und sichere uns den Tisch.«

Nach einem Moment nickt er und taucht in die Menge tanzender, schwitzender Leute. Ich würde gerne behaupten, dass es mich einige Minuten kostete, aufzustehen und hinüberzugehen, doch in Wirklichkeit sind es nur an die zehn Sekunden, ehe ich aufstehe, sowie Kayden außer Sicht ist. Ich bin fest entschlossen, die Kellnerin zu suchen und zu überreden, mir einen Shot zu geben. Mir gefällt nicht, dass ich ihn brauche, doch alte Gewohnheiten – und Süchte – legen sich schwer ab. Ich will einfach nur diese Taubheit in mir, noch ein einziges Mal. *Ein einziges Mal,* sage ich mir immer wieder.

Ich bin schon halb dort, als ich Violet in der Mitte der Tanzfläche entdecke. Wie ich sie überhaupt sehe, weiß ich nicht, denn es drängeln sich so viele Leute auf dem engen Raum. Dennoch scheint sich die Menge für einen Augenblick genug zu teilen, dass ich sie sehe, wie sie tanzt und lacht, so frei und schön. Violet redet dauernd von Schicksal, und eigentlich weiß ich nicht, wie ich zu der Vorstellung von einem Schicksal stehe. Aber jetzt gerade frage ich mich, ob es vielleicht doch existiert und Violet mein Schicksal ist.

Was tue ich denn?

Ernsthaft, was mache ich hier, dass ich das versaue?

Ich will das nicht. Ich will nicht wieder jener Mensch sein.

Ich will nicht alles verlieren, was ich habe.

Und noch während ich es denke, zieht es mich zu ihr, als würde mich eine unsichtbare Kraft treiben, die ich niemals erklären könnte. Ich bewege mich weg von der Treppe, der Kellnerin und dem Alkohol und dränge mich durch die Tanzenden zu der Stelle, an der ich Violet gesehen habe. Hin und wieder tut sich eine Lücke vor mir auf, sodass ich ihre grünen Augen, das rotschwarze Haar und dieses verdammt verführerische Lederkleid erblicke. Es lockt mich in die richtige Richtung und weiter weg von der falschen.

Die Musik pulsiert, als ich hinter Violet ankomme. Zuerst sieht sie mich nicht, sondern fühlt nur meine Hände, die ich an ihre Taille lege. Aber sie muss spüren, dass ich es bin, denn wortlos lehnt sie sich zu mir.

Dann dreht sie den Kopf und grinst mich an. »Freut mich, dass du zu mir kommst.« Sie zwinkert mir zu und fängt richtig zu tanzen an.

Fast hatte ich vergessen, wie fantastisch sie sich bewegt – nicht zu viel, nicht zu wenig, mit genau dem richtigen rhythmischen Hüftschwung, bei dem sich ihr Hintern an meinem Schwanz reibt. Innerhalb kürzester Zeit bin ich steinhart, während ich mich mit ihr bewege und meine Hände über ihre Hüften, ihre Seiten und ihre Brüste wandern lasse. Überall sind Leute – Seth, Greyson, Kayden und Callie eingeschlossen. Doch für mich gibt es nur Violet und mich, während der Rest um uns herum verschwimmt.

So tanzen wir ewig, durch das gesamte Konzert, und werden verschwitzter, atemloser und spitzer, als ich es jemals gewesen bin.

Keiner von uns scheint es eilig zu haben, mit dem Tanzen aufzuhören. Unsere Körper sind miteinander verschmolzen und weigern sich, diese seltsame Verbindung zu unterbrechen, in die das Schicksal uns stolpern ließ. Kayden und Callie gehen ziemlich früh, während Greyson und Seth noch mit uns dableiben. Schließlich sind nur noch wenige Leute in dem Club, und ehe ich michs versehe, sind wir praktisch die Einzigen auf der Tanzfläche. Wir hören trotzdem nicht auf, sind ganz in einem Moment versunken, in dem es nur uns beide zu geben scheint.

Schließlich sagt Greyson, dass es Zeit wird. »Es ist schon spät«, erinnert er uns mit einem Blick auf sein Telefon.

Seth runzelt die Stirn und tanzt weiter, gibt aber doch nach. »Na gut, diesmal gewinnst du.«

Violet und ich tanzen noch ein bisschen, dann folgen wir ihnen Hand in Hand zum Ausgang, wo wir warten, während Seth den Wagen holt. Die Luft ist elektrisch aufgeladen, als hinge ein Gewitter über uns, dabei ist der Himmel klar, voller Sterne und mit einem hellen Mond in der Mitte.

Eine oder zwei Minuten vergehen, bis meine Hände wieder überall auf Violet sind, weil ich nicht aufhören kann, sie zu berühren. Irgendwann dreht sie sich um und presst ihre Lippen auf meine. Ich lege beide Hände auf ihren Hintern und drücke sie an mich, während ihre Finger an meiner Brust hinauf und in meinen Nacken gleiten. Sie stöhnt, als ich ihren Kopf leicht nach hinten ziehe und die Zunge tief in ihren Mund versenke. Mit jeder Berührung, jedem Zungenstrich, jedem Stöhnen verpuffen die mistigen Gedanken, mit denen ich mich vorhin abkämpfte, immer mehr. Nichts spielt mehr eine Rolle. Ich bin völlig auf Violet konzentriert, auf ihren fantastischen Geschmack, den unglaublichen Duft ihrer Haut und die Hitze, die von ihrem Körper abstrahlt. Ganz besonders dieser kleine Laut, den sie macht, als ich mich mit ihr an die Mauer dränge, bringt mich fast so weit, dass ich es gleich hier mit ihr treibe.

Aber ich schaffe es, mich zu beherrschen, ziehe sie näher zu mir und küsse sie. *Dies ist es, was ich will. Hier will ich sein.*

»Luke«, keucht sie zwischen zwei Küssen. Ihre Beine bewegen sich rastlos, als wisse sie nicht, was sie mit ihnen anfangen soll. Schließlich schlingt sie eines um meine Hüften und reibt sich an mir. Ich imitiere ihre Bewegung, drücke mich an sie, während ich meinen Mund über ihr Kinn, ihren Hals und tiefer zu ihren Brüsten wandern lasse.

»Ähm, Leute.« Greyson räuspert sich hinter uns, doch ich achte nicht auf ihn, als meine Hand Violets Schenkel hinauf zum Saum ihres Kleids streicht.

Piep. Piep. Piep.

»Hey, so klasse auch alle hier einen Live-Porno finden, wir müssen los!«, ruft Seth.

Mich bringt so leicht nichts in Verlegenheit. Violet genauso wenig, weshalb wir uns noch ein bisschen weiter betatschen und küssen, ehe wir uns widerwillig voneinander lösen. Ich bewege mich jedoch nicht allzu weit weg von ihr und verwebe meine Finger mit ihren, als wir auf den Camry am Straßenrand zugehen.

»O Mann«, sagt Greyson, sobald wir im Wagen sitzen. »Ich dachte echt, ihr macht es gleich auf der Straße.«

Seth sieht mich im Rückspiegel an. Er kennt mich schon seit meinen Tagen des gnadenlosen Herumvögelns und weiß, dass ich mich noch bei keiner Frau so unkontrolliert benommen habe. Vor einer Weile hätte mich sein vielsagender Blick auf die Palme gebracht, doch nun zucke ich bloß mit den Schultern. So frei waren Violet und ich noch nie. Sonst ist immer eine gewisse Distanz zwischen uns, selbst wenn wir uns sehr nahe sind. Aber jetzt ist dieser Ausdruck in ihren Augen, der mir verrät, dass sie Sex und Küssen als Ablenkung benutzt, verschwunden. Stattdessen sehe ich nichts als Verlangen.

Lust.

Begierde.

Es passt beinahe zu dem, was ich fühle, ausgenommen eine Sache auf meiner Seite, die ich nicht auszusprechen wage, weil ich es nicht versauen und ihr Angst machen will. Also behalte ich meine Gedanken von unsterblicher, ewiger Zuneigung für mich und küsse Violet auf der Rückbank weiter. Ich bin froh über die Entscheidung heute Abend.

Froh, dass ich sie allem anderen vorgezogen habe.

21

VIOLET

Er ist überall an mir. Seine Hände berühren jede noch so kleine Stelle von mir, und seine Lippen haben Mühe, ihnen nicht zu folgen, weil wir mit Seth und Greyson im Wagen sind. Aber kaum sind wir in unserem Zimmer, gibt es kein Halten mehr, und was wir an Lust zurückhielten, platzt heraus. Sofort reißt Luke mir das Kleid herunter, zerrt mir die Stiefel von den Füßen und zerreißt meine Strümpfe, sodass ich nur noch im schwarzen Spitzen-BH und Slip auf dem Bett liege.

Das Licht ist an, und ich kann sehen, wie er mich anschaut. In seinen Augen ist pure Lust, Verlangen und noch etwas anderes. Etwas, bei dessen Anblick mir extrem mulmig wird und ich umgehend zum höchsten Gebäude laufen will, das ich finden kann.

Als wolle er mich unbedingt behalten.

Genießen.

Lieben.

Schützen.

Für eine Sekunde fühle ich all diese Dinge, als hätte Luke mich in seine Emotionen gehüllt, bis sie ein Teil von mir werden. Das macht mich derart panisch, dass ich zur Tür sehe.

Lauf, Violet, lauf!

Allerdings vergesse ich es gleich wieder, als er seine Jacke und das Shirt abstreift und mich mit seinem Körper bedeckt. Seine Wärme ist wie eine Decke, unter der ich mich sicher, beschützt und so vieles mehr fühle. Und die Wärme nimmt zu, sowie er seine Jeans und die Boxershorts zur Seite geworfen hat und in mich hineingleitet. Ich weiß nicht mal, was eigentlich passiert, doch mit jedem Stoß seiner Hüften, jedem Streicheln seiner Hände scheint er mich überall zugleich zu berühren. Mir kommt es vor, als würde ich innerlich auf eine Weise erschüttert, die ich nicht ganz verstehe. Und bei seinem Blick will ich schwören, dass ich mich wieder ganz fühle, als hätte er all die Teile, die eben zerbrochen sind, wieder zusammengefügt.

Ich bin atemlos.

Fühle mich wund.

Es ist, als würde ich fallen und könnte nichts anderes tun, als mich an ihm festhalten und nie mehr loslassen, während er mich an den Rand des Vergessens treibt. Und wir bewegen uns weiter miteinander, keuchend und ängstlich.

Ich habe Angst, richtig loszulassen.

Angst vor dem, was ich fühle.

Aber ich kann mich nicht bremsen, und ich verliere mich vollends, als ich merke, wie ich auf das

Ende des Falls zurausche. Er küsst mich weiter, hält mich fest, während ich auseinanderbreche, und mittendrin glaube ich ihn »Ich liebe dich« flüstern zu hören. Doch es ist so leise, und ich bin so hinüber, dass ich es nicht mit Sicherheit sagen kann. Trotzdem überwältigt mich, dass ich ihm vielleicht so viel bedeute, dass er mich vielleicht liebt. Bei der Vorstellung, dass jemand es könnte, brennen Tränen in meinen Augen. Ich kann sie zurückdrängen, bevor Luke etwas bemerkt. Sein Atem weht heiß über meinen Hals, als er still in und auf mir liegt.

Ich höre ihn seufzen, obwohl ich glaube, dass ich es nicht hören sollte. Dann hebt er den Kopf, streicht mir das schweißklamme Haar aus der Stirn und sieht mir in die Augen.

»Das war fantastisch heute Abend«, sagt er und gibt mir einen sanften, aber bedeutungsschweren Kuss.

Ich versuche ruhig zu bleiben, was mir nicht gelingt. Etwas geschieht in mir, und ich habe keine Ahnung, was das ist. Oder vielleicht doch, und gerade das macht mir Angst.

»Du bist so ein Softie«, scherze ich, nur klingt meine Stimme völlig falsch.

Er lächelt, aber in seinen Augen spiegelt sich Verwirrung, denn er spürt, dass etwas nicht stimmt.

»Ich hatte auch Spaß«, ergänze ich schnell und küsse ihn, ehe er Fragen stellen kann. Falls er fragt, könnte ich die Wahrheit sagen, und für die bin ich noch nicht bereit.

Er wirkt nicht beruhigt, als er aus mir gleitet und sich neben mich rollt. Dann greift er nach seinem Telefon. »O Mann, es ist fast zwei«, murmelt er.

»Du solltest ein bisschen schlafen«, sage ich. »Morgen ist das große Spiel.«

Er nickt, sieht mich jedoch an, als wäre ich ein offenes Buch für ihn. »Kommst du immer noch hin?«

Ich lege den Kopf höher aufs Kissen. »Natürlich.«

Nachdem er mich müde, aber zufrieden angelächelt hat, gähnt er und ist wenig später eingeschlafen. Ungefähr eine Stunde später bin ich immer noch hellwach, und meine Gedanken rasen so wild und wirr, als wäre ich auf Meth oder so. Alles ist ein einziges Durcheinander, und dem meisten kann ich nicht mal einen Sinn abringen, doch das bisschen, was ich verstehe, erschüttert mich bis ins Mark.

Liebe.

Liebe.

Liebe.

Es ist ein Echo in meinem Kopf, eine auf Dauerwiederholung gestellte, gespenstisch schöne Melodie, die ich nicht loswerde. Heute Nacht habe ich sie in Lukes Augen gesehen, aber das ist es nicht, was mir Angst macht. Ich wusste ja schon, dass er so empfindet, nur begreife ich anscheinend erst jetzt richtig, was es bedeutet – was ich ihm bedeute. Und am allermeisten schockt mich, dass sich für einen winzigen, herzzerreißenden, atemberaubenden, lähmenden Moment dasselbe in meinen Augen gespiegelt haben dürfte. Es ging derart schnell, dass mein Verstand bisher nicht hinterhergekommen ist. Das, oder ich leugne es nach wie vor hartnäckig.

Ewig lange beobachte ich Luke im Schlaf, lausche seinem leisen Atmen. Je länger ich ihn ansehe, desto sicherer bin ich, dass ich entweder endgültig meinen verdammten Verstand verloren habe oder ich blödsinnig und völlig irre in diesen Typen neben mir verliebt bin.

»Nein, das kann nicht sein«, murmle ich vor mich hin und reibe meine Brust, in der Emotionen wüten, die viel zu stark und mächtig sind. »Ich kann mich nicht verlieben. Ich weiß ja nicht mal, was zur Hölle das ist!« Dann werfe ich die Decke zur Seite und steige aus dem Bett. Zuerst weiß ich gar nicht, wohin ich will – raus, weiter bin ich noch nicht –, da sehe ich eines der Fotos aus der Schachtel unter dem Bett hervorlugen. Als ich die Schachtel das letzte Mal unters Bett schleudere, ist sie ausgekippt, und ich habe es bisher nicht aufgeräumt. Nun bücke ich mich, hebe das Bild auf und muss lächeln. Es ist ein Foto von meinen Eltern. Mein Vater hält meine Mutter in den Armen, und sie trägt ihr Hochzeitskleid. Sie sieht so glücklich aus, und irgendwie macht es mich auch glücklich, sie so zu sehen. Ich hatte immer geglaubt, diese Fotos anzusehen würde mir das letzte bisschen Herz zerreißen, das ich noch habe, sodass ich vollständig ausblute. Aber das ist es nicht, was in diesem Moment geschieht. Nein, ich fühle mich seltsam ruhig.

Statt wie geplant aus dem Zimmer zu fliehen, lege ich mich mit dem Bild in der Hand zurück ins Bett. Ich schmiege mich nicht an Luke, wie ich es sonst immer tue, weil ich nicht all die Gefühle wieder wecken will, die ich eben zur Ruhe gebracht habe, ohne mich selbst zu verletzen. Jede Linie auf dem Foto male ich nach, jeden Schatten, jeden Zug ihrer glücklichen Gesichter, auf dass sich mir dieser Anblick einpräge.

»Könnte ich mich doch so an euch erinnern«, flüstere ich, als ich das Foto auf mein klopfendes Herz drücke. Ich stelle mir das Bild vor und hoffe, dass ich sie so sehe, wenn ich die Augen schließe, nicht so wie das letzte Mal, dass ich sie gesehen habe. Hoffentlich können meine Träume ausnahmsweise von Glück beherrscht sein, nicht von blanker Angst.

Es ist das erste Mal, dass ich es versuche.

Dass ich probiere, Dinge zu verändern.

Sachen loszulassen.

Und ich frage mich, ob das geht.

22

LUKE

Als ich aufwache, ist alles still in der Wohnung, und die Sonne scheint so hell ins Zimmer, dass sie mich blendet. Ich brauche ein wenig, bis ich mich orientiert und den Traum abgeschüttelt habe, in dem mich alle beim Spiel heute Abend beobachten und ich komplett versage. Nie hätte ich gedacht, dass ich mir über solchen Scheiß mal Gedanken machen würde, doch ich hatte ja auch noch niemals Leute auf der Tribüne, die mir zugesehen haben.

Sobald ich richtig wach bin, drehe ich mich auf die Seite und entdecke Violet auf dem Fußboden sitzend. Sie trägt ein T-Shirt von mir, hat ihr Haar zu einem wirren Knoten aufgesteckt und ist über eines ihrer Mathebücher gebeugt, auf dessen aufgeschlagene Seite sie leise mit ihrem Stift tippt. Die Tatsache, dass sie so früh morgens über ihren Kursarbeiten sitzt, ist an sich schon verblüffend, aber was mich richtig erstaunt, ist, dass ich sie nicht aufwachen gehört habe. Ich höre immer, wenn Violet aufwacht, weil ihr Keuchritual viel zu laut ist, um es zu verpennen. War ich so müde? Habe ich das tatsächlich verschlafen?

Ich setze mich auf und blicke mich um, als steckte die Lösung des Rätsels irgendwo in dem Chaos unseres engen Zimmers, inmitten der Wäsche und dem sonstigen Kram, der auf dem Boden herumfliegt. »Wie lange bist du schon wach?«, frage ich, doch sie antwortet nicht und nickt mit dem Kopf auf und ab zu einem Song, den nur sie zu hören scheint.

Als ich aus dem Bett steige, bemerke ich, dass sie Ohrstöpsel drin hat. Sie sieht völlig konzentriert aus, und ihre Hand bewegt sich lächerlich schnell. Fast will ich sie unterbrechen, aber ich möchte auch wissen, was los ist. Also greife ich mir eine Boxershorts, ziehe sie über und hocke mich neben Violet auf den Boden. Mein plötzliches Auftauchen erschrickt sie, sodass sie heftig zusammenzuckt und sich an die Brust fasst.

»Scheiße, hast du mich erschreckt!«, sagt sie sehr laut und lässt ihre Hand auf den Schoß sinken.

Ich ziehe am Kabel ihrer Kopfhörer, worauf sie herausfallen.

»Oh«, sagt sie. »Ich hatte beinahe vergessen, dass ich die drin habe.«

Ich werfe die Kopfhörer beiseite. »Wie lange bist du schon wach?«

Sie blickt nachdenklich zur Zimmerdecke. »Weiß nicht … Eine Stunde vielleicht.«

Ich sehe über ihre Schulter hinweg zur Uhr: Viertel nach neun. »Du bist freiwillig vor zehn Uhr aufgestanden? Echt?«

Sie legt ihren Stift in das offene Buch und reibt sich die Augen. »Ja, ich habe gut geschlafen. Anscheinend wache ich früh auf, wenn ich vorher richtigen Schlaf bekomme.«

Sie vermeidet es, mich anzusehen, indem sie den Kopf senkt, sodass ihr das Haar ins Gesicht hängt. Ich sollte es gut sein lassen. Was auch immer los ist, sie möchte es eindeutig für sich behalten. Aber ich kann einfach nicht anders. Ich muss es wissen.

»Dann hast du gut geschlafen?« Ich fahre mir mit den Fingern durchs Haar. »Ehrlich?«

»So gut wie schon lange nicht mehr«, antwortet sie achselzuckend.

Ich stocke. *Sag es nicht!* »Keine Albträume?« Scheiße, wieso kann ich nicht den Mund halten?

Es tritt eine längere Pause ein, dann schüttelt sie kaum merklich den Kopf. »Nein«, flüstert sie und hört sich an, als hätte sie Schmerzen. Eine Träne rollt über ihre Wange, die sie hastig wegwischt.

»Wie lange ist es her, seit das passiert ist?«, frage ich vorsichtig. Noch eine Träne kommt, und diesmal wische ich sie von ihrer Wange. Dort lasse ich meine Hand, und sie schmiegt ihr Gesicht in sie.

Gleichzeitig kneift sie die Augen zu und holt tief Luft. »Seit ich fünf war.«

Es ist ein gigantischer Moment für sie, den sie feiern sollte, deshalb verwirren mich ihre Tränen. »Kannst du … Darf ich dich fragen – warum du traurig bist?« Mir ist klar, dass ich mich auf ganz dünnem Eis bewege. Eine emotionale Violet läuft gewöhnlich Gefahr, sich etwas anzutun, aber ich muss wissen, wie ich ihr helfen kann, ihr diesen Schmerz zu nehmen.

Sie holt noch einmal tief Luft. »Weil ich Angst davor habe, warum sie aufgehört haben.«

»Kennst du den Grund?«

»Kann sein.«

Ich bin nicht sicher, was ich sagen soll. »Möchtest du darüber reden?«

Sofort schüttelt sie den Kopf. »Nicht jetzt.«

Ich habe keinen Schimmer, was ich sagen soll. Und ich kann nicht mal erahnen, was in ihrem Kopf vorgeht. Vielleicht liegt es daran, dass ich ihre Augen nicht sehe, denn die lassen mich sonst ungefähr erahnen, was sie verbirgt.

Also lege ich einen Finger unter ihr Kinn und hebe es behutsam an, damit ich sie besser sehen kann. Ihre grünen Augen sind riesig und glänzen vor Emotionen und Tränen. Für einen kurzen Moment macht mich ihr Anblick sprachlos.

»Bitte – sag mir einfach, was ich tun kann.« Denn ich muss irgendwas tun, weil ich sonst verrückt vor Sorge um sie werde.

Sie sieht mich an, und während sie mir länger in

die Augen blickt, versiegen die Tränen. »Du könntest mich zu einem Kaffee einladen.«

Zur Abwechslung macht mich ihre simple Antwort perplex, nicht unsicher. »Ernsthaft? Das ist es, was du jetzt brauchst?«

Ihr Nicken fällt deutlich entspannter aus. »Koffein scheint mir im Moment das Allerbeste überhaupt.« Sie steht auf und geht zum Wandschrank, um sich frische Sachen zu holen. »Und das ist sogar fast schon eine gesunde Sucht.«

Es ist, als wolle sie mir etwas sagen, ohne es auszusprechen. Und ich ahne bereits, was es ist, sodass der Druck, der auf meiner Brust lastet, ein bisschen weniger wird. Zwar will ich mir keine allzu großen Hoffnungen machen und nicht einfach annehmen, dass sie endlich versuchen will, von ihrer Adrenalinsucht loszukommen, aber noch nie schien es ihr so ernst wie jetzt.

»Okay, dann besorgen wir uns mal einen Kaffee«, sage ich und habe das Gefühl, dass vielleicht, trotz allem Scheiß, doch noch alles gut werden könnte.

Dass für Violet und mich alles gut wird.

23

VIOLET

Luke ist nervös vor dem Spiel, und ich finde es ganz bezaubernd. Der allzeit toughe Typ ist völlig fahrig und unfähig, sich auf irgendwas zu konzentrieren, weil sein Dad kommt, um ihn spielen zu sehen. Und natürlich ist es eine gute Ablenkung von dem, was mit meinem eigenen Leben los ist. Letzte Nacht hatte ich einen Traum, keinen Albtraum. Und er war eher sehr einfach. Luke und ich saßen auf diesem Hügel und sahen auf die Aussicht hinunter, die ich mir auch selbst ausgedacht haben muss, so bunt und sonnig, wie sie war. Die sah so idyllisch aus, wie aus einem Gemälde, dass sie unmöglich real sein konnte. Es war der Friedhof, auf dem meine Eltern begraben sind, und auch wieder nicht, denn das konnte doch unmöglich ein friedliches Bild sein. Ich war viel zu nahe dran, um so ruhig zu bleiben. Und dann verstand ich auf einmal, warum. Luke war bei mir, mein Sicherheitsnetz. Wir redeten nicht mal, saßen nur da und genossen die Stille. Dann schob ich meine Hand in seine, und da wachte ich auf, und komischerweise hielt ich wirklich

Lukes Hand. Vor allem aber wachte ich vollkommen ruhig, regelmäßig atmend, kaum desorientiert und ein bisschen verschlafen auf. Das machte mich richtig irre, doch anstatt völlig auszuticken und irgendwas Wahnsinniges zu tun, stand ich auf und konzentrierte meine ungekannte Klarheit auf meine Seminararbeiten. Erstaunlicherweise half es mir, mich zu beruhigen.

»Dann ist es okay für dich, alleine auf die Tribüne zu gehen?«, fragt er, als er sich bereit macht, das Apartment zu verlassen. Er muss ziemlich früh im Stadion sein, deshalb fahre ich mit Seth und Greyson hin und treffe mich dort mit Lukes Vater und Trevor.

Ich verdrehe die Augen, als ich auf dem Bett sitze und ein Nervenbündel von Luke vor mir auf und ab wandern sehe, der lauter Kram in seine Tasche schmeißt, die er mit zum Spiel nimmt. »Ja, Luke, ich verspreche dir, dass ich es schaffe, das Stadion zu finden! Immerhin nimmt es ungefähr einen halben Straßenzug ein.«

»Okay. Okay.« Er klopft sich an die Shorts, als wolle er seine Taschen überprüfen, dabei haben die gar keine. »Ich muss dann los«, sagt er und schwingt seine Sporttasche über die Schulter, runzelt aber die Stirn. »Warum guckst du mich so an?«

Ich zucke mit den Schultern, muss mir aber ein Grinsen verkneifen. »Wie?«

»Als wäre ich witzig oder so.«

»Weil du es vielleicht bist.«

Er verengt die Augen. »Was ist los?«

Nun muss ich doch grinsen. »Nichts. Du bist nur so nervös, und das finde ich witzig.«

»Tja, wie schön, dass du dich wenigstens amüsierst.« Er sieht mich frostig an. Nein, ihm ist eindeutig nicht nach Scherzen.

»Entschuldige.« Ich knie mich aufs Bett und rücke näher zu ihm. »Ich habe dich bloß noch nie so erlebt.«

Sein Gesichtsausdruck wird ein wenig weicher. »Tut mir leid.« Er lässt seine Tasche auf den Boden fallen, atmet laut aus und fährt sich mit den Händen durchs Haar, bevor er anfängt, vor dem Bett auf und ab zu gehen. »Ich drehe ein bisschen durch, und ich habe keinen Schimmer, warum. Es ist ja kein besonderes Spiel oder so. Solche Spiele mache ich seit meinem ersten Jahr am College mit, und trotzdem fühlt es sich an, als wäre es das erste.«

»Weil dein Dad kommt«, sage ich. »Jedenfalls würde ich darauf tippen.«

»Ja – und du auch.« Er massiert seinen Nacken und bleibt vor dem Bett stehen.

»Warum mache ich dich nervös?«, frage ich verwundert.

»Warum solltest du nicht?« Er sieht mich an, seine Hand immer noch im Nacken. »Du bist mir wichtiger als er«, sagt er achselzuckend, als würden wir über völlig Belangloses reden. »Wichtiger als jeder andere, um genau zu sein.«

Tief durchatmen, Violet. Flipp nicht aus. Du schaffst das. »Tja, dann dürftest du ein Problem haben, denn dich werden eine Menge andere Leute anfeuern.« Ich lege meine Hände auf seine Schultern und sehe ihm in die Augen. Meine Finger zittern, weil ich mit dem Drang kämpfe, die Gefühle in mir auf die alte Art zu dämpfen, und ich bin sicher, dass Luke mein Zittern fühlt. »Soll ich dir Mut zureden? Ich könnte dir sogar einen Klaps auf den Hintern geben, bevor du rausmarschierst. Das tun Footballspieler doch, oder? Sich gegenseitig richtig anheizen und zum Sieg treiben.« Meine Stimme klingt locker, und fast seufze ich vor Erleichterung. *Ich hab's geschafft. Ach du Scheiße.*

Luke entspannt sich ein wenig. »Nein, alles gut. Bevor das Spiel losgeht, haben sich meine Nerven sicher wieder beruhigt.« Er nimmt seine Tasche auf, hält inne und sieht mich mit blitzenden Augen an. »Einen Klaps auf den Arsch darfst du mir aber trotzdem geben.«

Jetzt muss ich grinsen, und dann küssen wir uns zum Abschied. Als Luke sich wegdreht, strecke ich einen Arm aus und schlage ihm lachend auf den Hintern. Er wirft mir ein Lächeln zu, von dem ich schwöre, dass es ganz allein mir gehört, und geht.

Ich atme laut aus und steige vom Bett, um mich für meine Therapiesitzung bereit zu machen. Ich bin nervöser als vor dem ersten Mal, weil ich weiß, was mich erwartet. Die Aussicht macht mich fahrig, weil ich mit einem Dämon ringe, den ich seit fünfzehn Jahren in mir herumtrage und den Lana freisetzen könnte, sodass ihn jemand anders außer Luke sieht. Doch wenn ich ehrlich sein soll, hoffe ich auch halbwegs, dass es geschieht. Vielleicht kann Lana mir einen schlauen Tipp geben, wie ich nicht jedes Mal ausflippe, wenn ich irgendwas fühle.

Nachdem ich Jacke, Stiefel und Handschuhe angezogen habe, gehe ich mit Greyson zusammen los, denn ich habe Luke versprochen, nicht allein zur Uni – oder irgendwo anders hin – zu gehen.

»Was glaubst du, wie lange es dauert?«, fragt Greyson auf der Fahrt. Draußen nieselt es aus grauen Wolken; die Scheibenwischer sind an, und die Autoheizung läuft auf höchster Stufe.

»Weiß ich nicht genau«, antworte ich. »Letztes Mal war es nur eine halbe Stunde, aber heute könnte es länger gehen.«

Er nickt, während er nach rechts auf die belebtere Straße in die Stadt einbiegt. »Okay, willst du mir eine SMS schreiben, wenn du fertig bist? Ich muss sowieso noch ein paar Sachen erledigen.«

»Na klar.« Nervös trommle ich mit den Fingern auf meinen Beinen.

»Darf ich dich fragen, wieso du so unruhig bist?«, fragt Greyson, dem es natürlich nicht entgeht.

»Ach, es ist nur diese Therapiegeschichte«, lüge ich und halte die Finger still.

»Okay.« Er glaubt mir nicht.

»Luke macht mir auch Sorgen«, platze ich heraus, womit ich mich selbst wahnsinnig erschrecke, doch irgendwie scheint mein Verstand einen eigenen Willen entwickelt zu haben. Als Greyson fragend zu mir sieht, sage ich schnell: »Er ist nur nervös wegen des Spiels.«

»Und das macht dich nervös?«

»Nein.«

Inzwischen prasselt Regen auf die Windschutzscheibe, als Greyson mich anstarrt. »Okay, jetzt bin ich verwirrt.«

»Ich auch«, gestehe ich und wische mir übers Gesicht. »Das bin ich schon seit Wochen.«

Greyson verlangsamt, um abzubiegen. »Weswegen?«

»Weil Mira im Gefängnis sitzt, wegen Preston und weil ich das Ganze hinter mir haben will – aber wie kann ich das, solange er mich nicht lässt?«

»Die Polizei findet ihn, Violet.« Er tätschelt mein Bein. »Und bis dahin bist du sicher. Du hast eine Menge Leute, die auf dich aufpassen.«

»Weiß ich.« Ich nage an meinem Fingernagel. »Darf ich dich etwas fragen?«

Er nickt. »Du weißt doch, dass du mich alles fragen kannst.«

»Ja, aber du musst mir versprechen, dass du mich

nicht aufziehst, völlig aus dem Häuschen gerätst und alles analysieren willst. Und wir wechseln das Thema, wenn ich es sage.«

»Okay, jetzt machst du mich nervös.«

»Ich mache mich selbst nervös«, sage ich und male eines der Herzen nach, die Seth auf meinen Gips gemalt hat. »Aber ich fürchte, dass ich explodiere, wenn ich nicht herausfinde, was mit mir los ist.«

Er biegt in die Seitenstraße, die zur Uni führt. Die fast kahlen Bäume zu beiden Seiten verraten, dass der Winter vor der Tür steht. »Gut, ich verspreche, nichts von alledem zu tun. Und jetzt spuck's schon aus.«

Ich weiß nicht, wo ich anfangen soll, also hole ich tief Luft und lasse es einfach raus. »Na ja, ich habe diese Gedanken.«

»Mmhm.«

»Über meine – Gefühle.« Das Wort fühlt sich so fremd an.

Greyson umklammert das Lenkrad fester. Er kennt mich gut genug, um zu wissen, dass es ein Riesending ist, wenn ich über Gefühle rede. »Okay, was für Gefühle genau?«

Ich kratze mich am Handgelenk, wo der Schnitt inzwischen zu einer dünnen, blasse Narbe geworden ist. »Über das Leben und …«

»Ja?«

»Luke.« Ich verziehe das Gesicht, weil es umso

realer und offensichtlicher wird, dass etwas in mir los ist, sobald ich es ausspreche.

Greyson biegt auf den Parkplatz der Uni ein und parkt so nahe wie möglich am Gebäude. Er lässt den Motor laufen, während er sich zu mir dreht. »Darf ich fragen, über was für Gefühle wir reden?«

»Das kann ich dir ehrlich nicht sagen, weil ich es nicht weiß.« Mehrmals öffne und schließe ich den Mund.

»Violet, du bist hier sicher«, sagt Greyson und legt seine Hand auf meine. »Du kannst sagen, was du willst. Ich werde dich sicher nicht verurteilen.«

Ich hasse es, dass er mir das sagen muss, dass ich zu solch einem Menschen geworden bin, doch so ist es nun mal. »Wie ist Liebe?«, platze ich heraus wie eine Irre.

Es ist nicht zu übersehen, dass ich ihn geschockt habe. Mit dieser Frage hat er nicht gerechnet, und während er verarbeitet, was diese Worte bedeuten, wird sein Blick traurig. Fast erwarte ich, dass er sagt, es tue ihm leid, dass ich das nicht weiß, aber das macht er nicht, und dafür mag ich ihn gleich noch lieber.

»Es ist wie Fallen und Fliegen zugleich«, sagt er, schüttelt jedoch sofort den Kopf und winkt ab. »Entschuldige, das war ein mieser Vergleich. Ich versuche es noch mal.« Er blickt nachdenklich ins Leere, und ein Lächeln tritt auf sein Gesicht, als er sich räuspert und wieder mich ansieht. »Ich erinnere mich noch genau an den Moment, in dem ich mich verliebt habe. Es war verrückt, weil ich eben noch in der Phase war, in der ich ihn gern mochte, und plötzlich war ich total verliebt, und zwar völlig irre und komplett verknallt.«

»Dann ist es einfach passiert?«, frage ich skeptisch. »Ohne Vorwarnung oder so?«

Er zuckt mit den Schultern. »Vielleicht gibt es bei einigen Leuten eine Vorwarnung, aber bei mir gab es keine.«

Ich winkle die Beine auf dem Sitz an und stütze das Kinn auf mein Knie. »Hattest du Angst?«

Seine Augen werden größer, und er nickt. »Und ob! Ich war verrückt vor Angst, aber auf eine richtig gute Art, weil Seth dafür sorgte, dass ich mich gut fühlte. Bei ihm war ich immer die beste Version von mir, und ich war glücklich und so verdammt zufrieden mit meinem Leben. Mehr denn je.« Er stoppt und fragt unsicher: »Darf ich dich fragen, warum du fragst?«

»Ich bin mir noch nicht sicher.« Ich sehe zur Uhr am Armaturenbrett und ignoriere die Stimme in meinem Kopf, die mir sagt, dass ich weiß, warum ich frage. »Ich muss los.« Mit diesen Worten nehme ich meine Tasche und will aussteigen. »Danke, dass du mir das erzählt hast«, sage ich noch. Auch wenn ich keinen Schimmer habe, wie leicht oder schwer es ihm gefallen ist, soll er wissen, dass ich ihm dankbar bin.

Lächelnd lehnt er sich zurück. »Jederzeit. Es macht Spaß, sich daran zu erinnern, und einen so guten Moment in meinem Leben sollte ich nie vergessen.«

Sein Lächeln ist ansteckend, und so steige ich strahlend hinaus in den Regen. Ich sehe wahrscheinlich so glücklich aus, dass die Leute mich für high halten. Und ich versuche, mir dieses Gefühl zu bewahren, als ich zu Lanas Büro gehe, denn da dürfte ich es brauchen.

Zwei Stunden später sitze ich mit Seth, Greyson und Callie in Seths Wagen auf dem Weg zum Spiel. Doch in Gedanken bin ich woanders. Die Therapiesitzung war okay. Wir haben nichts richtig vertieft, nur über mein Leben jetzt geredet und wie ich mich damit fühle, auch wenn der Teil schwierig war und ich es nicht so toll ausdrücken konnte. Dann sprachen wir ein bisschen über meine Eltern, hauptsächlich über die Kleinigkeiten, an die ich mich erinnere, und das machte mich traurig, aber auch froh. Das Einzige, was richtig schwer war, war, Lana von meinen Träumen vom Friedhof zu erzählen. Als sie mich fragte, ob ich jemals dort war, schüttelte ich den Kopf, und Lana meinte, vielleicht gehe ich eines Tages mal hin. Aber so leicht ist das nicht. Ich sagte ihr, dass ich darüber nachdenken würde, was ich auch tue, aber nicht auf die beruhigende Art, die sie vorschlug. Vielmehr springen meine Gedanken umher wie Pingpong-Bälle. Meine Eltern. Der Friedhof. Meine Gefühle. Luke. Meine Eltern. Meine Gefühle.

Ich schwöre, dass mein Gehirn gleich einen Kurzschluss hat. Was mich in die Realität zurückholt, ist das Klingeln meines Handys in der Tasche meiner Lederjacke. Ich ziehe es heraus und sehe eine unbekannte Nummer, was mich zögern lässt. Ich vermute, dass es entweder ein Reporter oder Preston ist, und nehme mir vor, dann umgehend wieder aufzulegen. Doch sie sind es nicht. Es ist Detective Stephner.

»Also, ich habe einige gute Nachrichten und einige, die vielleicht schlecht sind, je nachdem, wie man es betrachtet«, sagt er direkt, nachdem ich mich gemeldet habe.

Ich blicke mich im Wagen um und bin froh, dass Seth, Greyson und Callie in ein Gespräch über Football vertieft scheinen. »Okay, ich höre zu.«

»Nun, der Prozess soll bald beginnen«, sagt er. »Was einen Fortschritt bedeutet.«

Ich sehe zum Fenster und bemühe mich, die Unterhaltung so privat wie möglich zu halten. »Aber sie hat immer noch nicht gesagt, wer die andere Person war.«

»Nein, noch nicht, und was Sie vorher erfahren sollten, ist, dass ihr Anwalt eventuell auf Geisteskrank plädiert.«

»Irgendwie wundert mich das nicht«, murmle ich seufzend. Ich habe keine Ahnung, wie es mir damit geht. »War das die gute oder die schlechte Nachricht?«

»Ich bin mir nicht sicher«, antwortet er und seufzt ebenfalls. »Ich weiß nicht, vielleicht habe ich nur halb gute, halb schlechte Nachrichten.«

Ich runzle die Stirn. »Und was gibt es noch?«

»Es kann sein, dass Sie beim Prozess als Zeugin aufgerufen werden«, erklärt er. »Und dann wäre Mira dort.«

Ich sehe zu meinem Gips, der in zwei Wochen abgenommen werden soll. »Ich weiß nicht, ob ich das packe. Mein Arm ist immer noch in einem beknackten Gips.«

»Violet, wir haben das doch schon besprochen. Es wird leichter als beim ersten Mal, sie zu sehen, meine ich. Und sie kann nichts tun.«

»Wieso macht es das einfacher? Sie wird immer noch da sein!«

»Sie sind ein starkes Mädchen, Violet Hayes«, sagt er, was meine Frage nicht beantwortet. »Ich weiß, dass Sie es schaffen, falls es nötig ist.«

»Dem würden eine Menge Leute widersprechen.«

»Ich bin ein Detective und dürfte mehr gesehen haben als die meisten Leute.«

Ich bin nicht sicher, was ich damit anfangen soll oder ob ich überhaupt etwas tun kann, außer es zu akzeptieren. Ich schließe die Augen und stelle mir das Foto vor, das ich letzte Nacht gefunden habe.

Dafür tue ich es, richtig? »Okay, ich werde aussagen, wenn ich muss.«

»Sehr gut.« Als er eine Pause macht, öffne ich die Augen wieder. »Haben Sie mit Luke gesprochen?«

»Ich rede jeden Tag mit ihm«, antworte ich misstrauisch. »Warum? Wollen Sie auf irgendwas hinaus, oder nerven Sie nur wieder?«

»Vielleicht will ich auf etwas hinaus.« Er spricht in Rätseln.

Ich bemerke, dass Greyson sich fragend zu mir umsieht, deshalb drehe ich mich so weit zur Tür, wie es der Gurt zulässt. »Raus damit, was immer es ist.«

»Vorsicht, Violet«, warnt mich der Detective. »Vergessen Sie nicht, mit wem Sie reden.«

»Klar, dem Typen, der an Halloween Weihnachtskrawatten trägt«, erwidere ich trocken. »Da muss ich unbedingt vorsichtig sein.«

Er seufzt, und ich weiß, dass er es gut sein lässt. »Hören Sie, ich wollte nur sagen, dass Sie wahrscheinlich mit Luke reden sollten, weil ich annehme, dass er ebenfalls aufgerufen wird – er könnte sogar schon Bescheid bekommen haben.«

»Hat er?«, frage ich. Tja, das ist mir neu.

»Kann sein …« Eine, zwei, drei Sekunden vergehen. »Es könnte ein Anruf von der Verteidigung gewesen sein.«

Ich lehne den Kopf an das kühle Glas und schließe die Augen, als meine Brust eng wird und ich keine

Luft mehr bekomme. *Warum hat er mir nichts erzählt?* »Hat er zugestimmt?«

»Weiß ich nicht. Ich erzähle Ihnen das nur, damit Sie nicht überrascht sind, wenn er Ihnen gegenüber etwas erwähnt.« Ich höre jemanden im Hintergrund reden. »Aber jetzt muss ich Schluss machen. Ich wollte Sie bloß auf den neuesten Stand bringen.«

»Danke«, murmle ich und lege auf. Ich lasse die Stirn an die Scheibe gepresst. *Niemals würde Luke das tun. Er hasst seine Mutter. Und er hat gesagt, dass er mich liebt.* Aber all die Jahre, die ich von einer Pflegefamilie zur nächsten gereicht wurde, lassen mich an dieser Sache namens Liebe zweifeln. Sämtliche Pflegemütter und Väter nahmen mich auf, weil sie sich um mich kümmern wollten, und dann wurden sie mich leid und warfen mich zur Tür raus.

»Violet, wir sind da.« Greysons Stimme reißt mich aus meiner Benommenheit, und ich stelle fest, dass wir am Stadion sind. Es ist totaler Wahnsinn, wie viele Autos hier parken und welche Unmengen Leute in den Schulfarben herumlaufen.

»Ach du Schande«, sage ich und kann mich nicht entscheiden, ob ich entsetzt oder beeindruckt bin.

Callie, Seth und Greyson lachen über meine Reaktion und springen aus dem Wagen. Ich folge ihnen, doch die lärmende Begeisterung draußen fühlt sich wie ein Hieb vor die Brust an. Die Sonne linst durch die Wolken und trocknet die Pfützen auf dem Asphalt, aber die Luft ist noch eiskalt.

Als wir uns den Weg durch das Chaos zum blinkenden Edelstahl-Stadion bahnen, hakt Greyson sich bei Seth und mir ein und Seth sich bei Callie, sodass wir eine Art Minimenschenkette bilden. Ich weiß absolut nicht, was ich davon halten soll. Nie und nimmer hätte ich gedacht, einmal in solch eine Situation zu geraten. Und hier bin ich, gehe mit drei anderen Leuten zu einem verdammten Footballspiel! Ich verliere mich in der Atmosphäre, dem vibrierenden Enthusiasmus und den Menschenmengen, durch die wir uns fädeln müssen.

Als ich gerade denke, dass es nicht noch chaotisch werden kann, betreten wir das Stadion, und mir steht der Mund offen – angesichts der schieren Größe, der Fülle von Zuschauern und der unglaublich aufgekratzten Stimmung.

»Mein Gott, das ist ja gigantisch!«, sage ich mit großen Augen und überlege, ob ich mich zurückziehen soll, denn hier gehöre ich definitiv nicht hin. Greyson muss es spüren, da er mich fester unterhakt und den Kopf schüttelt. »Kommt nicht infrage. Du ziehst das hier durch, und sei es nur für Luke.«

Okay, damit hat er mich. »Na gut. Du hast recht.«

»Ah, jetzt kenne ich endlich deinen wunden Punkt!« Er grinst mir zu, und ich zeige ihm den Mittelfinger, als ich ihm zu unserem Platz folge.

Wir sind immer noch eingehakt, was es wahnsinnig umständlich und ziemlich nervig für die Leute macht, die an uns vorbeiwollen. Das wiederum macht es sehr unterhaltsam für mich. Mit jedem Mal, dass jemand frustriert stöhnt, weil er entweder warten muss, bis wir vorbei sind, oder sich an uns vorbeiquetschen, wird mein Grinsen breiter.

»Siehst du?« Greyson sieht sich mit hochgezogenen Brauen zu mir um. »Ist doch spaßig, oder?«

Ich zucke mit den Schultern, muss allerdings grinsen. »Kann sein.«

Greyson verdreht die Augen, grinst aber gleichfalls, als er die Treppe weiter hinaufgeht. »Weißt du was? Wenn du versprichst, dass du wenigstens versuchst, Spaß zu haben, backe ich dir ein ganzes Blech Cupcakes nur für dich.«

»Für wie alt hältst du mich?«, frage ich, als wir auf unsere Sitze sacken. Sie sind ungefähr auf halber Höhe der Tribüne, sodass wir eine ganz gute Sicht auf das Spielfeld und die Teambänke unten haben. Callie und Seth sitzen auf der anderen Seite von Greyson, und neben mir sind zwei freie Plätze für Lukes Dad und Preston.

Greyson holt seine Handschuhe aus der Tasche und sieht mich vorwurfsvoll an. »Soll das heißen, du willst sie nicht?«

Ich überlege, aber lange brauche ich nicht. »Machst du welche, die wie Truthähne aussehen?«

Er zieht sich einen Handschuh an. »Wie?«

»Für Thanksgiving«, antworte ich und schließe meine Jacke.

Lachend streift er den zweiten Handschuh über. »Klar, das müsste ich hinbekommen.«

»Prima, dann versuche ich, mich zu amüsieren.« Ich setze mir die Kapuze auf, um meine Ohren warm zu halten.

Lächelnd sehen wir beide zum Spielfeld und klappen unsere Jackenkragen hoch über Kinn und Mund, um uns vor der Kälte zu schützen. Wir haben gute Sicht, trotzdem hat Seth ein Fernglas dabei, und Callie hat eine Kamera mitgebracht. Solange wir auf den Spielbeginn warten, gehen Seth und Callie Snacks holen. In der Zwischenzeit kommen Lukes Vater und Trevor, die sich neben mich setzen. Ich stelle sie vor.

»Greyson, das sind Trevor und Mr. Price.«

»Bitte, sag James zu mir«, sagt Mr. Price und schüttelt Greyson die Hand. »Und du auch, Violet. Schluss mit Mr. Price.«

Ich nicke, und dann kehren Seth und Callie mit Popcorn, Wasser und Schokoriegeln zurück, also stelle ich sie auch vor. Seth schüttelt James die Hand und gibt mir eine Tüte M&Ms, die ich dankend annehme. Dann setzt er sich hin und kichert mit Callie über irgendwas.

»Übrigens riskiere ich hier, wie der komplette Blödmann rüberzukommen, denn ich kapiere Football schlicht nicht«, sagt Trevor beinahe beschämt und knöpft seine Jacke zu.

»Ich auch nicht«, antworte ich deutlich weniger beschämt.

James grinst stolz, als er einen Schluck von dem Kaffee trinkt, den er sich mitgebracht hat. »Na, da habt ihr zwei Glück, weil ich mich nämlich sagenhaft gut auskenne.«

Trevor knufft ihn mit dem Ellbogen in die Seite. »Weil du auf der Highschool gespielt hast!«

James lacht und startet eine ausführliche Ansprache über Regeln und so, wobei er eifrig gestikuliert. Offensichtlich begeistert er sich für das Thema. Ich verstehe zwar nicht alles, aber ich lächle und tue, als würde ich aufmerksam zuhören. Er verstummt jedoch, als das Team herauskommt, und klatscht mit dem Rest der Menge. Außerdem schreit er sehr laut, und sein Atem steigt dampfend vor seinem Gesicht auf. Genau genommen brüllen hier alle. Ich kann das nicht nachvollziehen, bis ich Luke unter den Spielern entdecke. Nicht dass ich in dem Moment zum Footballjunkie werde oder so, doch mein Herz schlägt wie verrückt, und das ist erst wenige Male vorgekommen. Ich muss wohl lächeln, denn Greyson stupst mich an und grient breit.

»Siehst du, ist doch gar nicht so schlecht, oder?«, fragt er, während er weiterklatscht. Callie und Seth springen lachend auf und ab.

»Ist ganz in Ordnung«, sage ich, doch meine Lippen verraten mich, denn ich kann einfach nicht aufhören, idiotisch zu grinsen. Und so albern es scheinen mag, setze ich mich zum ersten Mal seit Langem wieder hin und genieße das Leben, ohne mir wegen irgendwas Sorgen zu machen.

Am Ende warte ich nach dem Spiel zusammen mit Callie auf Luke. Das wollte ich nicht, aber ich schätze, es gehört irgendwie dazu. Callie wartet nach jedem Spiel auf Kayden, und ich nehme an, da ich jetzt mit Luke zusammen bin und zu seinen Spielen gehe, erwartet man von mir, dass ich hinterher auf ihn warte. Zumindest ist das Greysons Theorie. Als ich zunächst ablehnen will, erpresst er mich mit Cupcakes, also bleibe ich – auch wenn es letztlich nicht wegen der Cupcakes ist.

Trevor und James sagen, dass sie ins Hotel zurück wollen, um sich ein bisschen aufzuwärmen, denn Kalifornier wären nicht für so ein Wetter gemacht. Aber sie bitten, dass Luke sie anruft, wenn er so weit ist, damit wir zusammen etwas essen gehen können.

»Und diesmal sucht ihr aus, wo«, sagt Trevor mit klappernden Zähnen und lacht. »Das letzte Restaurant war ja nicht so euer Ding.«

»War es so offensichtlich?«, frage ich und schiebe meine Hände tief in die Jackentaschen.

Trevor lacht wieder. »Ja, das ausgespuckte Perrier

hat dich verraten.« Er geht an den Rand der Überdachung, unter der wir stehen, in Richtung Parkplatz.

James folgt ihm nicht gleich, sondern zieht mich abermals in eine linkische Umarmung wie am Flughafen »Es war schön, Zeit mit dir zu verbringen«, sagt er, als ich ihm unbeholfen und angespannt auf den Rücken klopfe. Dann lässt er mich wieder los, scheint froh und winkt mir zu, bevor er Trevor nachläuft. Dabei schlottert er vor Kälte. »Bis später!«, ruft er.

Ich winke ihm nach, und dann stehe ich da, unter dem Überdach, blicke hinauf zu den Sternen und frage mich, wie ich an diesen Punkt in meinem Leben gelangen konnte, an dem Leute mir Cupcakes backen, mich zum Lachen bringen, mich komisch umarmen und mich zum Essen einladen.

Ich kapier's nicht.

Echt nicht.

Aber es gefällt mir.

Mein letzter Gedanke erschrickt mich, weil ich es einfach akzeptiere, dieses Leben. Was bedeutet, dass ich zugleich die Möglichkeit akzeptiere, es eventuell zu verlieren. Es ist schwierig, mir einzugestehen, dass ich mich hierauf einlasse. Das habe ich nicht mehr getan, seit meine Eltern starben.

»Sie haben gut gespielt, nicht?«, fragt Callie, und ich zucke zusammen. Ich hatte fast vergessen, dass sie neben mir steht.

Ich setze ein Lächeln auf und drehe mich zu ihr. »Ja, ich schätze schon, auch wenn ich eigentlich keinen Schimmer habe. Ich bin kein Footballfan. Aber sie müssen wohl gut gewesen sein, denn sie haben gewonnen.«

Callie lehnt an der Mauer gegenüber der Tür, aus der Luke und Kayden kommen sollen. Sie hat die Kapuze ihrer Jacke hochgezogen und sich ihren Schal fest umgewickelt. »Ja, es war ein gutes Spiel. Du solltest auch zum nächsten mitkommen, zusammen mit Seth, Greyson und mir.«

Ich zucke mit den Schultern und lehne mich ebenfalls an die Mauer. »Mal sehen.«

»Mit der Zeit versteht man mehr, und dann macht es mehr Spaß.«

Ich schabe mit der Stiefelspitze auf dem Boden. Mit anderen Mädchen konnte ich noch nie gut reden, und Callie und ich haben nicht unbedingt eine tolle gemeinsame Geschichte, deshalb fühle ich mich ein wenig unsicher. »Du scheinst eine Menge davon zu verstehen.«

»Mein Dad ist Highschooltrainer«, erklärt sie. »Er war sogar Lukes und Kaydens Coach, als sie auf der Highschool waren.«

»Das ist ja cool. Es muss klasse gewesen sein, sie da schon spielen zu sehen.«

Ihr Lächeln wirkt unecht, und ich frage mich, wie es für sie auf der Highschool war. Hat sie es genauso gehasst wie ich? »Wie wäre es, wenn wir mal wieder kickboxen? Neulich schien es dir Spaß zu machen.«

»Nicht direkt Spaß, aber es war ein bisschen therapeutisch«, antworte ich.

Sie sieht mich an. »So ist es für mich auch, oder war es jedenfalls, als ich damit anfing. Jetzt ist es eher Spaß. Ich gehe mindestens zweimal die Woche hin. Seth kommt normalerweise auch mit, also könntest du mit ihm fahren.«

Ich bin mir nicht sicher, will es aber auch nicht gleich verwerfen. »Ich denke drüber nach«, sage ich und staune, dass ich es tatsächlich ernst meine. Es hatte sich gut angefühlt, auf etwas einzuprügeln, und sei es ein Sandsack. Ich will sie gerade fragen, wie sie dazu gekommen ist, als Jonah Malforten auf mich zukommt und uns unterbricht.

»Violet, lange nicht gesehen.« Er grinst sein High-Grinsen, als er mit seinem Stiefel gegen meinen tippt. Jonah ist ein Typ, dem ich früher Gras verkauft habe, und ihn hier am Stadion zu sehen, während ich mich mit Callie unterhalte, ist, als würde sich meine Vergangenheit mit meiner Gegenwart vermischen. Das gefällt mir nicht, zumal es mich an mein Leben mit Preston erinnert.

»Was willst du, Jonah?« Sofort schalte ich auf Zicke um, doch das ist Jonah ja nicht neu, weil ich immer so war, als er mich kannte.

»Ich denke, das weißt du.« Er zwinkert mir zu und zieht seine Beanie tiefer. Er stinkt nach Pott, und seine blutunterlaufenen Augen mustern mich hoffnungsvoll. Offensichtlich glaubt er, ich könne ihm was verkaufen.

Ich sehe hinüber zu Callie, die in die andere Richtung blickt, als wäre sie völlig von einem Poster gebannt, das den Winterball ankündigt. Soweit ich weiß, hält Callie mich für eine Nutte. Das tat sie zumindest früher, allerdings kann es sein, dass sie inzwischen Bescheid weiß.

»Hör mal, ich mache den Scheiß nicht mehr, okay?« Ich spreche leise, aber fest. »Also schwing deinen bekifften Arsch woandershin.«

»Du bist fies«, sagt er und schmollt, was er sicher für sexy hält, dabei ist es nur bescheuert. »Aber das bist du ja immer, tierisch scharf, aber fies. Kein Wunder, dass Preston dich für seine Drecksarbeit einspannt.«

Meine Muskeln verkrampfen sich. »*Einspannte*, das ist Vergangenheit. Und jetzt verpiss dich gefälligst.« Als er mich weiter angrinst, versetze ich ihm einen Schubs. »Ich mein's ernst, du Penner. Ich deale nicht mehr, und mit Preston habe ich auch nichts mehr zu tun.«

Verwirrt kratzt er sich am Hinterkopf. »Komisch, ich habe ihn gerade getroffen, und er schickt mich zu dir. Er sagt, dass er nichts hat, aber dass du mir was geben kannst.«

Mein Bauch zieht sich so sehr zusammen, dass es wehtut, und panisch blicke ich mich um, suche in der sich ausdünnenden Menge nach ihm und sehe auch zum Parkplatz rechts von mir. »Hast du Preston hier gesehen?«

Er neigt den Kopf zur Seite und wirkt immer noch verwirrt. »Nein ... Hier nicht. Vorhin im Garyford's in der Elm.«

Mein Herz setzt kurz aus, aber ich ermahne mich, ruhig zu bleiben – mich ja nicht zu früh zu freuen. »Der Bar?«

Jonah nickt. »Ja, da hängt er immer rum und vertickt Zeug. Aber heute war er nur so da. Und er hat gesagt, dass ich dich suchen soll, wenn ich was will ... Ich glaube, der war stockbesoffen oder so. Er meinte übrigens, wenn ich dich finde, soll ich dir sagen, dass er dich sucht.«

Verfluchtes Arschloch! Was soll das denn? Was hat er davon, mich wahnsinnig zu machen? »Danke, Jonah.« Ich tätschle seinen Arm, bevor ich ihn zum Ausgang schiebe. »War super, mit dir zu reden, und jetzt hau ab.«

»Was ist mit dem Stoff, den ich brauche?« Er stolpert über seine Füße, als ich ihn schubse.

»Preston hat gelogen. Ich habe nichts.« Ich hole schon mein Telefon hervor und drücke Detective Stephners Nummer. Jonah murmelt etwas, als er wegtrottet, und Callie sieht besorgt zu mir. Aber ich beachte die beiden nicht, sondern gehe ein Stück unter dem Vordach heraus, das Telefon an mein Ohr gepresst. Sobald Detective Stephner sich meldet, sprudle ich mit allem heraus, was eben passiert ist.

»Violet, immer mit der Ruhe«, sagt er. »Ich kann Sie kaum verstehen.«

Ich hole tief Luft, weil ich bemerke, dass ich völlig außer Atem bin. »Ich habe gerade jemanden getroffen, der mir erzählt hat, dass Preston jeden Tag im Garyford's in der Elm ist. Das ist die Bar, in der College-Studenten abhängen.«

»Okay, ich bin dran«, sagt er, und ich höre ein Rascheln. »Aber, Violet, ich will, dass Sie nach Hause gehen und warten, bis ich mich wieder melde, okay? Bleiben Sie drinnen. Ich will nicht, dass irgendwas passiert.«

Was denkt er denn, das noch passieren kann? »Okay, ich wollte sowieso nirgendshin, nur zum Essen mit Luke und seinem Dad.«

»Nein, bleiben Sie in der Wohnung. Versprechen Sie mir das, Violet. Gehen Sie nach Hause und warten Sie.«

»Was spielt das für eine Rolle?«

»Verdammt, Violet, hören Sie einfach mal auf mich, okay?«

»Okay, Dad«, sage ich spitz, doch dann wird mir bewusst, dass ich mich wie eine verwöhnte Göre aufführe. »Entschuldigung, ja, ich verspreche, dass ich zu Hause bleibe.«

»Schön.« Er atmet hörbar erleichtert auf. Irgendwas stimmt nicht, denn er klingt besorgter als sonst.

»Was erzählen Sie mir nicht?«, frage ich misstrauisch und beäuge eine Gruppe von Leuten, die an mir vorbeigeht. Was ist, wenn Jonah gelogen hat und Preston mich in diesem Moment beobachtet?

»Eine Menge«, antwortet Detective Stephner. »Es gibt eine Menge Sachen, die ich Ihnen nicht erzählen kann.«

Das verstört mich, und als ich auflege, gehen mir Abertausende Gedanken durch den Kopf. Die verdränge ich allerdings, als Luke endlich durch die Tür kommt. Er hat eine Jeans und ein Kapuzenshirt an, und sein Haar ist noch feucht, wahrscheinlich vom Duschen. Wenigstens riecht er so, als er mich umarmt: nach frischer Seife. Er nimmt mich ohne jedes Zögern in seine Arme, als wäre es das Natürlichste überhaupt. Und so fühlt es sich für mich allmählich auch an.

»Also, wie fandst du es?«, flüstert er mir ins Ohr.

»Das waren ja superenge Hosen«, versuche ich zu scherzen, aber meine Stimme klingt seltsam.

Luke hebt den Kopf und sieht mich voller Sorge an. »Stimmt was nicht?«

Ich blicke hinüber zu Callie, die strahlt, als Kayden aus der Tür tritt, aus der eben Luke gekommen war. »Kann ich es dir im Truck erzählen?«

Er sieht über seine Schulter zu Callie, die Kayden umarmt, und nickt. »Okay, fahren wir.« Dann tritt er ein kleines Stück zurück, nicht weit, und legt einen Arm um mich. »Hey, Leute, wir fahren!«, ruft er Kayden und Callie zu. »Bis dann!«

Kayden winkt ihm zu, ist aber von Callie abgelenkt, die ihm irgendwas sagt, das ein sehr breites Grinsen auf sein Gesicht zaubert. Ich frage mich, was sie von der Szene eben hält; und mich wundert, dass es mich wirklich interessiert.

Luke und ich gehen schweigend über den Parkplatz zu seinem Truck, und der Klang unserer eiligen Schritte verstärkt die Anspannung um uns herum noch. Er parkt weit hinten, sodass es eine Weile dauert, bis wir dort sind. Luke öffnet mir die Beifahrertür, wartet, bis ich eingestiegen bin, und schlägt sie wieder zu, bevor er auf die andere Seite geht und hinters Lenkrad steigt. Sein Truck gibt gurgelnde Geräusche von sich, als er den Motor anlässt, und hat eine Fehlzündung. Fluchend probiert Luke es wieder und pumpt diesmal das Gaspedal. Als der Motor läuft, stellt Luke die Heizung an und dreht sich zu mir.

»Okay, was zur Hölle war, dass du so guckst?«, fragt er und rückt näher zu mir.

Ich ziehe meine Handschuhe aus und öffne meine Jacke, während alles aus mir herausplatzt: dass ich Jonah getroffen habe, was er von Preston erzählt hat; dass ich Detective Stephner angerufen habe und er mir sagte, ich muss heute Abend in der Wohnung bleiben, und dass er seltsam klang.

»Er will nur, dass du in Sicherheit bist.« Luke

nimmt meine Hand, als ich fertig bin, und malt die Linien darin nach. »Das wollen wir alle.«

Ich weiß nicht, wen er mit *wir* meint, doch ich frage nicht nach. »Klar, kann sein. Aber ich hatte vorhin mit ihm gesprochen, als wir unterwegs zum Spiel waren, und da war nichts.«

»Er hat dich heute angerufen?«, fragt Luke und streicht mir innen übers Handgelenk. *Gott, fühlt sich das gut an!* »Weswegen?«

Zwischenzeitlich hatte ich das Gespräch mit dem Detective nachmittags schon weit von mir geschoben. Und bisher weiß ich nicht, ob Luke zustimmen würde, Mira zu helfen. Doch nun, da er bei mir ist und seine Berührung so beruhigend auf mich wirkt, frage ich mich, wie ich je an ihm zweifeln konnte. »Wegen des Falls – und dir.«

Seine Finger erstarren. »Mir?«

Ich nicke. »Er glaubt, dass du schon von dem Anwalt deiner Mutter angerufen wurdest.«

Auf einmal nimmt sein Gesicht einen gequälten Ausdruck an, und er hält meine Hand fester. »Ja, wurde ich neulich.«

»Warum hast du mir nichts davon gesagt?«

»Weil ich durcheinander war – und rasend wütend.« Er seufzt und verwebt seine Finger mit meinen. »Tut mir leid, das ist keine Entschuldigung. Ich hätte es dir sofort erzählen sollen.«

Ich presse die Lippen zusammen und versuche, die Worte zurückzuhalten, die mir auf der Zunge brennen, aber sie wollen trotzdem heraus. »Was hast du gesagt?«

Luke runzelt die Stirn. »Wozu?«

»Als sie dich gebeten haben auszusagen. Was hast du gesagt?«

Nun sieht er gekränkt aus, als hätte ich ihm wehgetan – und enttäuscht. »Ich habe ihnen gesagt, sie können mich mal und dass sie es verdient, hinter Gittern zu sein.« Er lässt meine Hand los, rückt weg von mir und sieht ein bisschen wütend aus. »Was sollte ich wohl sonst gesagt haben, Violet?«

Ich starre hinunter auf meine Hände, weil ich den verletzten Ausdruck seiner Augen nicht ertrage. »Tut mir leid, dass ich gefragt habe, aber ich musste es von dir hören … Warum, weiß ich nicht, denn ich war ziemlich sicher, dass ich deine Antwort schon kannte.«

Kopfschüttelnd atmet er aus und blickt geradeaus zur Windschutzscheibe. »Etwas anderes würde ich nie, niemals machen. Und nicht nur, weil es falsch wäre – sie verdient es, im Gefängnis zu sein –, sondern weil ich dich niemals so verletzen könnte.« Es klingt, als würde er um Luft ringen, und sein Brustkorb hebt und senkt sich angestrengt. »Du musst anfangen, mir zu vertrauen.«

»Ich vertraue dir ja. Zu sehr«, flüstere ich und schließe die Augen. »Du könntest mir das Herz zerfetzen, wenn du wolltest.« Die Stille, die nun folgt, ist zum Wahnsinnigwerden. *Habe ich das gerade laut gesagt?*

Eins …

Zwei …

Drei …

Die Zeit kommt mir endlos vor, als ich warte, was als Nächstes geschieht. Dann höre ich, wie er sich auf dem Sitz bewegt und näher kommt.

»Violet, mach die Augen auf.« Sein Atem weht über meine Wange.

Ich schüttle den Kopf und kneife die Lippen zusammen. »Kann ich nicht.« Dennoch öffne ich die Augen und stelle fest, dass Luke nur ein paar Zentimeter entfernt ist.

»Ich würde dir nie, *niemals* wehtun«, verspricht er, legt sanft seine Hand in meinen Nacken und spreizt die Finger. Bei seiner Berührung jagt ein Kribbeln über meine Haut, sodass ich erschauere, als er mich näher zu sich zieht. Doch ich komme ihm schon entgegen, angezogen von einer unsichtbaren, magnetischen Kraft. Als sich unsere Lippen begegnen, ist es gefährlich berauschend, raubt mir den Atem und lässt mein Herz rasen. Ich stürze schon wieder an jenen Ort ab, an dem ich mich hilflos und sicher zugleich fühle. Emotionen drängen an die Oberfläche, und nun sind sie zu stark, als dass ich sie ignorieren könnte. Es trifft mich wie ein Blitz aus heiterem Himmel, wie ein Stromschlag, der mich durchfährt und mit Hitze überwältigt, die mich lebendig macht und gleichzeitig umbringt.

Ich glaube, in diesem Moment wird mir klar, was ich fühle. Die Sache, die ich seit Tagen zu meiden versuche, die mir solche irrsinnige Angst machte, mich aber auch beängstigend beruhigte.

Unser Kuss ist langsamer als sonst, aber nicht weniger intensiv, vielleicht sogar mehr. Mit jedem Streicheln seiner Zunge, jedem Knabbern seiner Zähne scheint er sich meine Lippen einprägen zu wollen. Seine Hände erforschen meinen Körper, hinterlassen eine Hitzespur auf meiner Haut, und ich möchte schwören, dass ich in Flammen stehe. Ich stöhne, o Gott, und wie ich stöhne, als alles, was mich so verwirrte, unter meiner Haut brennt und durch meine Lippen hinausströmt, während ich Luke mit meinen Küssen verschlinge. Am liebsten würde ich dies hier ewig fortsetzen, mich nie wieder bewegen, aber letztlich löst Luke den Kuss und hebt seinen Kopf ein wenig.

Als ich enttäuscht wimmere, grinst er. »Ich verspreche dir, dass wir dies hier später fortsetzen. Ganz sicher«, sagt er. »Aber ich denke, wir bringen dich erst mal nach Hause.«

Ich nicke, kann jedoch nichts sagen und spüre nur meine geschwollenen Lippen. Also drehe ich mich auf dem Sitz nach vorn, schnalle mich an und kehre in Gedanken direkt zu diesem Moment zurück, als wir losfahren. Nur dass ich jetzt an etwas völlig anderes denke. Ich denke an das, was mir beim Küssen bewusst geworden ist. Ob ich es akzeptiere, weiß ich nicht genau, aber ehrlich gesagt geht es vielleicht nicht mehr darum, was ich will. Wie Greyson sagte: Wenn es geschieht, dann einfach irgendwie von selbst. Es gibt keine Kontrolle, kein Ignorieren, kein künstliches Weglächeln. Nein, das hier entzieht sich meiner Kontrolle, egal, wie beängstigend das sein mag.

Liebe.

Liebe.

Liebe.

Es könnte gut sein, dass ich Luke liebe.

24

LUKE

Vor dem Spiel war ich ganz schön hinüber, als ich daran dachte, wer mir alles zusieht. Ja, ich bin es gewohnt, dass mich Tausende spielen sehen, aber das hier war anders. Mein Vater und Trevor waren da.

Und Violet.

Sie machte mich ganz besonders nervös, und ich habe ewig gebraucht, um zu begreifen, warum. Weil jemand, den ich liebe, dort sein würde. Sobald ich zu dieser verblüffenden Erkenntnis gekommen war, fand ich es ziemlich okay. Aufregend sogar. Und dann habe ich ein super Spiel hingelegt, was meine Stimmung noch besser machte. Doch hinterher kam die Sache mit Preston, und ich versuche, mich nicht allzu sehr hinreißen zu lassen; aber sollten sie ihn schnappen, würde sich für Violet und mich vielleicht eine riesige Chance auf ein halbwegs normales Leben auftun.

Und das ist eigentlich alles, was ich mir wünsche. Nur sie und ich und die Normalität der letzten Wochen. Ich hatte das noch nie zuvor, und jetzt, da ich es einmal kennengelernt habe, wünsche ich es mir mehr als alles andere.

Von zu Hause aus rufe ich als Erstes meinen Dad an und sage ihm, dass wir nicht mit ihnen essen gehen können. Als ich ihm den Grund erkläre, schlägt er vor, dass sie mit Pizza vorbeikommen und wir bei uns essen. Seth und Greyson sind den Abend nicht da, sodass wir die Wohnung für uns haben, und ich nehme das Angebot an. Mein Dad sagt, dass sie in einer guten Stunde hier wären, und wir legen auf. Ich hole zwei Colas aus dem Kühlschrank und gehe zu Violet.

Sie kaut auf ihren Fingernägeln – eine Angewohnheit, die sie in den letzten Wochen entwickelt hat, wann immer sie nervös ist. Sie hat den Fernseher eingeschaltet, und es läuft irgendeine Werbung, auf die sie aber offensichtlich nicht achtet.

»Was belastet dich?« Ich stelle die Getränke auf den Couchtisch, setze mich neben Violet aufs Sofa und streiche ihr das Haar über die Schulter. Sie trägt ein schwarzes Trägertop und einen Pferdeschwanz, sodass ich die Tattoos hinten in ihrem Nacken sehen kann. »Ist es wegen Preston?«

»Was?« Sie blinzelt verwirrt.

Ich nehme ihre Hand von ihrem Mund, sodass sie nicht mehr auf den Nägeln beißen kann. »Alles wird gut.«

Sie versteift sich. »Was?«

»Das mit Preston.« Mit einem Finger zeichne ich

die Sternen-Tattoos nach. »Er kann sich nicht für immer verstecken.«

»Ach so.« Sie wird lockerer und sieht zum Fernseher. »Darüber denke ich gar nicht nach.«

»Worüber dann?« Meine Hand bewegt sich vom Nacken zu ihrer Schulter und zu ihrer Seite, sodass ich sie zu mir drehen kann, damit sie mich anstelle des Fernsehers ansieht. Doch sie sträubt sich und schüttelt den Kopf.

»Ich kann noch nicht«, sagt sie leise.

»Was nicht?«

»Jetzt darüber reden.«

Das tut ein bisschen weh. »Okay, wir müssen auch nicht reden, wenn du nicht willst.«

Sie nickt entschieden zu eifrig, und es entsteht eine Pause, in der sie um Luft ringt, bevor sie sich plötzlich zu mir dreht und mich verzweifelt küsst. Es ist nicht das erste Mal, dass sie mich benutzt, um sich von dem abzulenken, womit sie innerlich kämpft, doch nach jener Nacht, in der wir uns küssten, tanzten und nur für uns und sonst nichts Sex hatten, ist es schwerer, damit umzugehen. Mir kommt es wie ein Rückschritt vor, und den will ich nicht. Ich will mich weiter vorwärtsbewegen, weg von dem, der ich war, und jenem beschissenen Leben voller Trinken, Spielen und bedeutungslosem Sex.

Ich kämpfe mit meiner Auffassung von Richtig und Falsch, während ich sie küsse, da weicht sie auf einmal zurück und keucht nach Luft. Als ich sie fragen will, ob sie mir bitte erklärt, was mit ihr los ist, fängt sie zu weinen an.

»Ich weiß nicht, was mit mir passiert«, sagt sie und blinzelt die Tränen weg, wobei sie überall hinsieht, nur nicht zu mir. »Ich glaube nicht, dass ich das noch kann.«

Mir rutscht das Herz in die Hose. Meine Lippen sind noch nahe an ihren, meine Hände an ihrer Taille. »Was?« Eigentlich will ich die Antwort nicht hören, gar nicht erfahren, dass ich sie verliere.

»Dagegen kämpfen.« Weiterhin laufen ihr Tränen über die Wangen, obwohl ich glaube, dass sie nicht mehr weint. Sie holt einige Male tief Luft, und als sie mich endlich ansieht, sind ihre Augen klarer, als ich erwartet hatte. Sie hat panische Angst, so viel ist offensichtlich, aber es ist, als würde sie aufhören, die Angst zu bekämpfen, und ihr nachgeben.

Sie öffnet den Mund, und ich will sie beinahe daran hindern, das zu sagen, was sie sagen will, sie mit meinen Lippen zum Schweigen bringen. Doch ich lasse es, zwinge mich, ihr zuzuhören, weil ich wissen muss, was sie so aus der Fassung gebracht hat.

»Ich glaube, ich bin in dich verliebt«, sagt sie. Ihre Brust hebt sich unter jedem angestrengten Atemzug, trotzdem ist ihre Stimme erstaunlich ruhig, und sie schafft es, mir in die Augen zu sehen.

Meine Stimme wiederum ist alles andere als ruhig, denn sie quiekt wie die eines Dreizehnjährigen, als ich frage: »Was?«

Sie atmet ein und langsam wieder aus, und die Furcht verschwindet aus ihren Augen, als hätte Violet sie soeben besiegt. »Ich glaube, ich bin in dich verliebt.« Sie beißt sich auf die Unterlippe und schüttelt den Kopf. »Nein – ich glaube es nicht. Ich weiß es.«

Es dauert, bis ich das volle Ausmaß dessen begriffen habe, was sie gerade gesagt hat. Ehrlich, ich hatte schon geglaubt, sie würde es nie sagen und diese Liebessache bliebe eine einseitige Geschichte. Es von ihr zu hören … Ich weiß nicht mal, wie ich das beschreiben soll. Es ist, als hätte ich das Wort mein Leben lang mit Hass assoziiert. Jedes Mal, wenn meine Mutter es sagte, fühlte es sich an, als wolle sie mir etwas wegnehmen, und dafür habe ich sie genauso gehasst wie mich selbst. Liebe war für mich gleichbedeutend mit Hass. Aber es aus Violets Mund zu hören, ihren Blick zu sehen, wie ich ihn noch nie bei jemandem gesehen habe, macht es völlig anders. Sie nimmt mir in diesem Moment nichts, sondern gibt mir etwas.

Sie gibt mir alles.

Und ich kann mich nicht beherrschen. Ich knalle meine Lippen auf ihre – definitiv zu grob. Doch sie scheint es nicht zu stören, denn sie erwidert den Kuss mit derselben Wildheit, taucht die Finger in mein Haar und zerrt mich näher zu sich, verschlingt mich, während sie mir ihren Körper entgegenbiegt. Aber das ist nicht genug. Es ist, als könnten wir uns gar nicht nahe genug sein.

Während sie ihre Beine um mich schlingt, halte ich sie fest, stehe mit ihr auf und trage sie zu unserem Zimmer. Dabei bleiben unsere Lippen versiegelt und trennen sich nur kurz, damit sie mir das Shirt herunterreißen kann, als wir im Flur sind. Wir stolpern gegen Wände, Tische, werfen die Lampe um auf dem Weg ins Zimmer, aber das entlockt uns nur ein ersticktes Lachen, ohne dass sich unsere Münder voneinander lösen. Im Zimmer lasse ich mich blind aufs Bett fallen und fange uns mit den Händen ab. Ich nutze die Unterbrechung, um ihr das Top und den BH auszuziehen. Dann lehne ich mich zurück und betrachte sie eingehend: jede noch so kleine Hautstelle, jede Sommersprosse, jedes Muttermal. Sie ist so verdammt schön, dass ich es nicht aushalte. Mir ist, als würde ich gleich platzen, und ich will sie so dringend, dass ich von oben bis unten pulsiere vor Lust und Verlangen.

Dem Drang, bei ihr zu sein.

Für immer.

Und ewig.

Und als ich den Mund öffne, um es zu sagen, ist es anders. Diesmal bedeutet es mehr als beim ersten Mal, weil ich weiß, dass ich es aussprechen kann und ihr damit keine Angst mache.

»Ich liebe dich auch, Violet Hayes«, flüstere ich, bevor ich sie wieder küsse und ihr mit meinem Mund zeige, wie ernst ich es meine.

Gott, und wie ernst ich es meine! Mehr als irgendwas sonst in meinem Leben.

25

VIOLET

So also fühlt es sich an zu lieben? Das war mein letzter zusammenhängender Gedanke.

Ich hatte nicht vorgehabt, ihm zu sagen, dass ich ihn liebe. Vielmehr rang ich im Geiste mit den vielen Gründen, warum ich es für mich behalten sollte und einfach wieder zu meinen alten Gewohnheiten zurückkehren, auf meine Art mit meinen Gefühlen fertigwerden. Luke ist Mira Prices Sohn, und das sollte doch eine Rolle spielen, oder nicht? Aber dann dachte ich, wie wenig ich wieder so wie vorher sein will, wie sehr ich jenes Leben hasste, auch wenn ich es mir nicht eingestehen wollte, und dass er im Grunde nicht Miras Sohn ist. Ja, er mag blutsverwandt mit ihr sein, doch alles andere an ihm ist das Gegenteil von dieser Frau. Und noch so viel mehr.

So unendlich viel mehr.

Er hat mir zum Kurs geholfen, als ich aus dem Fenster sprang und mir den Fuß verstauchte.

Er hat Preston verprügelt, als der mich schlug.

Er hat mich beschützt.

Er hat mir ein Dach über dem Kopf gegeben, ohne Forderungen zu stellen.

Er brachte mir bei, dass Küsse nicht bloß aus Lippen und Zunge bestehen, sondern aus Emotionen, Intensität und Leidenschaft.

Er würde alles für mich tun.

Er hat schon alles für mich getan.

Er hat mich geliebt, als ich glaubte, dass es keiner je würde.

Und er hat mir die Liebe hinreichend verständlich gemacht, dass ich sie selbst fühlen konnte. Deshalb sollte er wissen, wie viel er mir bedeutet.

»Ich glaube, ich bin in dich verliebt.«

Kaum hatte ich es laut gesagt, änderte sich alles. Ich veränderte mich so grundlegend, dass es fast nicht zu verkraften ist. Andererseits fing ich vielleicht schon vor einer Weile an, mich zu ändern, akzeptiere es aber erst jetzt. Ehrlich, mir ist momentan egal, was es ist. Ich bin viel zu sehr auf Luke konzentriert und was sein Mund mit mir anstellt, auf die Küsse auf meinem Bauch, meinen Brüsten, meinen Beinen. *Überall.*

Es ist beinahe zu viel. Mein Verstand ist völlig im Einklang mit allem, was Luke tut, mein Körper kurz vorm Explodieren bei jeder Berührung seiner Lippen und seiner Zunge. Schließlich halte ich es nicht mehr aus. Ich packe seinen Kopf seitlich und ziehe ihn zu mir hoch, während ich meine Hüften anhebe, weil ich ihn in mir brauche. Und Luke gibt mir gerne, was ich will. Er gleitet in mich hinein, wobei ich so laut stöhne wie noch nie. Ihn in mir zu spüren ist intensiver als sonst, und das auf die bestmögliche Art.

Wir bewegen uns zusammen, küssen uns, streicheln uns, und uns beiden bricht der Schweiß aus, aber wir lassen uns Zeit, auf dass es nie endet. Ich fühle, wie ich wieder falle, und wehre mich nicht dagegen, sondern klammere mich einfach nur an Luke. Sollen mich doch die Gefühle überwältigen. Nun will ich jedes von ihnen spüren, mich von jedem einnehmen lassen, ohne sie zu fürchten.

Sekunden später lässt auch er sich fallen, und wir kommen zusammen. Meine Fingernägel bohren sich in die Haut über seinen Schulterblättern, sodass er stöhnt, bevor er mich sanft in die Unterlippe beißt.

Momente später werden wir ruhiger, aber wir küssen uns weiter, bis wir völlig außer Atem sind und zum Luftholen unterbrechen müssen. Er bleibt noch auf mir, küsst meinen Hals, während ich hinauf an die Decke starre und mich innerlich seltsam zufrieden fühle. All dieses Kämpfen gegen meine Emotionen, und nun wünschte ich, ich hätte sie viel früher zugelassen und dies hier empfinden können.

»So ungern ich es sage«, raunt Luke an meinem Ohr und knabbert an meinem Ohrläppchen. »Aber wir müssen uns anziehen, bevor mein Dad und Trevor hier aufkreuzen.«

»Wir könnten so tun, als wären wir nicht zu Hause«, scherze ich und drehe den Kopf, um ihn zu küssen.

»Klar, aber es ist ihr letzter Tag hier«, sagt er atemlos von dem Kuss. »Ich käme mir mies vor, sie zu versetzen.«

»Ich mir auch.« Es stimmt, dennoch presse ich mich an Luke, um ihn zu reizen, und er stöhnt frustriert, woraufhin ich grinsen muss. »Aber hinterher sollten wir gleich hier weitermachen.«

Er küsst mich leidenschaftlich. »Abgemacht.«

Grienend wie zwei liebeskranke Idioten steigen wir aus dem Bett und ziehen uns an. Mir ist egal, dass ich schwachsinnig vor mich hin lächle. Ich bin glücklich. Total, völlig beängstigend, aber richtig glücklich, wie ich es seit Jahren nicht war.

Wir sind etwa fünf Minuten angezogen, als Trevor und James mit Pizza kommen. Wir lachen und reden bis in den späten Abend, und alles scheint perfekt. Dann klingelt mein Telefon. Es ist so spät, dass nur sehr wenige Anrufer infrage kommen – Seth, Greyson und Detective Stephner.

Ich gehe in den Flur, um das Gespräch anzunehmen, weil ich meine Reaktion nicht vor allen anderen zeigen will. »Hallo?«, melde ich mich vorsichtig.

»Ah, gut, Sie sind noch auf«, sagt Detective Stephner erleichtert. »Erst dachte ich, dass ich Sie morgen anrufe, aber ich wollte es Sie wissen lassen, damit Sie vielleicht besser schlafen können.«

Ich jubilierte innerlich. »Sie haben ihn.«

Ich höre sein Lächeln, als er bestätigt: »Ja, wir haben ihn.«

»Und können Sie ihn in Haft behalten?«

»Ja, wir haben eine Menge gegen ihn in der Hand.« Er bleibt vage, wie er es bei solchen Sachen immer ist.

»Hat er etwas gesagt, warum er es gemacht hat?«, frage ich und lehne den Kopf an die Wand.

»Hat er.« Er wirkt zögerlich. »Violet, ich will ehrlich zu Ihnen sein. Ich hatte meine Vermutungen zu Danny Huntersonly« – er benutzt Prestons richtigen Namen – »und seinen Gründen für das, was er Ihnen angetan hat.«

»O mein Gott, er ist der Mörder, oder?« Jetzt pocht mein Herz so wild, dass ich beinahe zusammensacke.

»Nicht ganz.«

»Nicht ganz? Wie kann er nicht ganz ein Mörder sein?« Ich muss laut geworden sein, denn Luke blickt besorgt um die Ecke. Und es wird noch schlimmer, als er mich sieht. Der Schock muss mir ins Gesicht geschrieben stehen.

»Was ist?«, flüstert er, doch ich halte einen Finger in die Höhe, um ihm zu bedeuten, dass er ruhig sein soll. Also nimmt er nur meine Hand, und ich klammere mich ganz fest an sie.

Der Detective seufzt. »Nachdem ich mich genauer mit Danny befasst hatte, kam mir der Verdacht, dass er einen direkten Bezug zu dem Mörder haben könnte. Und bei der Befragung heute wurde mein Verdacht bestätigt. Danny Huntersonly ist der Sohn von Benny Huntersonly, dem Mann, der Ihre Eltern umbrachte, wie Danny uns erzählte.«

Ich halte Lukes Hand noch fester. »Und wo ist Benny Huntersonly jetzt?«

»Er ist tot«, antwortet er ernst, und es ist wie ein Schlag in die Magengrube. »Er hat sich kurz nach der Tat das Leben genommen. Danny sagte, dass er auf Drogen war und seine Medikamente abgesetzt hatte, als er mit Mira Price bei Ihren Eltern einbrach, um sie auszurauben. Wie viel davon wahr ist, weiß ich nicht, aber ich arbeite dran.«

»Und was ist mit mir?«, frage ich. »Warum hat Preston – ich meine Danny – all diesen Mist mit mir gemacht?«

»Rache? Obsession? Eine schwere Geisteskrankheit? Ehrlich, ich weiß es nicht.«

Ich will nicht fragen, will nicht so von meiner Mutter denken, aber ich muss es wissen. »Der Raub – das hatte nichts mit der Drogengeschichte meiner Mom zu tun, oder?«

Er stockt. »Ich bin mir bisher nicht sicher. Wie gesagt, es gibt immer noch vieles, was ich nicht weiß, und was ich bislang weiß, darf ich Ihnen nicht erzählen, weil es unsere Anklage gefährden würde.

Ich wollte Ihnen nur mitteilen, dass wir ihn haben, denn Sie verdienen, es zu erfahren – und sich endlich entspannen zu können. Ich weiß, dass Sie das schon lange nicht mehr konnten.«

»Seit Jahren«, flüstere ich.

Ich höre ihn mit Papieren rascheln, und im Hintergrund klingelt ein Telefon, also ist er wohl noch auf dem Revier. »Dann sollten Sie sich jetzt sofort entspannen und ein bisschen schlafen. Das konnten Sie die letzten paar Monate wahrscheinlich auch nicht besonders gut.«

Ich fange gleichzeitig zu lächeln und zu weinen an, weil mich diverse Gefühle überrollen – Erleichterung, Schmerz und noch welche, die ich nicht mal erkenne. »Okay, mach ich.«

Luke dreht fast durch, was ich seinen Augen ansehe, deshalb drücke ich seine Hand. *Es ist okay. Ich bin okay.*

Entweder hört der Detective meine Gedanken oder meine Tränen, denn er sagt: »Violet, alles wird gut.«

Ich brauche einen Moment, ehe ich alles verarbeitet habe und antworten kann. Wie es mir damit geht, dass Preston der Sohn des Mannes ist, der meine Eltern ermordete, weiß ich nicht genau. Mir ist schlecht; ich bin angewidert, enttäuscht, verwirrt. Ich habe eine lange Geschichte mit Preston, eine Menge Dinge getan, und all das kracht jetzt auf mich ein. Ich kippe beinahe um.

Aber nur beinahe.

Denn ich klammere mich an Lukes Hand. Ich will nicht in der Vergangenheit leben, mich so von Schuld beherrschen lassen, Preston eine solche Macht über mich geben.

Es ist immer noch eine Menge, was ich verarbeiten muss, und ich weiß, dass es etwas gibt, das all das kurz wegnehmen kann. Aber das ist ja genau das Ding: Es wäre nur vorübergehend, und wenn ich das Verrückte, Irrsinnige überlebe, was ich tue, wird hinterher immer noch alles wie vorher sein und ich müsste mich ihm immer noch stellen.

»Ja, das weiß ich«, flüstere ich unter Tränen, und es fühlt sich wahr an. Ausnahmsweise fühlt es sich an, als würde alles gut. Ja, nicht alles hat sich perfekt aufgeklärt. Vielmehr kann ich, sofern ich es gründlich analysiere, all das Hässliche und Dunkle erkennen. Ich könnte wieder in dem schwarzen Lock versinken und mich von ihm verschlucken lassen, wie ich es über Jahre gemacht habe. Aber ich bin eben erst aus diesem verdammten Loch herausgekrochen, und ich will nicht wieder zurück. Ich will stark sein und mir erlauben, glücklich zu sein.

Und mich lieben zu lassen.

Zwei Dinge, die ich niemals für möglich gehalten hätte, bis ich sie kosten durfte und es wunderbar fand. Ich bin nicht bereit, das herzugeben. Mir ist klar, dass nichts jemals perfekt sein kann und sich die Dinge nicht immer so entwickeln werden, wie ich es will. So funktioniert das Leben nicht, und Vollkommenheit existiert nicht. Aber größtenteils wird es okay sein, wenn ich es nur zulasse. Und das will ich verdammt noch mal versuchen. Ich werde weiter mein Leben leben und versuchen, mich besser statt schlechter zu fühlen. Und ich habe Luke an meiner Seite.

Ehrlich, mehr brauche ich nicht.

26

VIOLET

Einen Monat später …

»Hältst du das wirklich für eine gute Idee?«, frage ich und sehe zu dem Karussell. Es ist Anfang Dezember, hat aber schon geschneit, und der ganze Park ist in ein Winterwunderland verwandelt. Eis bedeckt sämtliche Oberflächen, und die Schaukeln glitzern vor Frost.

Luke nickt und fegt etwas Schnee von dem Karussell. »Lana hat dir gesagt, dass du etwas lustiges Kindisches machen sollst, also los geht's.«

Ich zurre meine Jacke fester um mich und wünschte, ich hätte noch Zeit zum Duschen gehabt, bevor wir herkamen. Doch Luke hat mich direkt vom Fitnesscenter abgeholt, wo ich mit Callie und Seth beim Kickboxen war. Das mache ich mittlerweile mindestens zweimal die Woche. »Aber es ist eiskalt!«

Er zieht die Brauen hoch und klopft den Schnee von seinen Handschuhen. »Seit wann schreckt dich Schnee ab, wenn sich eine Herausforderung bietet?«

Es schneit, obwohl die Sonne durch die Wolken linst. »Und wieso ist das hier eine Herausforderung?«

»Weil ich es dazu mache«, antwortet er frech und zieht den Reißverschluss seiner Lederjacke nach oben. Dann wartet er, dass ich auf die überfrorene Todesfalle steige.

Anfang der Woche hatte Lana vorgeschlagen, dass ich mal etwas Witziges mache, etwas von den Sachen, die mir als Kind entgangen sind. Luke hatte diese Idee, als mir nichts einfiel. Er erzählte, dass er früher manchmal im Park spielte, wenn er sich vor seiner Mutter versteckte.

»Ach, na gut.« Ich gehe hinüber zu dem Teil, das wie eine fliegende Untertasse mit Metallbügeln obendrauf aussieht, und springe hinauf. Die eisige Kälte des Metalls dringt durch meine Kleidung, als ich mich in die Mitte setze und mich an den Bügeln festhalte. »Und was jetzt?«

Bei seinem Grinsen wird mir sofort klar, dass ich in Schwierigkeiten stecke. »Jetzt hältst du dich fest.« Ehe ich mehr sagen kann, rennt er los, wobei er einen der Bügel hält, sodass sich das Karussell zu drehen beginnt. Je schneller er rennt, desto wilder dreht sich das Teil, bis alles um mich herum zu einem verschwommenen Wirrwarr von Umrissen und Farben wird. Dann springt Luke auf und kommt zu mir in die Mitte.

Ich lache wie verrückt, während meine Augen

versuchen, irgendwas zu fixieren, doch davon wird mir nur schwindlig, also konzentriere ich mich lieber auf Lukes Gesicht.

»Siehst du? Macht doch Spaß, nicht?«, fragt er und hält sich an einem Bügel fest.

Ich nicke und blicke lächelnd hinauf zum Himmel. »Es fühlt sich an, als wäre ich der Mittelpunkt der Welt und alles bewegt sich um mich herum.«

Er lacht. »Ah, da machen sich die Philosophiekurse bemerkbar.«

»Philo macht Spaß«, gestehe ich, lasse die Bügel los und wirble frei herum, als würde ich fliegen. Lukes Hand landet umgehend auf meinen Beinen, als hätte er Angst, dass mich die Zentrifugalkraft wegschleudert, was mich erst recht zum Grinsen bringt. »Ich habe heute ein Hauptfach gewählt.«

»Ehrlich?«

Ich nicke.

Er wartet, dass ich mehr sage, und verliert schließlich die Geduld. »Verrätst du mir, welches?«

Jetzt nimmt das Lächeln mein gesamtes Gesicht ein. »Physik.«

Er hält meine Beine noch fester, während sich das Karussell weiterdreht. »Ist das dein Ernst?«

Ich sehe vom Himmel zu ihm und nicke. »Mir hat mal jemand gesagt, dass ich darin gut bin.«

Er schmunzelt. »Das muss ein echt kluger Kopf gewesen sein, wenn du mich fragst.«

»O ja, ein wahres Genie«, sage ich grinsend. »Warten wir ab, wie es läuft. Ich könnte es mir noch anders überlegen.«

»Das glaube ich nicht«, sagt er. Das Karussell wird langsamer.

»Abwarten.« Ich werde still, während das Drehen aufhört, und plötzlich fühlt es sich an, als steckten wir fest, doch keiner von uns rührt sich. »Wie geht es in deinem Job?«

»Gut.« Luke jobbt seit wenigen Wochen im Fitnesscenter, und er scheint froh, nicht mehr an der Bar arbeiten zu müssen. »Na ja, ich will das nicht mein Leben lang machen, aber es wird mich durchs College bringen.« Er setzt sich auf. »Ach, und das hatte ich ganz vergessen zu erzählen: Heute Morgen hatte ich eine SMS von Ryler.«

Ryler ist Lukes stummer Cousin, den ich einmal traf, als wir in Las Vegas waren. Sein Dad ist ein Arsch, und er tat mir irgendwie leid, vor allem weil er auch in Pflegefamilien aufgewachsen ist.

»Ach ja? Und was hat er geschrieben?«

»Dass er überlegt, sich nächstes Semester an der Uni hier einzuschreiben, und er fragt, ob es okay ist, wenn er für ein paar Tage bei uns pennt, bis er was zum Wohnen gefunden hat. Ich habe ihm gesagt, das geht klar.«

»Gut. Er tut mir leid.«

»Weil er nicht sprechen kann?«

»Nein, weil er keine richtige Familie hatte.«

Luke sieht mich mitfühlend an. »Apropos Familie, wie wirst du mit der Prozessgeschichte fertig?«

Ich rücke näher zu ihm, als der Wind zunimmt und den Schnee um uns aufwirbelt. »Das fragst du mich dauernd.«

»Weiß ich, aber ich möchte sichergehen, dass du okay bist«, sagt er und wischt eine Schneeflocke von meiner Wange.

Seine Berührung wärmt mich von oben bis unten und bis in mein Innerstes. »Es ist okay, obwohl es mir sicher besser geht, wenn Preston erst vor Gericht steht.«

Luke schüttelt den Kopf, und Wut blitzt in seinen Augen auf, wie jedes Mal, wenn wir über Preston reden. »Ich fasse nach wie vor nicht, dass er behauptet, er hätte all den Scheiß gemacht, weil er deiner Familie die Schuld an dem gibt, was sein Vater getan hat. Bei dem sind doch ernsthaft einige Schrauben locker.«

»Ich weiß, aber wenigstens ist er hinter Gittern, nicht?« Obwohl ich wünschte, er könnte zu einer richtig langen Strafe verknackt werden, dass man ihn irgendwie für das zur Rechenschaft zieht, was sein Vater getan hat. Mir ist klar, dass das egoistisch ist und er es eigentlich nicht verdient; trotzdem ist es manchmal schlicht schwer zu ertragen, dass sein Vater tot ist und nie für das bezahlen muss, was er getan hat. »Wie ist es mit dir?«

Er holt tief Luft. »Mir geht es gut, aber ich bin froh, dass ich meinen Auftritt hinter mir habe.«

Luke war letzte Woche in den Zeugenstand gerufen und befragt worden. Er war schrecklich nervös gewesen, doch entscheidend ist, dass er es getan hat. Er hatte seine Angst vor seiner Mutter besiegt und der Welt erzählt, was für ein Monster sie ist.

»Danke, dass du das getan hast.« Ich drücke meine Lippen auf seine und küsse ihn sanft.

»Ich will nicht lügen«, sagt er. »Zum Teil habe ich es auch für mich getan.«

»Und ich bin immer noch froh darüber.«

»Ich auch.«

Wir lehnen uns zurück und sind eine Weile still, bis der Wind erneut auffrischt. Dann nimmt Luke meine Hand und zieht mich nach oben. »Bis du bereit für Lanas andere Aufgabe?«

Sofort runzle ich die Stirn. Besagte Aufgabe wird erheblich schwieriger, als auf einem Spielplatz zu sein. »Ich weiß nicht, ob ich das bringe«, gestehe ich.

»Doch, du schaffst es«, ermuntert er mich, nimmt meine Hände und führt mich vom Karussell.

Ich springe mit ihm nach unten und lande im Schnee. »Und was ist, wenn du dich irrst? Wenn wir den weiten Weg fahren und ich ausflippe und es nicht kann?«

Er schenkt mir dieses Lächeln, das ich am liebsten mag. »Dann habe ich eben ein bisschen Zeit mit dir.«

»Du verbringst sowieso schon ziemlich viel Zeit mit mir.«

»Und jetzt bekomme ich noch mehr.« Er nimmt meinen Arm und zieht mich durch den Schnee zu seinem Truck. Widerwillig schlurfe ich mit. Als er merkt, wie schwerfällig ich mich bewege, sieht er sich zu mir um. »Baby, du musst das nicht, wenn du nicht willst. Ich würde dich nie zu irgendwas drängen, das du nicht machen willst.«

»Weiß ich ja.« Da stehe ich mitten im Schnee, halte Lukes Hand und habe eine irrsinnige Angst. In letzter Zeit habe ich mich so vielem Kram gestellt, dass ich nicht sicher bin, ob ich hierfür die Kraft aufbringe. Wenn ich es allerdings jetzt nicht mache, werde ich nur noch daran denken, dass ich es nicht gepackt habe, und das wird mich erst recht irremachen. »Nein, ich bin bereit«, sage ich und ziehe nun Luke zum Truck, damit ich diejenige bin, die sich entscheidet.

Denn am Ende muss es meine Entscheidung sein.

Zwei Stunden, fünf *Eagles*-Songs und ein »Songs, die mich an Violet erinnern«-Tape später biegen wir zu dem Friedhof ein, vor dem ich mich so fürchte. Er ist schon in meinen Träumen schlimm genug, doch ihn in echt zu sehen …

»Es ist so einsam und still hier«, flüstere ich. Das Gesicht ans Fenster gepresst, starre ich auf die gefrorene Fläche mit den Grabsteinen.

Luke stellt den Ganghebel auf »Parken« und lässt den Motor laufen. »Möchtest du, dass ich mit dir komme?«, fragt er.

Zögernd schüttle ich den Kopf. »Nein, das muss ich allein machen.«

Ich brauche mindestens eine Viertelstunde, bis ich aus dem Wagen steigen kann, und die ganze Zeit wartet Luke geduldig, stellt keine Fragen, drängt mich nicht. Das ist auch so etwas, das ich an ihm liebe. Letztlich öffne ich die Tür und hüpfe hinaus in den Schnee. Es vergehen weitere zehn Minuten, ehe ich durch die Pforte bin und auf dem Friedhof.

Dies ist das erste Mal, seit ich fünf war, dass ich einen Friedhof betrete. Die Luft ist kalt, und die kahlen Bäume und Grabsteine erinnern mich schmerzlich an den Grund, aus dem ich hier bin – wen ich hier besuche. Lana sagte, dass es gut für mich wäre. Dass es gesund ist, mich endlich diesem Meilenstein in meinem Leben zu stellen. Ihrer Meinung nach mache ich so gute Fortschritte, dass es vielleicht Zeit ist. Es muss nicht zwingend ein Abschied von meinen Eltern sein; vielmehr ein Akzeptieren, dass sie nicht mehr da sind, ich aber noch lebe und das okay ist.

Ich weiß nicht mal, ob ich ihre Gräber so leicht finde. Doch eventuell führt mich mein Unterbewusstsein, oder es ist schlicht Zufall, denn schon nach wenigen Minuten Umherwanderns sehe ich die zwei Hayes-Grabsteine, Seite an Seite.

Vor ihnen setze ich mich in den Schnee, obwohl es klirrend kalt ist. Ich male zwei Herzen in den Schnee und sage ewig nichts. Dann jedoch kommt alles aus mir heraus.

»Ich war so verloren«, beginne ich und zupfe am gefrorenen Gras, während der Wind um mich herumtanzt. »Genau genommen war ich verloren, seit ihr gehen musstet, und das bis vor ungefähr einem Monat.« Ich überlege.

»Es mag sich schräg anhören, aber ich hatte das Gefühl, wenn ich mir erlaube, eine Richtung, einen Sinn zu finden, Leute in mein Leben zu lassen, sie zu mögen, würde mir das nur wieder genommen, und ich wäre wieder allein, würde in meinem Schmerz ertrinken. Dass ich untergehe in den Worten anderer um mich herum, in ihren Blicken.« Ich nehme eine Handvoll Schnee auf und lasse ihn von meinen Fingern gleiten. »Ich war richtig gut darin, meine Gefühle zu tarnen. Da hatte ich meine kleinen Tricks, wie ich mich so weit betäuben konnte, dass alles in mir von einer viel stärkeren Emotion übertönt wurde. Furcht. Todesangst. Na ja, vielleicht nicht ganz, weil ich anders tickte.«

Ich lasse den Schnee und das Gras los und spreche aus, was ich noch nie laut zu sagen wagte. »Der Tod war für mich weniger der Kitzel als die Panik direkt davor. Hatte ich Angst zu sterben?« Ich denke kurz nach und antworte ehrlich: »Ich dachte, nein, hielt mich für furchtlos. Aber wie sich herausgestellt hat, war ich es nicht. Ich stellte fest, dass ich nicht sterben wollte. Es dauerte eine Weile und kostete eine Menge Selbsttortur, bis ich begriff, dass das, was ich eigentlich wollte, genau das war, vor dem ich mich am meisten fürchtete.«

Tränen brennen in meinen Augen, als Gefühle in mir zerren, aber ich lasse sie kommen, weil ich weiß, dass sie sich wieder beruhigen werden und ich es überlebe. »Es war nicht so leicht für mich, was größtenteils an mir lag. Ich glaube, das habe ich in den letzten paar Monaten gelernt … Und Lana sagte, deshalb sollte ich hierherkommen«, murmle ich. »Zugeben, was ich begriffen habe – wie ich mich selbst heile.« Ich nehme all meine Kraft zusammen, muss jedoch zu Luke in seinem Truck sehen, um den letzten Anstoß zu bekommen. »Was ich begriffen habe, ist, dass ich mich nicht einfach nur immer wieder in Lebensgefahr begeben habe, sondern dass ich eine Mauer um mich herum errichtete, um alle von mir fernzuhalten, damit ich nichts fühlen muss. Denn keiner konnte mich verletzen, wenn mich niemand kannte, nicht? Das war mein Lebensmotto. Ich denke, es kam teils daher, dass ich von einer Pflegefamilie zur nächsten gereicht wurde, aber auch von der Tatsache, dass ich einen solch großen Verlust erlebt hatte und den nie wieder durchmachen wollte.« Ich schluchze, und die Buchstaben auf den Grabsteinen verschwimmen. »Aber es geht mir immer besser. Was nicht allein mein Verdienst ist. Ich habe einige tolle Freunde und einen festen Freund, die mir jeden Tag helfen. Ich mache sogar eine Therapie. Es ist verrückt, doch zum ersten Mal fühlt sich alles okay an.« Ich hebe meinen Unterarm an und ziehe meinen Ärmel zurück, um das Armband mit *sempre* drauf zu zeigen. »Ich habe ein bisschen nachgeforscht und herausgefunden, dass ihr in den Flitterwochen in Italien wart, weil Dad zum Teil Italiener ist. Wie genau Mom zu dem Armband kam, weiß ich nicht, aber ich stelle mir gerne vor, dass du, Dad, es ihr dort geschenkt hast. Das scheint mir eine richtig nette Geschichte.« Ich senke die Hand wieder auf meinen Schoß und lasse meinen Tränen freien Lauf. Mir ist klar, dass es immer eine erfundene Geschichte bleiben wird, ich nie sicher sein kann, doch daran kann ich nichts ändern. Ich muss es einfach akzeptieren und an dem festhalten, was ich habe: mein Leben.

Weinend beuge ich mich vor und presse meine Hand auf den Grabstein meiner Mutter. »Du fehlst mir ... Mein Gott, wie du mir fehlst ...« Die Tränen strömen inzwischen, und meine anfängliche Reaktion ist, sie zurückzudrängen, aber deshalb bin ich doch hier. Leben und lernen. Ich lege die Hand auf den Grabstein meines Vaters. »Ich wünschte, du könntest hier sein und alle kennenlernen ... So vieles wünsche ich mir, aber ich schätze, das ist noch etwas, was ich gelernt habe. Wünsche sind eben nur

Wünsche. Das Schicksal ist nur Schicksal. Und weder die einen noch das andere kontrollieren mein Leben. Scheiße passiert, prägt unser Leben, aber sie muss nicht bestimmen, wer wir sind. Und ich versuche jetzt, eine Tochter zu sein, auf die ihr beide stolz sein könnt.« Ich schlucke, hole Luft und sage, was ich sagen muss: »Ich liebe euch beide. Ich werde euch immer lieben.«

Ich weine, bis die Tränen an meinen Augen gefrieren und die Trauer in meinem Herzen einer ernsten Zufriedenheit weicht. Erst dann stehe ich auf und gehe zum Truck zurück, wobei ich mir die Tränen aus dem Gesicht wische.

»Geht es dir gut?«, fragt Luke, als ich einsteige und die Tür schließe.

Ich sehe ein letztes Mal zum Friedhof und drehe mich zu Luke. »Weißt du was? Ja, mir geht es tatsächlich gut.« Ich kann nicht anders, muss mich zu ihm beugen und ihn küssen. Denn das ist alles, was ich brauche: nur Luke und mich und die Gewissheit, dass wir eine Zukunft haben.

Epilog

VIOLET

Zwei Jahre und einen Monat später …

»Dieser Schal riecht nach Käse«, sage ich und verkneife mir ein Lachen. »Bitte, darf ich ihn abnehmen, ehe der Geruch gar nicht mehr aus meiner Nase geht?«

»O nein, immer noch nicht«, sagt Luke, der sich eindeutig amüsiert.

Seit einer Stunde reiße ich Witze, um mich selbst zu unterhalten, denn Luke will mir nicht verraten, wohin wir fahren. Es ist Weihnachten, und wir fahren spontan irgendwohin, aber ich muss die ganze Zeit die Augen verbunden haben. Was soll das? Ja, ungefähr so habe ich reagiert, als ich mein Geschenk auspackte und drinnen einen kleinen Zettel und einen Schal mit exakt dieser Ansage fand. Es war nicht ganz so gut wie das Geschenk im letzten Jahr, aber vermutlich läuft sich das Motto, Feiertage wie verrückt zu begehen, allmählich tot.

»Bitte, bitte!« Ich falte die Hände und ziehe meinen schönsten Schmollmund.

Er lacht. »Kommt nicht infrage.«

Verdammt! Ich bekomme ihn verlässlich mit meinem Blick herum, aber da er meine Augen nicht sieht, funktioniert der Trick nicht.

Seufzend gebe ich auf, lehne mich zurück und ertrage die letzte halbe Stunde in gespannter Erwartung, während ich einem Tape lausche, von dem ich weiß, dass mein Name draufsteht.

Dann hält der Truck an, und ich höre, wie Luke auf »Parken« schaltet. Ich warte, dass er mir sagt, ich dürfe die Augenbinde abnehmen, doch stattdessen wechselt er das Tape und steigt aus dem Wagen.

Was ist denn jetzt?

Als ich nach oben greife, um den Schal abzunehmen, erklingt »The River« von *Manchester Orchestra* richtig laut. Nach anfänglichem Stutzen überkommt mich die Erinnerung, und ich reiße die Augenbinde herunter. »O mein Gott!« Mir stockt der Atem beim Anblick der verschneiten Bäume und Berge vor mir, die einzig von den Truckscheinwerfern beleuchtet werden.

Luke wartet vor dem Truck auf mich, kickt mit den Stiefelspitzen in den Schnee und hat die Hände tief in seinen Jackentaschen vergraben. Ich muss einen Moment Mut schöpfen, denn ich weiß, sowie ich aus dem Wagen steige, wird sich alles ändern. Und darüber muss ich nachdenken. Will ich diese Veränderung?

Ja, will ich. O Mann, und wie ich die will!

Zitternd stoße ich die Tür auf, steige aus und lasse die Tür offen, damit die Musik bis nach draußen schallt. Luke blickt nicht auf, bis ich halb um den Truck herum und bei ihm bin.

Seine Angst ist ihm deutlich anzusehen, und er bibbert – entweder vor Kälte oder vor Nervosität. »Tja, wenn du richtig aufmerksam hinhörst«, sagt er, hält eine Hand an sein Ohr und neigt den Kopf in Richtung der Bäume. »Dann hörst du in der Ferne die Laute wilder Tiere.«

Ich bemühe mich, nicht zu lächeln, weil er sich erinnert, dass ich vor ungefähr zwei Jahren genau dieses Szenario entworfen hatte, als ein Mann in einem Restaurant seiner Freundin einen Antrag machte, was ich sehr abgedroschen fand.

Ich trete zu ihm, und er holt etwas aus seiner Tasche. Zuerst halte ich den Atem an, dann bin ich verwirrt, weil er das Silberarmband in der Hand hat, das meiner Mutter gehörte.

»Ich fand, du solltest es tragen, wenn das hier passiert, damit deine Eltern irgendwie bei dir sind.« Ich versuche, nicht zu weinen, als er mir das Armband anlegt, aber eine oder zwei Tränen stehlen sich doch aus meinen Augen. Dann macht er einen Schritt rückwärts und klopft sich auf die Jackentaschen, bevor er ausatmet. »Also, ich weiß, dass es ein totales Klischee ist, auf die Knie zu gehen.« Er lächelt unsicher, was total bezaubernd ist. »Aber ich mach das trotzdem.«

Und tatsächlich sinkt er vor mir im Schnee auf sein rechtes Knie. Dann zieht er eine kleine schwarze Schachtel aus seiner Jacke und hält sie mir hin. »Violet Hayes, willst du mich heiraten?« Er klappt die Schachtel auf, und hätte ich nicht sowieso schon vorgehabt, Ja zu sagen, würde ich es spätestens jetzt. Denn er hält mir meinen Ring hin – den violetten Stein, umrahmt von Onyx, wie ich ihn einst zu Weihnachten bekam, nur dass er mir wieder weggenommen wurde. Natürlich ist es nicht ganz genau derselbe Ring; er sieht ein wenig kleiner aus, aber glitzernder. Ja, ein bisschen vollkommener.

Du flennst jetzt nicht, ermahne ich mich. Auch wenn ich mir schon seit einer Weile erlaube, alles zu fühlen, will ich deshalb nicht gleich zu der Frau mutieren, die wie ein Kleinkind losheult, weil sie heiraten wird.

Leider verwandle ich mich in selbige, denn während ich nicke, laufen mir schon die Tränen über die Wangen. Allerdings fasse ich mich gleich wieder und sage würdevoll: »Verdammt, ja, ich will dich heiraten!«

Er lacht, sieht aber auch aus, als kämen ihm die Tränen. Dieser Softie! Dann steht er auf, schiebt mir den Ring auf den Finger und küsst mich so, wie er mich seit zwei Jahren an jedem Tag küsst.

Voller Leidenschaft.

Voller Gewissheit.

Voller Liebe.

M. Leighton

»Elektrisierend, sexy und super heiß«

The Booklist Review

978-3-453-41382-5

978-3-453-41442-6

978-3-453-41447-1

HEYNE <

Leseproben unter **heyne.de**